遨游在绿地蓝天

许宏德◎著

安徽师范大学出版社
ANHUI NORMAL UNIVERSITY PRESS
·芜湖·

图书在版编目(CIP)数据

遨游在绿地蓝天 / 许宏德著 .— 芜湖：安徽师范大学出版社，2021.8
ISBN 978-7-5676-3576-0

Ⅰ.①遨… Ⅱ.①许… Ⅲ.①散文集－中国－当代 Ⅳ.①I267

中国版本图书馆CIP数据核字(2021)第161812号

遨游在绿地蓝天　　许宏德◎著
AOYOU ZAI LÜDI LIANTIAN

责任编辑：蒋　璐　　责任校对：汪碧颖
装帧设计：丁奕奕　　责任印制：桑国磊
出版发行：安徽师范大学出版社
芜湖市北京东路1号安徽师范大学赭山校区
网　址：http://www.ahnupress.com/
发 行 部：0553-3883578　5910327　5910310(传真)
印　刷：苏州市古得堡数码印刷有限公司
版　次：2021年8月第1版
印　次：2021年8月第1次印刷
规　格：700 mm × 1000 mm　1/16
印　张：16
字　数：249千字
书　号：ISBN 978-7-5676-3576-0
定　价：58.00元

前　言

这是一本旅游题材的文学作品。

旅游，有“身游”“神游”等不同的形式。作者以多年“身游”的直接经验为基础，融合间接经验，在对山水和生活于山水之间的动物与人进行了一次“神游”之后，写成了这本书。您在阅读的过程中，会调动自己的经验和知识，乘着想象的翅膀进行一次旅游，这是一次有益又有趣的生态旅游、山水旅游、历史文化旅游和太空旅游，当然，也是一次“神游”。

全书共九篇。前三篇，写生态旅游中所见的狮吼草原、鲸游大海、鸟飞长空，表现野生动物原生态的生命活力与使人惊叹的生存智慧。

《草原狮吼》写在非洲大草原观看狮子、大象、长颈鹿、非洲水牛、角马等动物的原生态生活情状，描绘了一幅大自然中的野生动物群像。本篇写的是动物世界的故事，情节腾挪跌宕，扣人心弦。您读完以后，联想到人类社会中与之相似的事情了吗？作品的深层寓意，是曲折地反映人类世界的爱恨情仇、悲欢离合。

《与鲸同游》写在旅游中欣赏迷人的海洋景色和海岛风光，观看鲸、鲨鱼、海豚等海洋动物，与灰鲸、座头鲸、抹香鲸、虎鲸、白鲸等同游共潜。

《鸟之二重唱》写在渤海边、黄山上、云南密林中观鸟的生态旅游，对白鹤、天鹅、犀鸟等鸟类，既进行审美观察，又进行科学观察。篇末写在哥斯达黎加观鸟的难忘情景。本篇写了千年一听的鸟之二重唱，您读了以后，那“百啭千声随意移”的歌声，会恍如在您的耳畔回荡，余音袅袅。

接下来的四篇，写山水旅游中所见的自然美景，再现或雄奇或旖旎的山光水色。

《云海奇观》写泰山、庐山、峨眉山、喜马拉雅山等名山的云海，在“千里云海图”中，浓墨重彩地描绘了黄山云海形与色瞬息万变的惊人的美。您读完以后，说不定哪天夜里，黄山上的一朵云，就飘入您的梦境跳起舞来了呢。那云之舞，可是“绚丽兮若花想之容貌，轻飏兮如霞想之衣裳”啊！

《三峡惊涛》写的是作者想象与唐朝大诗人李白同乘一叶扁舟，在汹涌的激流中“千里江陵一日还”，描绘了现今和后世的人们再也看不到的历史上长江三峡的雄奇与惊险。

《喀斯特秘境漫游》写几个大学生在武陵山大裂谷旅游，沉醉在喀斯特地貌的旖旎风光中。

《地心探幽》写的是这几个大学生进入武陵山大裂谷一个无名溶洞探险，一边游览美景，一边进行科学考察。地处中国南方的武陵山大裂谷，有着许多峰林、峰丛、地下河、溶洞、天坑等，还有天生桥、天窗、飞来湖、地缝、喀斯特水上森林，喀斯特地貌特征渗入肌理、深入骨髓。它是一座天然的无比巨大的立体喀斯特地貌博物馆，像海纳百川一样收纳了时间雕刻的形形色色的地质奇观，并原生态地展示了出来。《喀斯特秘境漫游》和《地心探幽》合起来看，可以说是在用语言文字塑造了“中国南方喀斯特地貌”的微缩景观。

以上这七篇在写旅游中的所见所闻时，将审美观察与科学观察结合起来，让艺术的想象与科学的认知融为一体。

作者描写大自然生境的原生态，写出破坏生态环境的危害性，旨在加强人们对保护生态环境的重要性和紧迫性的认识，以牢固地树立生态文明理念，促进生态文明建设。

本书最后两篇，一篇在写历史文化旅游时，融入了科幻的内容，另一篇写的是未来的太空旅游，其中科普的内容与科幻的内容并存。

《三游天门山》先写2100年的一天，在天门山长江大桥上的见闻，接着写在唐朝时的天门山前，目睹诗人李白望天门山的情景，然后写亲临两千多年前“鸠兹长岸水战”的战场。本篇着重写爆发在长江上的中国古代第一次大规模编队舟师作战，表面上是描写冷兵器时代的刀光剑影，实际上写的是中国传统文化中以智谋为代表的兵学文化。

《穿着婚纱上月球》写未来的太空旅游，是一篇具有科幻色彩的小说。

目录

草原狮吼

深入细致地观察野生动物，你会发现，动物世界的悲欢离合、爱恨情仇，有时与人类世界惊人地相似。

我在非洲工作过两年，曾几次到非洲草原观看野生动物。白天在旅游车上看、听，用手机和红外相机拍照、录制视频，晚上把头脑中最鲜活的印象记录下来。非洲草原野生动物充满野性的原生态生活情状，给了我极大的震撼。

回看我那时录制的视频，草原上的狮吼又在我的耳畔回响起来，潜伏在我记忆里的非洲草原野生动物，一个一个地跑出来，在我的眼前活蹦乱跳了起来。

狮口脱险的羚羊、斑马

狮子是“草原之王”。现在，地球上除了印度以外，野生狮子几乎成了非洲草原的特产。

狮子是唯一一种雌雄两态的猫科动物。雄狮身长2.5米以上，有的可达3.6米，体重200公斤至250公斤，有的可达300公斤，硕大的头颅上长满长长的鬃毛。雌狮的身长和体重都只有雄狮的三分之二，头部比雄狮小，头上长满了短毛。

狮子英勇凶猛、聪明机智，跑得快，跳得远，会游泳，会爬树。它们经成功地将斑马的这个特性应用到了军事上。斑马身上的黑白条纹还有一个作用，就是能自发地形成对流风，起到降温作用。温度越高的地区，斑马身上的黑白条纹越多。

忽然，成百上千头角马，在我们车子的左前方向着公路飞奔而来。车子在路边停下来了，我们看着角马群越过公路，掀起漫天飞扬的尘土。

“壮观！”我说。

“这算什么？这里奔跑的只不过是上千头角马，”导游说，“东非大草原上，几百万头斑马、角马向前奔腾，气势无比恢弘。”他在说“几百万头”几个字的时候，一字一顿。他又说：“马拉河的‘生死之渡’，更是惊心动魄！”

这时，一只跳羚跳过来了，左顾右盼。待车子开近，它立刻往跳羚群那里跳去。跳羚跳得很高，看起来好像每一步都是跳跃着前进。

忽然跑来一群鬣狗，它们朝着跳羚群中的一个空档直冲过去，一头小跳羚被它们咬到了。几头鬣狗同时在撕咬着，有的咬腿，有的咬肚子，只过了几秒钟，这头活蹦乱跳的小跳羚就被撕成了碎块……

在一棵高大的猴面包树下，一头小斑马正在吃奶。在它们的旁边，有好几头体形很大的斑马在嚼着地上的青草。

“坐我们这种车出游，‘非洲草原五大兽’没有不能看到的。”导游说。

“这‘五大兽’，指的是哪五种？”我问。

“狮子、豹子、犀牛、非洲水牛、大象。”

“还没有看到狮子。”我说。

“草原上动物最活跃的时间段是早上和晚上，狮子也是这样，你马上就会看到。”

正说着，一头雄狮慢悠悠地走来了，嘴边带着血迹。我再一看，两头雌狮正在互相舔着对方脸上的血迹，旁边有动物的残骸，一头不大的雌狮抱着一个牛头在啃。

导游说，这是一个狮群，它们早晨捕到食了。一个狮群，成员在4到30头之间，以雌狮为主，它们有亲密的血缘关系，由不止一头成年雄狮统领，它们通常是兄弟，但首领只能是一个。

车子开到前面，右前方有几头狮子正在朝着一群羚羊走去，那是一群直角长角羚。

我们的车子停了下来。我坐在右侧车窗前，向外看着。

过了一会，我站了起来，想看看外面的情况。忽然，我看到车轮旁边伏着一头刚刚长出鬃毛的年轻雄狮，我吓了一跳，赶快检查了一下车窗玻璃和车的顶盖，看见关好了，我才放心了。

又过了一会，这头年轻雄狮，突然向一只落单的羚羊冲去。这只成年直角长角羚的体形，跟这头年轻狮子差不多大。羚羊发觉已晚，虽然相距不算近，但只过了一会，狮子就冲到了它的面前，用前肢紧紧地勾住了它的两只角。这只直角长角羚最有杀伤力的武器，没有用武之地了。

羚羊拼命地挣扎，狮子一口咬住羚羊的脖子，以为羚羊会再挣扎一阵子的，哪晓得羚羊立刻就停止了反抗。狮子迟疑了一下，但看到羚羊静静地躺在地上，一动也不动，好像已经死了，便松开口，喘了一下气。

就在狮子松开口的那一刹那，羚羊突然站了起来，飞一样向前跑，躲进了一个灌木丛。

年轻雄狮这时才明白：它是在装死啊！唉，到嘴的羊肉没有了。

一头雌狮走到我们的车子这里来了，这是一头近成年的雌狮，它的肚子是瘪的。

它伏在地上，侧过头看着它右前方稍远处的一只小羚羊，这只小羚羊正在灌木丛旁鲜花盛开的草地上，蹦着跳着玩耍。那是一只出生没有多久的小羚羊，看见什么都好奇，在这朵花前看看，在那朵花前闻闻。

过了一会，这头狮子身体向右一转，朝小羚羊跑去。小羚羊抬头一看，魂都吓掉了，向右边的一个灌木丛拼命地跑去。

就在这时，一只体形相当大的直角长角羚，从小羚羊的旁边跳了出来。它是小羚羊的妈妈，只见它迎着这头狮子，主动地向着狮子跑去！我一看，它头上的一对角又直、又粗、又长、又尖。它的勇气不简单，迎强而上！

但毕竟是以弱对强啊，羊能打得过狮子吗？

那只大羚羊可能是怕狮子不跑到自己这里来，突然头朝下、屁股向上，来了个漂亮的180度后空翻，落地后，向左边小土山上的灌木丛飞快地跑去。

狮子向大羚羊直奔而去，穷追不舍。

小土山上的灌木丛，有的地方密，有的地方疏，山上也长着一些大树。大羚羊在里面绕过来又绕过去，跑的是一条大“S”形路线。那些灌木都是长着尖刺的，狮子不得不弯过来又弯过去地跟在后面追，还没有追上呢，一看，大羚羊不见了！跑到前面看，它哪里去了？已经跑下山，又钻进一片灌木丛中去了。

狮子没有捕到大羚羊，又来找那头小羚羊。小羚羊早就跑得不见踪影了。

看到这里，我问坐在我身边的朋友：“那只大羚羊是不是用了‘调虎离山’之计？”

“它‘调狮进山’，是活学活用了‘调虎离山’之计。”

我们听了，都大笑起来。

车子开得不快，我在望远镜中看到了一头豹子。它趴在一棵大树的粗壮的树枝上，身上有漂亮的形似玫瑰的黑圈斑纹，枝繁叶茂的树冠替它挡住了灼热的阳光。浓密的枝叶遮掩着它的身体，阳光透过枝叶形成的光斑和它身上的玫瑰斑相互辉映。它也看到了我，对我投来毫无敌意的一瞥。

“这是一头花豹，”导游说，“非洲有两种豹，一种是猎豹，一种是花豹。花豹又叫金钱豹，巢穴多筑在枝叶茂密的大树上，独居，常夜间活动，白天在树上或岩洞休息。它身强体壮，比狮子还机敏，爪子不但锋利而且伸缩性很强，既会游泳，又擅长爬树。它的奔跑速度比不上猎豹，但善于隐蔽偷袭，捕食成功率比猎豹更高。有一次，我观察到一头在灌木丛边的花豹，为了等一群跳羚更加靠近，在那里足足趴了一个小时，一动也不动，终于捕到了一头跳羚。现在，猎豹的数量一再骤减，被列入濒危级保护动物，花豹也被列入易危级保护动物了。”

我给趴在树枝上的花豹拍了照以后，听到导游说：“花豹常常从树上猛地扑到猎物身上，很少失手。前天，我看到一头花豹，把一头小长颈鹿拖到了5米高的树枝上，坐在树上享用美餐。”

前面的草地上，有一群斑马，它们分散开来在吃草。

斑马是非洲特有的群居性动物，体形相当大，一般高约2.3米，体重300公斤至400公斤。斑马的腿同马的腿比起来，显得短而粗。草原上的斑马，白天大部分的时间用于进食。跟它的近亲马、驴不同，斑马至今还没有真正被人类驯养。

忽然，我看到草地上的一个灌木丛中，露出一头狮子的屁股和尾巴，它的头被灌木丛的枝叶挡住了，看样子是一头成年的雌狮。只见它两条粗壮的后腿蹲伏着，两只前爪不是伸向前面，而是伸到后面抓着地面。这样的姿势是不能持久的，它在干什么呀？细看，它是欲跳未跳，蓄势待发。

我朝前面一看，有一头斑马离斑马群比较远，正在悠闲自在地走动，低头嚼着贴地生长的青草。它还不知道，身后有一头狮子正在盯着自己。

过了一会，狮子匍匐前进，在草地上一点一点地向前挪动。到了离这头斑马30米左右的地方，狮子停了下来，一动不动地隐藏在一个草丛里面。我知道，30米是狮子捕猎获胜概率最高的距离。

狮子和斑马都是奔跑健将，奔跑的时速都是50千米至60千米，但各有特点。斑马的特长是长距离快速奔跑，耐力强，而且有时还能达到每小时80千米。狮子爆发力强，耐力却不够，短距离冲刺快而猛，长距离奔跑时很难追上斑马。

斑马遇到狮子，除了迅速奔跑之外，还有什么办法呢？它们头上没有又坚硬又尖锐的角，嘴里没有又长又尖又有力的獠牙，只有用于咀嚼草的门齿和颊齿。但是，斑马能用马蹄踢踹，特别是屁股和两条后腿腾空而起之后，用后腿踢踹，这强有力的后踢是有一定的杀伤力的。此外，斑马有超强的感官，视力超过狮子好几倍，并能进行360度全方位扫视，周围一点点风吹草动都能立刻察觉，被猛兽追捕时还会突然转弯使猛兽难以捕捉。但狮子如果在30米的范围之内出其不意、攻其不备，再抓住要害，那斑马就……

“这头斑马，恐怕很快就是狮子的盘中餐了吧。”我轻声说。

“不一定呢，”导游说，“狮子捕猎的成功率平均只有25%。”

等呀等，等到这头斑马屁股对着狮子的时候，那头狮子像离弦之箭一样冲了过去，身体一下子悬空扑到斑马的背上，两只前爪猛地抓住了斑马的腰部。斑马有意地把头低了下来，狮子用力过猛，向前的冲力太大，两只前爪抓得很牢，这样一来，狮子腹部朝天、头朝后、尾巴朝前，身体翻了过来，背部撞击着斑马的头部，落在了斑马面前的地上。狮子身躯矫健，动作敏捷，在落地的时候，身体猛地撞向斑马，同时，头向上伸，张开大嘴对准斑马的咽喉。这头斑马体形相当大，体重有这头狮子的两倍呢，狮子敢这样扑来，真是英勇而且凶猛。

我定睛一看，斑马被狮子猛地一撞，顺势倒在了地上，狮子一下子就咬住了斑马的咽喉。斑马拼命挣扎，脖子弯成了弓形，发出擤鼻声，头用力向左甩，接着用力向右甩，然后又向左甩，这样不停地甩，把狮子的身体带得两边直晃，狮子可能咬得不是非常紧，斑马终于挣脱了，但只跑了几步，又被咬住了。这一次，狮子死死地咬住了斑马的咽喉，斑马再怎么挣扎也挣脱不掉。我心想，糟了，这头斑马死定了。

我看到斑马的身体倒下来了。咦，斑马这一次怎么是反向倒在了地上？原来是斑马主动朝地上倒了下来，它让自己庞大的身体往狮子身上倒，还尽量往狮子的前胸和咽喉部位移动，并且用“膝盖”猛戳狮子的身体。

斑马庞大的身体压在狮子的前胸和咽喉部位，并且不断地撕咬狮子。压了好一会，狮子吃不消了，再不松开口喘喘气，就要窒息了。就在狮子喘一口气的这一刹那，斑马猛地站了起来，发出一声尖叫，两耳冲后，低着头，飞一样地向前跑。狮子立刻追上去，斑马将屁股和两条后腿腾空而起，强有力地进行后踢，狮子往后退了两步，接着又追，但是就差那么一点点，前爪没有抓到斑马的后腿。我再一看，狮子不但没有抓到斑马，它自己的脸反而被斑马再次后踢的蹄子狠狠地踢了一下。狮子继续追，又被斑马后踢的蹄子狠狠地踹了一下，狮子四脚朝天地躺在地上，哀叫了一声。

这头斑马，在最危险的时候，最大限度地发挥了自己的潜能，智勇双全，面对强敌，即“以其人之道，还治其人之身”，“我杀不死你，也要给你狠狠的一击”！

看到这里，我兴奋地喊了一句：“野生动物的生存智慧！”

长颈鹿的头锤和踢踹

一头凶猛强悍的雄狮，被长颈鹿锤了、踢了又踹了，趴在地上好长时间起不来。还有一头雄狮，活活地被长颈鹿踩死了。

怎么会这样呢？今天，我在非洲草原上看到了长颈鹿与狮子的决斗。

我们乘坐的旅游车，沿着河岸向前开着。

大朵的云彩在天空缓缓移动，在地上投射出一片片阴影。浑浊的河水裹挟着泥沙，蜿蜒流过起伏低缓、长满青草的坡地。用望远镜看，有些草地还是凹凸不平的。

河水里有一群河马，它们身体的大部分都淹没在水里，只有头顶部的眼睛、耳朵、鼻孔露出水面，背部有时也露出水面。它们的皮肤很厚，呈蓝黑色，表面有砖红色斑纹，身上几乎没有毛。

“河马是非洲独有的巨型食草动物，身体呈巨大的桶状，腿短且粗壮。白天，它们几乎都待在水里，在水里觅食，在水里交配、生孩子、哺乳，夜间到地上来吃草。”导游说。

“河马的生活习性怎么是这样的呀？”

“河马皮肤的失水率很高，又没有皮脂腺调节体温，白天主要待在水里，可以将体温控制在大致不变的范围内。”

我们的车子行驶到离河边20多米处时，一头河马在水面猛然发出巨大的声响，它张开大嘴，我清楚地看到了它的牙齿和喉咙，它的下犬齿长达50厘米，很锋利，血红色的喉咙非常大，那血盆大口，能把一头狮子的脑绽放着美丽的花朵，好几只蜜蜂正在这些花朵上飞来飞去。

狒狒是猴科动物中体形最大的种类，身长最大的有70厘米，体重最重的有50公斤。在非洲任何一个有水源的地方都有狒狒。它们性格活泼，习惯群居，喜欢吵闹，善于模仿。它们的口、鼻部很长，和狗差不多，能在地面上长途行走。以吃果实为主，也吃其他植物性食物，还吃小型哺乳动物和鱼类、鸟类。在捕猎小型哺乳动物时，它们会进行一些协作，散开阵型，一起拦截小动物。

现在，这些狒狒在仙人掌上坐着。它们身强体壮，獠牙有两寸长，有的在大口大口地吃刺梨。

"讲个狒狒的故事给你们听，"导游说，"非洲有个牧场，驯养了一只狒狒来放羊。这只狒狒每天按时赶着羊群到草地上去吃草，羊离群了，它大声呼唤它们回来。太阳快要下山时，它就赶着羊群回家。羊妈妈回栏后，小羊羔直叫，这只狒狒就抱起小羊羔，送到羊妈妈身边吃奶。有一次，它发现少了两只羊，立刻把羊群赶回羊栏，沿路大声呼唤，回来之后才发现是牧人挤完奶忘记把这两只羊放出羊栏了。"

"狒狒还这么聪明呀。"

"狒狒虽然聪明，有的也干坏事啊，"导游说，"我看到过一只狒狒抢一个年轻女游客的包，没有翻到食物，就撕扯她身上的衣裳，一眨眼工夫，几乎把她撕得一丝不挂……"

"啊呀！"谁惊叫了一声，"遇到了'流氓狒狒'！"

为了保护自己，这里的植物，很多都长了又尖又长的硬刺，连贴地生长的草本植物，也有扎人生疼的叶刺。斑马、角马、羚羊等，咀嚼的也都是这些长满毛刺的草。

离这片仙人掌不远处有一个水塘，水塘不远处，长着一丛金合欢树，树下有几头长颈鹿。

我们的车子在水塘和金合欢树之间的灌木丛旁边停了下来。

这里有五头长颈鹿，其中两头是成年雄性，从头到脚高达6米，4条长腿像高跷一样直立着，前腿比后腿还要长一些，长长的颈子长达2米。两头是成年雌性，身高都有4米多，其中一头身边还有一头小长颈鹿，这是母子俩。小长颈鹿近2米高，身体很壮实，也很活泼，在妈妈身边玩耍，跑得比较远了，妈妈就跟了上去。

长颈鹿是世界上最高的陆生动物，在动物王国中犹如鹤立鸡群。它们虽然高大，被猛兽追赶的时候，却能以每小时60千米的速度奔跑。长颈鹿身体的皮毛上分布着花纹和不规则的斑点，好像草原林地上的光影形成的花斑。动物学家通过长颈鹿身上花纹斑点的排布规律，将看上去一样的长颈鹿区分为不同的个体。

金合欢树是非洲草原上常见的一种高大乔木，树干坚实，枝叶繁茂，树皮黄绿色，能开出绚烂的黄色花朵。这种树的枝条斜着往上生长，枝条上长了很多的节，每个节上都长着一对长长的硬刺，整棵树从上到下长满了这种长长的硬刺，越是树干的下部，硬刺越长，有的长达半米多。有一种金合欢树，枝条上长满了弯曲的倒钩刺，能把人身上的皮肉钩下来。这让许多动物不敢靠近，但长颈鹿不在乎，能大口大口地吃到它的树叶。

我拿着望远镜，看着长颈鹿吃金合欢树顶上的枝叶，那里嫩叶多。它们的头几乎能仰到与长颈成一条直线的角度。它们的嘴捋住树枝，叶子便在门齿和犬齿之间被捋下来。它们粗壮的舌头，长达半米，灵巧而且有力地卷摘着树叶，还可以把树叶上的刺去掉。

我看看四周的草地上有没有动静。

近处，没有什么动静。

“长颈鹿的标志性身高会要求它们的身体具有一些独有的特征吧？”我问。

“它们如今的身高，是经过长时间进化得来的，它们的身体当然具有一些独有的特征，以调节血液供应、减轻重力对肌肉和骨骼造成的压力，并为庞大的身躯加热或降温，”导游说，“就讲它们体内的血管吧。高于心脏的动脉，强健有力且富有弹性，能逆重力向大脑输送血液；低于心脑的动脉，血管壁更厚，能承受较高的压力，并防止血液积滞。头部降低时，富有弹性的血管会扩张，以防止血液涌至脑部，静脉血管中的阀门会关闭，以防止血液倒流；头部抬高时，血管收缩，以防止突然缺血。这样，它们虽然是已知所有动物中血压最高的，但还是能把头部降低5米至地面而不会晕厥过去。”

“长颈鹿站起和坐下都显得困难。”我说。

“毕竟它们身体太高了呀。”

我又问：“目前，野生长颈鹿的生存有什么威胁吗？”

“正面临着严峻的威胁，”导游说，“在几百年前，有100多万头长颈鹿游荡在非洲大陆。之后，不断地减少，特别是最近的几十年，减少得更加厉害。目前，长颈鹿已经成为世界上最稀有的野生哺乳动物之一了。”

“原因是什么呢？”

“人口增长、过度放牧、气候变化迫使人类不断进入荒野和长颈鹿栖息地，乱砍滥伐，战争，盗猎……”

又一个活生生的例子，让我们深刻地感受到保护生态环境的重要性和紧迫性。

我用望远镜一看，稍远处，一群狮子正在朝我们这里走来，越来越近了。

过了一会，我不用望远镜就能看到一头狮子潜伏在草丛旁边。再一看，潜伏的狮子，不止一头，有五头。仔细地看，这附近已经潜伏了九头狮子！其中两头是雄狮。九头狮子与五头长颈鹿之间的距离大约有30米。

我想，我们这里可能很快就要成为战场了。

我一会儿看看长颈鹿，一会儿看看狮子。长颈鹿还在吃金合欢树的树叶，小长颈鹿现在也在吃树叶了，狮子还在潜伏。

又过了一会，长颈鹿母子俩往水塘边走去，然后叉开两条比后腿还要长的前腿，弯下腰，垂下长颈，低下头，喝水塘里的水。

唉，长颈鹿喝水真费事。我正在这样想的时候，一群狮子，从它们潜伏的地方冲了过来，往正在喝水的长颈鹿母子俩那里冲！

转瞬间，九头狮子就冲到了水塘旁边。

我看到，一头雌狮离小长颈鹿最近，它径直冲向小长颈鹿，死死地咬住了它的长颈。

其他八头狮子全都跑向长颈鹿母子俩，把它们围住了。

这时，另外三头成年长颈鹿跑了过来，它们往狮子的包围圈里冲。

小长颈鹿的身体壮实，体重不轻，那头雌狮咬住它的长颈拖着它跑，才跑了几步，就见小长颈鹿妈妈的大长腿踢了过来，那头雌狮放下嘴里的小长颈鹿，赶紧一跳，避开了。接着，那头雌狮躲进了旁边的一个灌木丛里。

两头雄狮带着六头雌狮很快形成了对这五头长颈鹿的包围圈，留了一个供长颈鹿们逃跑的口子。

小长颈鹿受了伤，躺在地上挣扎了一会，终于站了起来，跟在大长颈鹿后面。

躲进灌木丛的那头雌狮跑出来了，九头狮子向着这五头长颈鹿不断地靠近，逼迫它们后退、逃跑。

四头成年长颈鹿带着小长颈鹿先往后退了一截，很快又转过身来了。狮子留给它们逃跑的路，地面凹凸不平，它们个子高、颈子长、腿又长又细，在这样的地面上无论是走还是跑，都难以保持平衡，很容易跌倒，而一跌倒就非常容易受到攻击。

这时，最靠近小长颈鹿的一头雌狮，以闪电般的速度冲上去，咬住了小长颈鹿的咽喉，拖着它沿着水塘岸边向前跑。小长颈鹿的妈妈看到了，发出撕心裂肺的惨叫，立刻冲了过去。

八头狮子向小长颈鹿的妈妈冲了过来，其他三头长颈鹿立刻向狮子们冲了过去。

我看到，一头雄狮、两头雌狮同时冲向小长颈鹿的妈妈，雄狮扑上了它的背，趴在那里使劲地咬，两头雌狮扑到了它的两条后腿上，爪子紧紧地抓着皮肉，挂在那里，张着嘴在咬。还有一头狮子冲到了它的长颈下面，伸着头往上跳，想咬它的颈脖，跳了一次没有咬到，又连续地往上跳了几次。

这头长颈鹿，使出全身的劲，又是摇头，又是甩颈子，又是前踢，又是后蹬，先把挂在它两条后腿上的雌狮都甩掉了，接着，把趴在它背上的雄狮也甩掉了。

四头长颈鹿站到了一起，相互间保持一定的距离，同八头狮子大战起来。

嚯！长颈鹿甩起长颈来了！它们的长颈极具柔韧性，甩长颈就像甩长鞭，把长长的颈子拧出一个超过90度的大弯，紧接着就用自己的头当流星锤，猛地锤向狮子，用头顶的骨质犄角增强杀伤力。

我看到，一头长颈鹿的“头锤”精准地锤到一头雄狮的腹部，把它身上锤得鲜血淋漓！当这个“头锤”再一次锤的时候，反向锤到了一头雌狮，接着又回过来锤到了另一头雌狮……

四个“头锤”来回挥舞，每一锤不是锤到这头狮子，就是锤到那头狮子，把八头狮子锤得一个个皮开肉绽，血流满身！

一头雌狮的头部被一头长颈鹿的“头锤”重重地锤了一下，立刻倒了下来，爬起来之后，跌跌跄跄地逃跑了。

其他的狮子，纷纷逃跑。

长颈鹿们甩开十六条大长腿，跨着大步，迅速地追赶。它们用胸膛猛撞，同时不断地甩动长长的前腿和后腿，它们的蹄子，能够前后左右全方位地踢踹！

有一头雄狮，被长颈鹿的“头锤”锤了一下之后，身上鲜血淋漓，但它还能跳起来，要去咬一头长颈鹿的长颈，就在这时，另一头长颈鹿用胸膛重重地撞了雄狮一下，把它撞得在地上打滚，接着，第三头长颈鹿用大长腿来了一个回旋踢，接着又踹了一下，踹得它趴在地上好长时间起不来。

还有一头雄狮，冲到离它最近的一头长颈鹿身边，一跳几米高，落在长颈鹿的背上，又一跳，精准地咬住了它的咽喉，悬挂在空中。这头长颈鹿不能呼吸，过了一会就倒了下来。咬着长颈鹿咽喉的雄狮，跌到地上之后，立刻有十二条鹿腿一起狂踩，当场就把这头雄狮踩死了。

之后，那头被踹得趴在地上的雄狮站了起来，拖着遍体血污的身躯，艰难地挪动着已经断了的腿，一瘸一拐地往前走，它的头还昂着，头上长着又长又黑的鬃毛，眼睛依然炯炯有神。

狮子在天空翻滚

今天我亲眼看到狮子在天空翻滚！不是马戏团的狮子，是非洲草原野生的狮子。

我们的车子在广阔的非洲草原上行驶着。

遥望远处，地平线上好像有一堵锯齿状的黑墙。我拿起望远镜来，看到那是黑压压一大群牛的身影，上千头非洲水牛正在那里一头挨着一头地慢慢地移动着。

我们看到这里的草原一望无际，稀疏地分布着一些大树，大树旁边往往生长着灌木丛。

"你们这里的草原上，大树不是很多嘛。"我说。

"是呀，"导游说，"我们这里是稀树草原，在连绵的草本层里，断断续续地镶嵌着乔木和灌木植物。"

他忽然问我："你知道非洲草原最大的敌人是什么吗？"

"是食草动物吧？"

他摇摇头，笑了笑，说："不是食草动物，是树。如果树木长成茂密的森林，把阳光挡住，草就长不起来。于是，我们这里的草就进化出自我燃烧的能力，把树烧死。草根有抗烧能力，你们中国有一句古诗，怎么说来着？"

"野火烧不尽，春风吹又生。"

"对，草呀，春风吹又生。这里就成了稀树草原。"

正谈着，我看到在草地的一个陡坡上，一头穿山甲正在打洞。穿山甲有几千年的进化历史，有着特殊的身体构造，除了脸和腹部之外，全身披挂着鱼鳞样的甲片，这些甲片很厚重，在阳光下闪闪发光。

穿山甲有两种，一种是地穿山甲，一种是树穿山甲。这一头是地穿山甲，体重约有3公斤。它在地上打洞的速度很快，十多分钟就能打出一个1米多深的洞，然后伸出它长达数十厘米的柔软细舌，深入蚂蚁穴内的细密甬道，将其中的蚂蚁扫荡一空。

这头穿山甲吃光了这个蚂蚁穴内的蚂蚁之后，前足立地，长长的尾巴撑在地上，站在陡坡的洞口处，伸出细长的红色舌头，把爬到它头顶上的蚂蚁扫进嘴里，粉红色的鼻子，左闻右嗅的。

正在这时，一头雄狮跑来了，穿山甲立刻蜷成了一团，它身上甲片的边缘非常锋利，可以割伤捕食者的唇舌。狮子用爪子碰了碰穿山甲，不敢撕咬，就站在旁边看着。

“穿山甲的鳞片可以做药材，值钱得很，这使它成了全球非法走私量最大的哺乳动物之一，它因此也濒临灭绝。”导游说。

“其实，中医药典里有一百多种草药、矿物质和动物可以替代穿山甲，使用替代物是保护穿山甲不致灭绝的一个重要方法。”坐在我身边的朋友说。在2020年版《中国药典》中，穿山甲未被继续收载。为加强保护，现在，穿山甲已经升级为国家一级保护野生动物。

我往车子的右前方一看，有一头动物在跑着，一头狮子跟在这头动物后面跑。那是什么动物，我看不清楚，只看到它的身体跟狮子差不多大。狮子跑得很快，那头动物跑得也很快，中间一直有一段距离。

我们的车子向右转了一个弯，让狮子在我们的车子前面跑。

那头动物跑到一个灌木丛中去了，狮子紧跟着追了上去。那头动物从灌木丛中跑出来继续向前跑，狮子也跟着向前跑。狮子比它跑得稍微快一点，它们之间的距离越来越短。之后，狮子跟着那头动物又跑了很长一段路，但是一个又一个的灌木丛挡住了我们的视线，我只看到它们跑出一个灌木丛，又跑进另一个灌木丛，出出进进，进进出出。

我说：“看样子，这头狮子，不达目的，决不罢休呢。”

等我们能看到它们的时候，只见那头动物拼命往一个洞里跑，身体前半部分已经进洞了，狮子抛物线似的一跃，扑了上去，一口咬住了它尾巴的根部，它立即惨叫了一声。狮子咬紧它的尾巴，用力把它拽向洞外，它拼命地向洞里面冲。我一看，这头动物巨大的头部占了身体的三分之一左右，嘴角处长着向外突起的大獠牙，长长的、弯弯的，像刀子一样尖利，原来是一头疣猪。

狮子和疣猪，一个向后拽，一个往前冲，相持了一会，疣猪的尾巴断了！疣猪回过头用自己的大獠牙向狮子刺去，狮子“嗷”的一声跳到了一边，疣猪正要跑进洞里时，狮子前脚一用力又是一扑，咬住了疣猪的咽喉。

这之后，任凭这头疣猪怎样疯狂地挣扎，狮子就是咬紧它的咽喉不放松，看样子还越咬越紧。渐渐地，疣猪停止了挣扎，之后，一动也不动了。狮子环顾了一下四周，就大口大口地吃起猪肉来了。

前面，有一群长尾黑颚猴正在一棵猴面包树上跳跃。

猴面包树的树干特别粗，一棵树就是十个人手拉着手也不能合围上。树干很高，笔直朝天，顶端的枝条盘根错节，树叶多集中在树的顶端，枝干巨大、苍劲，像虬龙似的。

这种树的树干里有柔软的树芯，密布着细小的孔洞，能像海绵一样吸住水分。很多猴面包树上了年纪之后，树芯会腐蚀掉，成为空心树，仅靠树皮中的维管束输送养料存活。它的果实干如面包，是猴子爱吃的食物。

这些长尾黑颚猴在猴面包树上上蹿下跳，有的正坐在树顶上捧着猴面包在吃呢。

车子沿着河边开着，前面盛开着一片鲜花，香气阵阵袭来。好大一片绚丽的鲜花啊！在这里，雏菊、百合、芦荟等等在每年的雨季都会焕发出生机，现在，正沐浴着阳光，绽放着橙色、粉红色、白色、黄色的花朵。看到它们灿烂的笑脸，我们也心花怒放。

“没有想到，在非洲草原上还能看到巨大的花毯。”我说。

“非洲出鲜花嘛，世界闻名的，”导游说，“目前，东非是非洲最大的鲜花种植区，肯尼亚和埃塞俄比亚是非洲鲜花出口量最大的两个国家，肯尼看；这里的斗牛，是牛与牛斗，许许多多的牛在看。”

导游扑哧一笑，问我：“看不看？”

“看。”

车子又往前开了一点，就停下来了。

导游对着两群牛看了一下，说：“它们前天在这里打过群架的，今天又聚集到这里来，可能要出事啊。”

两头雄壮的大公牛，一头是黑色的，一头是褐色的，都低着头，盯着对方，头对着头，中间一直是那么几米的距离。

相持了一会之后，黑色大公牛踢了踢地上的草，“哞”地一声大喊，将自己头上的角对准对方，猛冲了过去！

褐色大公牛也立刻用自己的角对着冲，两头牛相撞了，同时发出“哞哞”的叫声，头顶着头，拼命用力，要把对方顶翻在地。

这两头大公牛的后面，各有一群牛站着，看得眼睛一眨也不眨。

两头牛，这一头冲撞过去，另一头后退，这一头再冲，另一头再退，接着，另一头冲撞过来，这一头后退，另一头再冲，这一头再退。有时，相互用角扭动打斗，撞击对方。几十个回合下来，褐色大公牛体力不支了，气喘吁吁的。黑色大公牛乘胜发动总攻，以自己最大的力气又一次冲了上去，把对方顶翻在地！

褐色大公牛躺在地上，痛苦地呻吟着，挣扎着。它后面的那一群牛，都围到它身边来看着它。

黑色大公牛昂首挺胸，在牛群面前低声叫着，十分得意。

褐色大公牛奄奄一息了，看着它的那一群牛都愤怒地“哞哞”大叫起来，横眉冷对那头黑色大公牛，向它逼近。

原来，黑色大公牛在总攻时，将自己的角戳进褐色大公牛的咽喉部位了，这可是致命的一击呀。

黑色大公牛可能不是有意要杀死褐色大公牛，但事实是褐色大公牛已经被自己杀死了，它觉得闯了大祸，掉过头就跑。

褐色大公牛的那一群牛，有七八十头，不管公的母的，老的小的，满腔怒火地吼着叫着跟在黑色大公牛后面追！

黑色大公牛的那一群牛，有一百多头，它们有的看到了事情的真相，跟着黑色大公牛掉头就跑，大部分并没有看到事情的真相，也跟着跑了起来。

黑色大公牛长得高大健壮，跑得很快，褐色大公牛的那一群牛，追不上它，只追上了黑色大公牛那一群中怀孕的母牛、老牛、小牛、生病的牛、残疾的牛，把满腔怒火发在它们身上，用自己头上的角猛戳它们。

草地上，很快就躺下了许多牛的尸体，还有很多受伤的牛在惨叫，在呻吟。

黑色大公牛的那一群中一些跑得快的牛，看到自己的同伴死的死、伤的伤，又回过头来，褐色大公牛的那一群牛乘机向它们猛攻……

短短的一阵子血腥报复之后，黑色大公牛的那一群牛，大多不是死了，就是受了伤，尸横遍野，血流成河……

我们看着眼前的这个景象，目瞪口呆。

蓦然，我的脑海里浮现出卢旺达种族大屠杀的景象，那是我在卢旺达女作家斯戈拉斯蒂科·姆卡松加的作品中看到的。1994年4月至6月，在卢旺达国内，上百万图西族的男女老幼惨死在胡图族士兵、民兵的枪支以及平民的弯刀、木棒之下。斯戈拉斯蒂科·姆卡松加的27个家人，包括她的父母和所有的兄弟姊妹，都在这场大屠杀中惨死。

我脑海里的那个景象，同眼前的这个景象，叠加在一起了。我看着，看着，心情沉重，无语凝噎……

我们的车子继续向前开。前面有一群大象在慢慢地走着，我们跟在了它们的后面。

这群大象，越走越慢，走着，走着，不走了。一群大象个个头朝外，紧紧地挨着，围成了一个圈，把一头大象围在了里面。

我们的车子停下来了。

我问导游："大象们这是在干什么呀？"

角马的“生死之渡”

天还没有大亮，我们的车子已经向着马拉河开去了。

每年2月，非洲东部的大草原上，大群的斑马、角马、瞪羚，总共约200万头食草动物，聚集到坦桑尼亚的塞伦盖蒂大草原的南部，降生了几十万头幼崽之后，4至5月间，它们带着幼崽，浩浩荡荡地来到塞伦盖蒂大草原的西部水草丰盛的地方。

塞伦盖蒂，在马赛语中，意思是“无边的平原”，地处赤道附近，位于东非大裂谷南部，坦桑尼亚的北部，地面被草和稀疏的乔木、灌木覆盖，面积2万多平方千米，栖息着世界上种类最多、数量最庞大的野生动物群，大约有70种大型哺乳动物和500种特有鸟类，已经被列入世界文化与自然遗产名录。

6月初，旱季开始来临，30多万头斑马先行、150多万头角马居中、50多万头瞪羚尾随，开始北上，追逐降雨和雨后的青草。

7月初，这几百万头食草动物，横跨鳄鱼密布的马拉河，到达肯尼亚的马赛马拉草原。7月至9月上旬，它们在水草丰盛的马赛马拉草原吃草。9月下旬，又向南跨过马拉河，追逐10月开始的塞伦盖蒂大草原上的雨水和青草，一路向南。

第二年1月底至2月初，它们陆陆续续地又来到塞伦盖蒂大草原南部，重新开始孕育下一代，然后进行新一年的大迁徙。

这几百万头斑马、角马、瞪羚，在追逐雨水和青草进行大迁徙时，大象、长颈鹿等食草动物，成群地相伴在它们迁徙大军的两旁。

东非大草原上的这种野生动物大迁徙已经进行了百万年，年复一年，周而复始。

靠近塞伦盖蒂大草原的马拉河，在马赛马拉草原上是东非大草原野生动物大迁徙的必经之路。

马拉河的河畔和水中每年都有几百万头食草动物与大群大型食肉动物

进行生死之搏，斑马、角马、瞪羚等的悲壮，狮子、猎豹、鳄鱼等的凶猛，在这里表现得淋漓尽致。

现在是7月初，角马大军正在马拉河进行“生死之渡”。

角马，又叫牛羚，我在非洲草原看到很多了。它们的长相是牛头、马面、羊须，头上的一对角，又大、又尖、又硬、又有力，还有点呈螺旋状，像非洲水牛的角，能踢能踹的蹄子也具有杀伤力。它们的体重一般在200公斤左右，大的有300多公斤，身体强壮，力气很大。它们的“生死之渡”，是怎样的惊心动魄呢？

坐在车子里，我和朋友交谈着，导游有时也参加进来讲几句。

“几百万头斑马、角马、瞪羚吃的都是草原上的草，草长得有那么快吗？够它们吃吗？”

“斑马喜欢吃长得高高的草，而且是吃草茎的顶部；角马吃斑马吃过的草的底部，吃长得不高的草；瞪羚吃角马吃过之后新长出来的嫩草。这样，既满足了各自的取食需求，又让植被得以休养生息，”导游说，“狮子、猎豹等食肉动物追逐这些食草动物，既保证了自己的生存，又淘汰了较弱的食草动物。野生动物具有怎样的身体结构，就能行使怎样的功能，不同的物种结构和功能的差异，使它们适应了不同的生态环境，并使生态系统达成动态的平衡。”

“青草丰盛的季节，也是食草动物繁衍的高潮季节吧？”

“是这样的，丰盛的食物启动了食草动物的生育。伴随着青草的生长，分娩和交配发生在同一个季节里。像斑马，雌性在分娩后的7到10天，就会再次发情。像角马，短短几周内就有成百上千头小角马呱呱坠地。”

曙光初照时，我们的前面出现了一小群非洲草原象。我们的车子就跟到了它们的后面。

非洲草原象是现今陆地上最大的哺乳动物，体形极其庞大，雄象体重6吨多，最重的有10吨，雌象体重一般在3吨左右。为了寻找水和食物，它们每天都在草原上行走，一年要走16 000千米。

“在利用自己敏锐的嗅觉以及运用次声波传递信息，争取提前预警遇到的威胁。它们长长的鼻子能嗅到百米之外的气味，通过分辨这些气味，就能判断前方有没有敌人。”

这一小群大象走了以后，我看到水塘旁边的树被大象碰得向两边歪倒，水塘旁边的地上全是大象踩出来的脚印，一个个都像水桶那么大，一个游人脚踩下去深达膝盖。

我们跟着这一小群大象到了前面，看到有几小群大象走在一起，每一小群之间相距好几米或十几米。这一小群大象，也加入进去了，一起向前走。

我说：“一小群一小群的大象聚集到一起，成为一个很大的大象群。”

“它们是在往马拉河走，要去伴随角马大军呢。”导游说。

这时，我看到远处尘土飞扬，还传来轰隆轰隆的响声。

轰隆轰隆的响声越来越大了，我用望远镜一望，远处尘土飞扬的地方，有大群大群的角马在向北奔跑，已经离马拉河不远了。我们的车子加快速度，向前面尘土飞扬的地方开了过去。

车子开着开着，我就看到浩浩荡荡的角马大军在向前涌动，像海浪一样波翻浪滚，奔腾的马蹄撞击着地面，轰隆轰隆，震耳欲聋！

我们把车子开到角马大军东侧几十米一个地势比较高的地方，停了下来。

从塞伦盖蒂大草原出发北上，150多万头角马长途跋涉，时而顶着烈日，从悬崖上一跃而下，时而在暴雨中冲进洼地的水面，溅起大片的水花，灵活地穿梭于复杂地形之间，不断地突破狮子、猎豹、鬣狗的围追堵截，现在，角马大军来到了这里，很快就要到达马拉河边了。

我前面黑压压的一大群角马，有几万头，密密麻麻的，正在排着长长的队伍，后面的跟着前面的，有条不紊地向前跑着。

我仔细地看，这几万头角马由一个个小群体组成。在小群体里，怀孕的母角马、幼小的角马和年老体弱的角马跑在中间。每个小群体都有领头的，它一边行进，一边巡视，观察有没有危险。在过一个小水塘，每个小群体越过时，领头的角马都会站在旁边，注视着情况，看到小群体中的每一头都过去了，它才快跑着跟上队伍。前面是一大块坡地，一大群角马，开始跑上坡地了。

这几万头角马的前面不远处，有漫天的尘土在飞扬，后面不远处，同样是尘土漫天飞扬。

我看着眼前这几万头奔跑着的角马，同时想象着它们前面和后面一大群、一大群的角马在奔跑。150多万头角马在奔跑着，蹄声震耳欲聋，激起漫天尘土，如此恢弘的气势，这在地球上还有什么地方能看到？

我眼前的角马，正在向一大块坡地上跑着。忽然，我看到土坡的两边都有狮子、猎豹、鬣狗，这些凶猛的食肉动物，有的正在坡下潜伏，有的虎视眈眈，有的蠢蠢欲动。

我看到，这些豹子脸上都有两道黑线，从双眼内角一直延伸到嘴的两侧。导游说，它们是猎豹，是昼行性动物，多在白天活动，是陆地上奔跑速度最快的动物。它们可以在三步之内，从静止加速到时速65千米，全速奔跑的时速可达120千米。

“啊哟，简直是在飞呀！”我惊叹道。

“但是，它们耐力不佳，奔跑的距离有限，如果距离超过300米，就保持不了冲刺时的速度。它们的体力也不是很强，经过高速的追猎之后，它们身体的能量高度消耗，连续追猎五次不成功就没有力气继续捕猎……”

导游的话还没有说完，我就看到一头猎豹向一头落单的角马冲去！

这头角马觉察到了，加速向前快跑，猎豹立刻全速奔跑，向前猛冲。角马向前跑着跑着，突然，身体转了一个弯向左快跑。猎豹愣了一下，它身体向前的巨大惯性，使它继续向前冲了一大段路，然后赶紧转弯向左，一看，角马已经跑进一个灌木丛中了。等到猎豹追到灌木丛时，角马又向后跑，接着又转了一个弯，跑进奔跑着的角马大军中去了。这时，这头猎豹已经耗费了大半的体力，要休息休息了。

一头潜伏在坡下的雌狮，一跃而起，冲到坡上，扑向一头角马！这头角马不但不逃跑，反而发起了反攻，它低下头，用头上的角顶狮子的肚子，把狮子顶飞了，狮子摔到地上之后，它又顶了一次，狮子掉到了斜坡上，滚到了坡下。

又一头狮子冲上了土坡，是一头雄狮，径直扑向一头角马，一口咬住了它的咽喉，把它往坡下拖，角马拼命挣扎。就在这时，一头鬣狗跑到这头角马身后，掏角马的肛门，把角马的肠子拖了出来。在狮子、鬣狗的前后夹击下，这头角马被吃掉了。

一头猎豹扑向一头角马，这头角马的右前腿有伤，它就低着头原地360度快速旋转，转了一圈又转一圈，把头上的角始终对着猎豹，那一对角又大又尖，呈螺旋状，很有杀伤力，猎豹跑走了。这头角马又跟着队伍跑了起来。

狮子、猎豹、鬣狗不断扑向角马，角马的队伍开始混乱了。一头残疾的雌狮趁着这个机会，也冲向角马，它一瘸一拐地跑，竟然跑得很快，一下子咬到了一头小角马的脖子，把它拖到草丛里，吃了起来。

一头年轻的雌狮也咬到了一头小角马，小角马的妈妈立刻转过身，低着头，用头上的尖角对着狮子冲，年轻的狮子放下小角马逃跑了。

另一头雌狮跑来了，它的体形相当大，小角马的妈妈同这头大雌狮周旋了一会，可能是觉得自己势单力薄打不过大狮子，转身就跑，大狮子跟在后面追。小角马的妈妈跑着跑着，在危急时刻，从自己的屁股后面排出了一大团东西，狮子可能以为是一头小角马，扑上去，抓住了，吃起来。趁着这个机会，小角马的妈妈带着小角马赶快逃离了。

我问导游："那头角马并不是在怀着孕呀，它身体里排出的是什么？狮子还吃得津津有味的。"

"这是角马的'调包计'。母角马分娩之后，会把胎盘留存在体内，等以后遇到危急时将它排出来，让捕食者以为是小角马而去争食，自己好带着小角马脱险。"

忽然，我看到有一头大角马的屁股后面悬吊着一头小角马的前半身，小角马的后半身还在大角马的肚子里，大角马也在跑着，屁股后面的小角马一摇一晃的。啊，它是在迁徙的路上分娩了，看到狮子扑来，不得不停止分娩，强忍着疼痛，继续向前跑。只见它跑到前面，停住脚步，把小角马生了下来。然后，它用头对着小角马，轻轻地碰碰，轻轻地推推，小角马站起来了，接着，大角马又轻轻地推推小角马，小角马开始摇摇晃晃地走了起来，只过了几分钟，新生的小角马就学会了走路，跟在妈妈身后东倒西歪地跑了起来，越跑步子越稳。

这时，有三头雌狮冲向角马母子俩，跑在大角马旁边的一头成年公角马，立刻发起反冲锋。公角马赶走了一头狮子，在赶第二头狮子时，第三头狮子快要冲到小角马前面了，此时，角马抢先冲到小角马面前，把冲来的狮子挡住，接着，它在原地360度快速旋转，使这头狮子不敢靠近。但是，被公角马赶走的第一头狮子，这时又跑回来，两头狮子要来吃这头刚刚出生的小角马，情况危急呀！

忽然，我看到这两头冲向小角马的狮子主动放弃就要到嘴的猎物，逃跑了。我再一看，是一群大象来了！

一群大象来了，狮子、猎豹、鬣狗纷纷后退。迁徙中的角马大军恢复了原来的队形，继续向前奔跑，这群大象就在旁边伴随着它们前进。

我们的车子与奔跑着的角马大军平行，在马蹄撞击地面的轰隆轰隆的响声中，快速地向马拉河开去。

在离马拉河几十米处一个高地上，停了几十辆旅游车，我们的车子开上去，停了下来。

我看到，成千上万头角马站在河岸上，密密麻麻，摩肩接踵，黑压压一大片。后面的角马，还在从远方像洪流一样涌向河岸。

马拉河的两岸，地势都很陡峻，河水在河岸下十多米深处湍急地流淌着，两岸堆着很多光滑的大石头，水面倒并不很宽。

角马首领带着十几头角马，从陡峭的河岸冲下去，来到水边，角马大军站在河岸上，注视着首领的一举一动。

角马首领察看着河水宽度和水流情况，寻找最合适渡河的地方。它们还没有看到鳄鱼，但它们凭经验知道，河里是藏着鳄鱼的，正潜伏在水下面呢。

角马首领两次下水，当河水触及它的下巴时，都立刻转身跑回水边。第三次尝试后，首领奋力向前游去，跟在它后面的十几头角马也“扑通扑通”跳入水中游了起来。于是，河岸上的角马蜂拥着从河岸上往下直冲，汇集到水边，密密麻麻地挤在一起，排成整齐的队形冲进水中。还有不少角马站在高高的河岸上，直接纵身一跳进入水中。角马大军的队伍，进入水中呈“Z”字形强渡马拉河!

马拉河的水中，密密麻麻地分布着尼罗鳄，它们是非洲最大的鳄鱼，也是地球上所有鳄鱼中最令人闻风丧胆的水域霸主。

尼罗鳄体形巨大，身长3米以上，最大的长达6.5米，体重1吨以上，最大的重达3吨。它们经过进化，流线形的身体已经完全符合水的流体动力学，能沉入水下数十分钟甚至几个小时而不动，宽大有蹼的脚和巨大的有推进力的尾巴，使它们的反应比任何鳄鱼都更加敏捷有力。它们强硬的颅骨与强健有力的颚部肌肉配合，能在圆锥形的牙齿上产生巨大的咬合力，能咬穿并叼住很大的猎物，通过快速的“死亡翻滚”凶残地将猎物杀死，囫囵吞下全部食物而不咀嚼，因为它们像袋子一样的胃，不仅肌肉厚实，而且有一个个纵向生长的石状隆起，专门用于消化坚硬的食物。而且，它们还喜欢群体合作捕食。

尼罗鳄们听到大群角马来到河边的声音以后，先是一动不动地潜伏在水里，身体像一尊石头，还常常不露身影，只把耳朵、口鼻尖部尽量少地暴露在外，眼球一开一合，好像忽明忽暗的灯泡。等到角马们跳进水里以后，尼罗鳄就浮出水面了，眼睛睁得老大，虹膜呈橙红色，光泽诡异，上面布满深色斑块或纹路，中间是黑漆漆的狭长的瞳孔，杀气腾腾，一张张大嘴，错落地分布着可怕的雪白的牙齿……

从河岸上往下冲到水边时，有的角马摔伤了，躺在大石头中间。已经冲下来到了水边的角马，慌不择路地跑，有的也被卡在了大石头中间。尼罗鳄一条又一条地游过来，咬着这些角马的身体，把它们拽了出来，拖进水里，响起了一声又一声惨叫。

冲进水中的角马，有的被汹涌的激流带走了，有的被鳄鱼咬住了，惨叫声此起彼伏。

好多尼罗鳄都已死死地咬住了角马，用力地把角马的身体翻来滚去地摔，通过快速的“死亡翻滚”，使之成为碎块，然后一块一块地把它们吞进肚子里。

一条尼罗鳄扑向游在河中央的一头角马，撕下角马腹部的皮，扯下一大块肉，吞了进去。它看到水面上漂浮着一团角马的内脏，又立刻游过去，一口咬住了。

一头游在水中的角马，被一条尼罗鳄咬住了，它一边游，一边奋力摆动身体，把尼罗鳄的头一会儿带到自己身体的这一侧，一会儿带到自己身体的那一侧，游到对岸的水边时，终于使尼罗鳄的嘴从自己身上滑落下来，它立刻冲上岸，跑进正在上岸的角马群中。后来我知道了，尼罗鳄的反应敏捷有力，但容易疲劳，每一次行动都来自无氧代谢所提供的动力，然后需要一些时间来恢复。

一头角马游到对岸水边时，屁股被一条尼罗鳄咬着拖进了水里，它的头碰到了漂浮在水中的角马的尸体。在死亡的阴影步步逼近时，它用尽全身力气挣扎，前腿终于站到了水边，刚刚跪到地上，又被尼罗鳄拖进水中，它开始更疯狂地挣扎。尼罗鳄疲劳了，松了口，这头角马死里逃生了。

在这头角马的旁边，另一头角马正在疯狂地挣扎，它的一只脚被咬住了，后来，它任由尼罗鳄把自己的脚咬断，三条腿跑着，跟在众多的角马身后，冲上了岸。

这头三条腿的角马上了岸后，跑在了众多角马的最后面。它跑着跑着，回头一看，好几头怀孕的母角马聚集在一起集体渡河时，遭到几条尼罗鳄的围攻。它转过身，猛地冲向那几条尼罗鳄！尼罗鳄们气极了，“竟敢来攻击我们！一起来围攻它”。这头三条腿的角马同尼罗鳄拼命搏斗，最后，大叫一声，就地倒下，让尼罗鳄来吃自己。那几头怀孕的角马上了岸之后，回头一看，那头三条腿的角马正在被尼罗鳄撕咬着，而它正看着上岸的角马们，眼睛里露出安详的目光，怀孕的母角马们一个个泪如雨下。

昏黄的河水已经变成红色的血水了，角马们前赴后继，一群一群地往河里冲，奋不顾身地游，一群一群地冲上了岸！

夕阳西下，天空的颜色在不断地变化。浅浅的橙色光晕渐渐变红，慢慢地又红了一些，过了一会，照在前面山上的霞光已是猩红色，之后就呈血色。在红得像血一样的晚霞映照下，大草原上的光影和色彩每分每秒都在变幻。

马拉河的河畔血迹斑斑，马拉河的水中血肉横飞，鏖战在继续。角马的牺牲惨重。许多角马的死换来了更多角马的生，浩浩荡荡的角马大军，终于渡过了马拉河，向着马赛马拉草原水草丰盛的地方奔去！尽管迎接它们的又是狮子、猎豹、鬣狗的围追堵截。几百万年来，非洲角马这个物种种群是怎么越来越繁荣昌盛、越来越强大的？正是通过这大迁徙，才越来越繁荣昌盛、越来越强大的！

150多万头角马，在非洲大草原全程3000多公里的大迁徙中，与狮子、猎豹、鳄鱼等凶猛的掠食者在马拉河的河畔和水中进行生死之搏。这是当今地球上最壮观的动物大迁徙场面。

在回来的路上，我想角马是在狮子、猎豹、鳄鱼这些猛兽面前明显处于劣势的食草动物，但是，为了自己的生存、发展，它们自强不息，以坚强不屈的意志、坚韧不拔的毅力，顽强拼搏，百折不挠，终于粉碎了众多强敌的围追堵截，夺取了大迁徙的胜利，使自己的种群越来越强大，堪称创造了伟业。发生在动物世界的这个故事，震撼着人们的心灵，实际上，它难道不是在以另一种形式演绎着人类世界中与之相似的事吗？

月光下的非洲草原

在月光下，我们的车子开到了一条河的岸边停了下来。一阵夜风吹到脸上，好香呀！一阵一阵馥郁的花香，随风飘了过来。

我站起身，撑起车子的顶盖，头伸出车顶，环顾四周。

银色的月光洒在河边绿草地上。这里，青草长得分外茂盛。近处，有矮小的土山，山上有树林，山下稀疏地分布着枝繁叶茂的大树和一个个郁郁葱葱的灌木丛。

在一个灌木丛旁边，草地上开着一片鲜花，一朵又一朵白色的鲜花。

这些鲜艳的白色花朵，正被绿叶托着，在皎洁的月光下，舞弄着自己的影子，散发着馥郁的花香。这香气，像是茉莉花香混合着丁香花香，这是晚香玉花的香气。

我在晚香玉花的馥郁香气中，深呼吸着。闻着，闻着，我觉得这花的香气既复杂又浓郁，温柔得如絮絮低语，令人迷醉。

我抬头仰望，月亮挂在天空，明朗如美玉，繁星熙攘，宛如大大小小的钻石，争相呈现璀璨的光芒，有的还眨着眼睛呢，流星不时地划过夜空。

我仰望着灿烂的星空，看了好一会，越看越觉得这些星星离我很近，漫天的繁星，似乎伸手可摘。

非洲草原的夜晚，一片静悄悄。细听，可以听到风声、河水流淌声、昆虫鸣叫声交汇在一起的天籁之音。

我拿出望远镜，望着远处。

月光下，一棵大树前面的草地上有两头狮子，雄狮的头部硕大，头上长着长长的浓密的鬃毛，身体很魁梧，显得威武雄壮；雌狮头部小些，头上没有鬃毛，身体比较娇小，体态俊美矫健。它们靠得很近，面对面地趴在地上，它们的眼神里都流露出一种柔情蜜意。它们俩互相看着，看着，渐渐地都把对方融进了自己的眼睛里。月光如水，洒在它们身上。

四周，一片寂静。

雄狮走到雌狮面前，用舌头轻轻地舔雌狮的身体，这里舔舔，那里舔舔，雌狮任凭它舔，身体一动也不动。雄狮舔了一会，不舔了，雌狮就从地上爬起来向前走，雄狮跟了上去，走得都很慢。雌狮一边走，一边不时地摇着尾巴，轻轻地打在雄狮的头上、脸上，雄狮任凭它打，脸上好像还露出了笑容。

走了一会，雌狮停了下来，躺在地上，腹部朝天，伸伸腿，摇摇尾巴。雄狮趴在雌狮的旁边，笑眯眯地看着。过了一会，雌狮在雄狮的前面趴了下来。

雄狮站起来，趴到雌狮的身上去了，两条前腿支撑着身体，两条后腿蹲伏着，雌狮一动也不动地趴在雄狮的身体下面。过了一会，雄狮从雌狮身上下来，躺在它的身边。

月光洒在草地上，一阵一阵的夜风，飘来晚香玉花的花香。

雄狮又趴到雌狮的身上去了，整个身体趴了上去，嘴和鼻子碰到了雌狮头上的短毛。趴着，趴着，雄狮的身体轻微地动了起来，雌狮的喉咙里发出了几声柔和的声音。雄狮的身体不断地轻轻地动着，雌狮又发出了几声柔和的声音。过了一会，雄狮又从雌狮身上下来，在它的身边躺着。

"看样子，我们来到一群狮子的领地了，"导游说，"狮子领地意识很强的。今天夜晚，我们可能会看到不少情况。"

忽然，我看到一头身体魁梧但肚子瘪瘪的雄狮身上皮开肉绽，遍体血污，艰难地一小步一小步地挪动着已经断了一条腿的身体，一瘸一拐地向前走。走到河边草地上，它慢慢地躺了下来，闭上了眼睛，只有出气，没有吸气，在那里奄奄一息。

这头雄狮以前是威武雄壮的，它是在捕猎的过程中受了重伤，还是在狮王的争夺战中被对手打败了？它现在是孤独地躺在河边草地上，凄惨地等待死亡。

我盯着它看着，觉得它身上很疼痛。我问朋友："动物有没有痛觉？"

"动物是有痛觉的。所有哺乳动物都有相似的神经系统，鸟类、爬行动物和两栖动物都有痛觉感受器。科学家已经收集到了鱼能感受到疼痛的许多证据。"

我又看了看这头雄狮，它现在是在疼痛中痛苦地等待死亡。

我放下望远镜，看着眼前的草地。

月光下的草地上，只有草在风中摇曳，发出轻微的窸窣声。

忽然，响起了一阵声调很高的尖叫，随后是一系列深沉的隆隆的低音，声音像波浪一样，沿着河岸传来。

“这是什么动物的叫声？”

“河马。雄性河马在夜晚呼喊，这是它们对雌性河马的‘广告’。”导游说。

深沉的隆隆的低音，沿着河岸传到了更远处，这里又静悄悄的了。

我在非洲草原上多次看到过河马。一天，我们的车子停在河边不远处，突然，“噗”的一声，水面上冒出一个圆滚滚的脑袋，耳朵甩甩水珠，瞪圆了眼睛盯着我们。这个圆脑袋缩回水里，另一个冒了出来，眼睛浮在水面上，监视着我们。这时，它的旁边又冒出一头河马，肉粉色的大嘴90度地张开，露出又粗又尖、咬合力惊人的獠牙，立刻又潜入水中。

导游说：“成年河马，体重有2吨到3吨，跑起来却非常快，一旦发怒，能以每小时30千米的速度攻击任何挑衅它的人或动物，咬合力惊人地强，能把一条成年鳄鱼撕成两半。”

草地上的一个地方，响起了轻微的声音，还有草倒了下去。我一看，一个小动物的头从地下的洞里探了出来，头上的两只大耳朵竖着，在探听外部的动静，几秒钟之后，那长着大耳朵的头，又缩进洞里去了。

我轻声问：“那个小动物是不是耳廓狐？”

导游点了点头，轻声告诉我，耳廓狐是世界上最小的狐狸，体长30厘米至40厘米，体重1千克左右，只有人的鞋子那么大，跑起来快得不得了。它的生活习惯是昼伏夜出，白天常常躲在地下的洞里。它的耳朵同身体比，特别大，既帮助身体散热，又为它提供了高度发达的听力。它的长爪子，裹在厚厚的皮毛中，可以在热得发烫的沙子上快跑，还可以挖洞，让自己躲进去。

我看到一头天真活泼的狮子幼崽，正在向我挥动前肢，它的脸朝着地面在看什么。我拿起望远镜一看，它的面前有一条大蛇，它是想用爪子抓那条蛇玩玩。

一头狮子往一头角马的身上猛地一扑，接着又有两头狮子扑了上去，这头角马倒在地上了，过了一会，就被几头狮子咬着往自己的领地上拖。

又有一头角马倒在地上，被一群狮子撕咬着，接着，又响起了几头角马的惨叫声。

上千头角马都跑远了，这里又安静下来。

我们的车子继续往前开。

过了一会，云破月来，月光又如水般洒在了草地上。

到了一个地方，我从望远镜中看到前面有一群非洲水牛，正在一个灌木丛旁边休息。

我们的车子又停了下来。

导游说："狮子捕猎非洲水牛等大型食草动物，多是在夜晚。狮子眼睛后面有独特的反射层，就像可见光的反射镜、放大镜一样，它的夜视能力超过人类的10倍，也超过其他许多野生动物。"

"捕杀一头非洲水牛，就够几头狮子吃好几天的。"

"但是，风险也极大啊。雄性非洲水牛的体重有800公斤至900公斤，最大的1吨以上，一头非洲水牛的体重相当于三四头狮子的体重。水牛不但身体庞大，皮肤也很坚硬，牛蹄和牛角也都极其厉害，被水牛的脚重重地踢一下，或者被牛角重重地戳一下，都是能致命的。"

我说："这种情景，我们今天夜晚不晓得能不能看到。"

"这里是狮子的领地，在这里不难看到。"

我们的车子，就在这里等着。

等了一会，果然有一群狮子伏在地上，朝着非洲水牛，悄悄地、一步一步地向前爬，慢慢地靠近。靠近到离牛群30米左右的地方，狮子停了下来，目不转睛地看着牛群，见非洲水牛还没有觉察到，就又继续向前，慢慢地靠得更近。

突然，在离牛群只有几米的地方，这群狮子向牛群猛冲了过去！这群水牛受到惊吓，向黑暗处四处逃散，有几头跑进了一个灌木丛。

咦！狮子呢，怎么一下子都不见了？

我到处看，还是没有看见狮子的踪影。

我仔细地看，原来狮子都潜伏起来了。在那个躲着几头水牛的灌木丛的两侧，都有狮子趴着，它们各就各位地隐蔽在那里，欲跳未跳，蓄势待发。

过了一会，“呼”的一声响，狮子开始攻击了，一群雌狮从灌木丛的一侧跳出来，向水牛快速冲锋，担当进攻的重任，三头雄狮从另一侧冲出来，向水牛包抄，准备对猎物施以致命的一击。这是经典的侧翼进攻战！

被逼进灌木丛中的几头水牛，从快要形成的狮子包围圈中冲出去的时候，有一头水牛被一群狮子围住了。这头非洲水牛身强体壮，跑得也很快，它东闯西撞，但不是被这几头狮子拦住，就是被那几头狮子挡住，跑不出包围圈。

就在这时，一头威武强壮的雄狮，像离弦之箭一样冲了过去，扑到这头庞大的水牛的背上。雄狮的体重虽然比非洲水牛轻得多，但它把自己所有的武器全部用上，两只前爪像一把大钳子，拼命地把水牛抓得紧紧的，让它无法摆脱，同时用嘴狠狠地咬了上去。另外两头快要成年的雄狮，从水牛身体的同一侧，扑到了水牛的身上，水牛倒在地上了。体形最大的雄狮靠牙齿的咬合力，紧紧地咬住水牛的咽喉不放，要使它窒息而死。另外两头雄狮，一头咬住水牛的肚子，一头咬住水牛的后腿。

其他的狮子都扑到这头水牛的身上来了，靠各自的咬合力，紧紧地咬住水牛的身体，有的咬住水牛的嘴巴，有的咬住水牛的前腿，有的咬住水牛的后腿，有的咬住水牛的背，还有的学鬣狗的掏肛术，咬水牛的肛门，从里面把肠子拖出来。

这头水牛开始倒地时，在不断地反抗，不断地挣扎，用角顶，用脚踢，但是，那么多狮子扑在它身上咬，不一会，它就浑身皮开肉绽，内脏也被拽出来了。

突然，情势急转，一大群水牛转身回来进行反攻，把趴在同伴身上的狮子赶走了。

十几头水牛走过来，围住受伤的水牛。好几头水牛都同时伸出舌头舔着受伤水牛的身体，用嘴轻轻地推它，催它赶快站起来逃走，但是，它受伤太重了。

这时，跑走了的狮子又回来了，守在不远处等待机会。

水牛们等了一会，见受伤的水牛还是一动不动，只好离开了。几头狮子立刻跑上去，又撕咬起那头水牛来。

我看着狮子撕咬、吞食的样子，说："真正是狼吞虎咽啊！"

在回来的路上，我们回想刚才的情景。

这群狮子的这次捕猎过程是：第一步，一群狮子出其不意地闪电般冲过去，恐吓毫无防备的一群非洲水牛，逼迫它们逃散；第二步，这群狮子只在几头水牛的两侧潜伏起来；第三步，狮子侧翼进攻，再次出其不意地冲刺，形成对水牛的包围圈；第四步，每头狮子都将自己的武器全部用上，囊中取物。一步一步的，是谁在指挥它们？指挥得这么得当。它们又配合得这么默契。我们亲眼看到，野生狮子不但英勇顽强，而且智慧惊人，不得不佩服。

之后，我们谈到了野生狮子的现状。

"非洲的野生狮子，在20世纪50年代，总数超过40万头，到20世纪80年代，只有20万头，21世纪初统计，只有2万头左右了！"导游说，"非洲狮子一旦灭绝了，对整个非洲的食物链乃至对全世界的生态系统的打击，将是极其巨大的。人类应该加强对野生狮子的保护啊！"

我问导游："非洲的野生狮子还在被捕杀吧？"

"前些年，情况相当严重。2015年，津巴布韦的一头壮年雄狮有着独特的黑色鬃毛和庞大的身躯，被称为狮子王，并取名西塞尔。一天，捕猎者看到它在觅食，把它引出保护区，先用弓箭、后用子弹击中它身体的要害，然后静观它死亡前40小时的痛苦挣扎，直至断气，随后便砍下它的头颅，扒下它身上的皮毛带回家。2017年，狮子王西塞尔6岁的长子，也死在捕猎者的枪口下。在自然界中，雄狮的存活率极低，雌狮与雄狮的比例大约是2比1或3比1，一头成年雄狮通常有多个配偶。捕猎者多捕杀雄狮，进一步减少了雄狮的数量。雄狮通常在一个家庭单位中承担保护者的角色，如果它被捕杀了，其他种群的雄狮或游荡的雄狮，就会同失去保护的雌狮交配，同时杀死原雄狮的所有幼崽。”

我听了以后，一头长满黑色鬃毛的威武雄壮的雄狮受到致命枪击后痛苦挣扎的情景浮现在我的眼前，断气之前，这样的痛苦挣扎持续了40个小时啊，我心里充满了悲愤。

过了一会，坐在我身边的朋友说：“从20世纪90年代以来，生物学家不断发表研究报告，警告人类正进入‘第六次物种大灭绝’。”

“什么是‘第六次物种大灭绝’？”

“地球上发生了五次大规模的物种灭绝，第五次发生在约6500万年前，小行星撞击地球，恐龙灭绝了。前五次，是自然地质原因造成的。这次是人类造成的，而人类又是首当其冲的受害者。”

“证据表明，最近100年以来，全球已经有很多个哺乳动物物种和脊椎动物物种灭绝。其主要原因是人类对生态环境的破坏太严重了，打破了人类、自然、物种之间互动的生态链条的平衡，”朋友说，“2019年，联合国发布《生物多样性和生态系统服务全球评估报告》，指出：目前地球上有近百万种物种可能会在几十年内灭绝。人类将目睹大规模的生物灭绝。”

“我们应该防止、阻止这种灭绝呀。”

“这就必须加强对生态环境的保护啊！”

正在这时，传来了低沉雄浑的狮吼声，震耳欲聋。

在月光下寂静的非洲草原上，猛然听到雷鸣般的狮吼，使人惊心动魄。

与鲸同游

看着人与鲸欢乐同游的情景，我沉思起来：只有在改造自然的同时保护自然，人与自然和谐相处、共同发展，才能可持续地拥有“绿水青山”，并使之同时成为“金山银山”。

与鲨鱼共舞

那天，我到南非开普敦以东的伊丽莎白港，看到那里有一条鲨鱼巷，位于小渔村甘斯拜以南，原来只是一条狭窄的水道，现在成了世界一流的潜笼观鲨地。

大白鲨是海洋霸主，拥有闪电般的游泳速度和致命的攻击力。

那里的一个岛上有5万多只海狗，大白鲨常常在那里伺机捕食海狗。

我穿上潜水服，站到特制的防鲨笼里，船员在海上倒入充满鱼腥味的血水，我刚刚在海面上漂浮了一会，一头大白鲨就向我冲了过来！砰！它猛地撞到了坚固的笼子上，我安然无恙。它怒气冲冲，又冲了过来，再一次猛撞笼子，当然又是白撞啰。它气得张开血盆大口要咬我，我看着它身上的三道花纹，看着它的眼睛，对着它笑了笑。

另一头大白鲨，在我站着的笼子下面，游着，游着，突然掉转身体，向我猛扑过来，把我撞得在笼子里摇摇晃晃。

我看到一头头大白鲨在我眼前游来游去，又有一头大白鲨悄无声息地来到我的身边，离我只有50厘米处时，露出锋利的牙齿，对着我冲了过来！当然还是有惊无险啰。

上岸以后，我听到一个游人说："我在巴哈马天堂岛的鲨鱼池里，与鲨鱼同游过，那些鲨鱼，就在我的身边晃晃悠悠地游，离我的身体只有20厘米。"

"那多危险！"

"不危险，还有趣呢，中间有玻璃甬道隔着嘛。"

第二天，我到开普敦的赫曼努斯去观鲸。

每年5月到11月，有数千头南露脊鲸、座头鲸、虎鲸等，来到南非海岸，在海湾里交配和生育后代。这些鲸会游到离岸边几十米的地方，表演空中腾跃、水中倒立等高难度动作，用大尾巴击水嬉戏。雌鲸与雄鲸在水中缠绵悱恻，常有新生的小鲸在妈妈身边依偎撒娇。赫曼努斯就是最佳的观鲸地。

没想到，在赫曼努斯东边的厄加勒斯角，我看到了沙丁鱼大迁徙！

沙丁鱼是近海暖水性鱼类，主要以浮游生物为食，每年春季，都要远离海洋，向近岸作生殖洄游。我吃过沙丁鱼罐头，鱼肉很是鲜美，还从来没有看到过海洋中的沙丁鱼生殖洄游。

南非东海岸的沙丁鱼大迁徙，同天空中候鸟的大迁徙，北美洲帝王蝶的大迁徙，海洋中鲸类的大迁徙，陆地上东非大草原斑马、角马、瞪羚的大迁徙一样，是地球上野生动物大迁徙的自然奇观，难得一见啊！

现在，我的眼前有数十亿条沙丁鱼密密麻麻地聚集在一起，形成庞大的阵形，长约7000米，宽约2000米，深达30米，像一条无比巨大的黑色缎带，沿着海岸向北移动，觅食浮游生物。海中成千上万的海豚、鲨鱼，空中数以万计的鲣鸟，从天上水下，四面八方，呼啸而至，围追堵截，这种海上大捕猎的血腥杀戮，看得人惊心动魄！

我看到，无数的海豚围成一个个圈，将沙丁鱼团团围住，接着，用各自的尾巴拍打水面，使海水激起一层层浪花，有的还吹出一串串气泡，形成阻隔层，把鱼群分离割裂开来，然后困住相对小的鱼群，对它们发动进攻，各个击破。沙丁鱼慌乱了，有的就跳出水面，落下来，正好掉进海豚张得大大的嘴里。

海豚是哺乳动物，不能一直待在水下，必须隔一段时间就到海面上换气。海豚常常从水面跃出，主要就是为了换气。

好多的沙丁鱼被海豚吃了，但也有好多好多的沙丁鱼在浑浊混乱的海水里，快速逃往海洋深处。

我正在为这些从海豚口中逃生的沙丁鱼庆幸呢，忽然看到在沙丁鱼的下方，海洋中最凶猛的动物之一——鲨鱼，一条又一条、一条又一条，从海水深处游上来了，它们又来围攻这些沙丁鱼。

这些沙丁鱼又有好多被鲨鱼吞掉了，活着的就逃走，往哪里逃？只能往海面上逃呀。哪知道还没有逃到海面上，从离海面几十米的空中，鲣鸟铺天盖地地俯冲下来，一直冲进海水中，精准地捉住了好多沙丁鱼。

我看到，好多沙丁鱼被海豚、鲨鱼、鲣鸟吃掉了，但也还有好多好多沙丁鱼四下逃窜，绝处逢生。

一直到庞大的沙丁鱼群远离这里之后，我才离开，眼前却仍然晃动着海豚、鲨鱼、鲣鸟围追堵截沙丁鱼群的情景。

来到赫曼努斯，我刚走到岸边就看到一头庞然大物的头部，像个火车头，从密集的鱼群底部，“轰”地一跃而起！

它张开巨大的嘴巴，一口将成百上千条小鱼连同海水一起吞下，将海水过滤出去，只留下食物，几秒钟就结束了进食，又像呼啸而过的火车头一样，摇头摆尾潜入水中，一眨眼，无影无踪了。

导游告诉我：“这是一头布氏鲸。这里发生过一件真实的事，一头布氏鲸吞下了一个人，又把他吐出来了。”

“为什么会吐出来呢？”

“它不吃大型生物。”

这件事，使我对鲸有了好感。

我坐上当地人叫作“kayak”的皮船，看着一头一头的鲸在深蓝色的海水里游来游去。当我看到一头母鲸带着幼鲸在离我只有几米远的地方游过去的时候，我真想跳下水，与它们同游。但是，我那时自由潜水的技术不好。

鲸，是生活在海洋里的庞然大物，体形与鱼相似，这是在漫长的进化过程中为适应水中生活而产生的“趋同进化”（指不同的物种在进化的过程中，由于适应相似的环境而呈现出表型上的相似性）现象。鲸具有胎生、哺乳、恒温和用肺呼吸等特点，鱼是卵生、冷血、用鳃呼吸，两者完全不同。鲸，分为须鲸和齿鲸两种，须鲸性情温和，齿鲸性情凶猛。它们大多身长十几米，最长的达30多米，体重20吨至30吨，最重的190吨。它们不仅身躯庞大，而且头脑聪明，在海洋中不但感觉敏锐，而且行动迅速。

要与鲸同游，仅仅会游泳是不行的，还必须擅长自由潜水。1000多年来，人类对鲸进行大量的、过度的捕杀。现在，大多数鲸对人类都是戒心重重，一旦觉察有人来了，就迅速下潜，从海面上消失了。自由潜水技术不好，是无法与鲸同游的。

什么是自由潜水？就是不用呼吸辅助设备、不依靠外接氧气来进行潜水。先深深地吸一口气，让肺部充满氧气，再闭住呼吸潜入水下，依靠自己的肺活量来调整呼吸，然后返回水面，把这口气呼出去，在一呼一吸之间，以一口气完成一个潜水过程。

自由潜水好在哪里呢？不用穿一层又一层的保暖防水衣，不用带繁重的氧气瓶和水下呼吸器等装备，只要穿上紧贴皮肤而且弹性极好的湿衣式潜水衣，戴上潜水面镜、呼吸管和一根长长的脚蹼就行了。

自由潜水是有局限性的，以一口气完成一个潜水过程，也就两三分钟。潜水者在水中，身体受到的压力常常比在陆地高几倍。如果无法适应这种变化，会有耳膜破裂、昏迷等危险。

我勤学苦练，克服了自由潜水的一个个难点。我花了大功夫，掌握了水下的浮力。渐渐地，我能像鱼改变鱼鳔中空气的含量一样，调节自己肺部的空气，加上四肢的使用，来控制自己身体的静止与运动，无论上浮、下潜、前进、后退，在深水中也能如鱼在水了。

现在，我能自由潜水到海平面以下几十米深。我在世界著名的潜水地菲律宾的邦劳岛和巴里卡萨海底大断层潜过水。我还到“地球上最奇特的潜水点”——冰岛的希尔弗拉地缝，潜入水下几十米，一只手按在欧亚板块岩石的边缘，另一只手抚摸北美板块的岩石。没有如此高超的自由潜水技术，我能一次又一次地与鲸同游吗？

游在灰鲸的身边

我第一次与鲸同游，是在中国的南海。

落霞与群鸟齐飞，蓝天共碧海一色。在蓝色天鹅绒般的海面上，我们的船在前进着。

渐渐的，太阳一点一点地沉入海中。云朵倒映在海上，落日的余晖把西边天空的云霞从金黄色染成火红色，然后是鲜橙色。眼前，尽是金红色的海水，平铺到天际。

前面，海水退潮后露出礁石，海滩上搁置着很多海螺，西沙群岛的永兴岛到了。

海风轻轻吹来，海浪有三四米高，一层压着一层，涌向宽阔平坦的浅滩，翻滚的浪花像一条条白色长练在舞动着。过了一会，风大了起来，海浪拍击礁石，发出阵阵轰鸣。

夜晚，万籁俱寂，只听到浪涛拍击海岸的声音。忽然，我看到岸边的海面就像银河星空一样，水面上浮动着星星点点蓝色的荧光，黑暗中的大海波光粼粼，还有一些发光的鱼在游动。

夜里，大海的表面和海水中的鱼，怎么会发光的呢？

生物发光，是一种常见现象。有的海藻夜里能发出蓝荧荧的光，这样就会出现“夜光海滩”的奇景。不少海洋动物在夜里也能发光，它们的眼袋或皮肤里藏着发光细菌，游动时，肌肉组织会释放这些细菌制造的光，这有助于它们在黑暗中猎食和交流，兼有伪装和防御的功能。

第二天凌晨，笼罩在咸咸的海风中的沙滩寂静无声，只听到海浪爬上沙滩的声音。

在银色的月光下，突然，平整的沙土表面微微隆起，小股的沙子被扬向空中，一只深灰色的不到两厘米长的鳍肢奋力扑腾着钻出地表，随后，一个稚嫩的小脑袋，从沙土下面拱了出来。这是一只新生的绿海龟。在它的旁边，还有好几只鳍肢在拨开沙土，扬起沙粒，从埋在距地表半米多的卵中破壳而出。

在本能的指引下，这些刚刚出生的绿海龟探着头，寻找它们族群真正的家——大海。

绿海龟是我国海域常见的海龟物种。它们一出生就离开自己的出生地，游向大海，成年之后，洄游几千公里，返回出生地繁衍下一代。但是，这些年来，绿海龟的种群数量持续下降，已被列为濒危物种了。

日出前的蓝调，宁静优雅。此时海面无风，海浪在悠悠地流淌着。在海浪声中，天空泛起隐隐的红光，一望无际的海面，升腾起朦胧的晨雾，渔船穿梭其间，不时有海鸟飞过。旭日初升，染红了半片天空。

朝阳在海面洒下一把碎金，火红的朝霞，将温柔的海浪染成金光闪闪的绸缎。仔细地看，在朝阳照射下，海面水中的云是一层一层的，第一眼看到的是橘黄色的云彩和丝滑的海浪，接着，橙红色的云影，随着微微起伏的海浪在轻轻荡漾。

我来到了西沙群岛永乐环礁上的三沙永乐龙洞。

这个洞是世界上已发现的最深的海洋蓝洞，深达300.89米。海洋蓝洞，是地球上罕见的一种海洋地理现象。

从海面上看，这个洞周围的礁坪海水很浅，生长着繁茂的造礁石珊瑚，洞的开口接近正圆形，直径约130米。阳光一方面从洞口进入洞内，一方面又从洞内水底折射、反射上来，洞内的海水一片晶蓝，呈现出与周边水域不同的深蓝色调。

海洋科学家说，这个海洋蓝洞是地球给人类保留宇宙秘密的最后遗产。

离开永乐龙洞，我来到了一个岛礁上。

南海得天独厚的热带海洋气候，形成了岛上旖旎的自然风光。阳光是这样的灿烂，空气是这样的清新，沙滩是这样的洁净，海水是这样的碧蓝，近海的海岛是无法与之比拟的。

这个海岛地处大海腹地。在这里，更能真切地听到海的声音，闻到海的气息，看到海的壮丽，感受到海的脉动，感悟到海的博大。

这里的海水透明度极高，海水随着深度和日光照射角度的不同，不断地变换着各种各样的蓝色：淡蓝、浅蓝、天蓝、蔚蓝、湖蓝、翠蓝、深蓝、湛蓝、墨蓝……在环礁围成的潟湖中，海水变幻成了醉人的绿色。

岛屿岸边的海水，色彩斑斓：这一片绿，倒映着树木的绿叶，那一片蓝，来自晴朗的天空，还有一块斑驳的灰色，是船的影子。再看远处的天空，像是刚洗过的蓝色丝绒毯，海水般清澈碧透，真正是海天一色。

几个游人坐着船，下了海。在浅海处，阳光下船的影子清晰地投映到海底，船好像飘浮在空中一样。

海面上，波浪起伏。

我看着这起伏的海浪，忽然自问：“浪，是怎样形成的呢？”

我仔细地看，是大风在外海海面上，通过摩擦，把能量传递给水，水扬起又落下，这才形成浪的。浪的速度渐慢，浪峰之间的距离变小，一些浪合了起来，形成比较高的浪脊，涌向海岸时，浪越涌越高，而速度减慢了，浪脊前部的水下降速度很快，浪峰就高扬起来。浪，是一种能量转化。海洋里的水的垂直运动（扬起又落下），造成了横向动荡的浪峰和浪谷的效果。

碧波荡漾的海面上，一只绿海龟突然将头伸出海面，吸了一口气之后，又游到了海水里。

我在岛上能看到水下几十米深，好多种鱼在珊瑚礁间游来游去，许多奇异的植物，枝叶柔软，水轻微地流动一下，就摇动起来。仔细地看，我看到了珍稀的苏眉鱼和石斑鱼，看到了躲在石缝之中的鲍鱼，看到了附在礁盘上的马蹄螺和海参，一只绿海龟，划动着鳍肢，好像在海中翱翔的飞鸟，它张开嘴咬下一大簇海藻，满满地塞在嘴里，又向前游去。

蓝天白云下，蔚蓝的大海中，一群海豚正在波光粼粼的海面上，划出一条又一条优美的弧线。这些海洋的精灵，它们跃身跳起又迅即入水的身姿，是多么的迷人，有时，有的海豚还来个180度跃水腾空的高难度动作呢！

海豚为什么常常跃出海面，并在空中旋转呢？其实，在落回水面时，它的身体会感觉不舒服的。原来，海豚的身上有一种寄生虫，会使它们生病，使它们在海滩搁浅，海豚跳出水面，能有效地摆脱寄生虫。另外，水中的阻力比空气中的要大，海豚在前进时跃出水面，可以减少前进的阻力，轻松地保持一定的速度。当然，海豚跃出水面，更重要的是为了换气。

我跳入水中，朝海豚游去。

海豚是一种体形比较小的鲸类，身体呈纺锤形，背部青黑色，腹部白色，身长2米，爱群居，性情温和，比猴子还要聪明，它嘴裂的外形看起来好像总是在微笑。它的皮肤光滑无毛，轻软如绸缎，质地如海绵，每两小时就更新一次外表皮肤层的细胞，这有利于它提高游泳速度，轻松地完成7米高的空中跳跃动作。科学家已经将它们这种优异的特性，应用于潜水衣的制作和造船技术中。

我对海豚特别喜爱，还因为一件使我终生难忘的事。我初学潜水时，有一次在一个海域突然陷入了水下的暗流，一排排汹涌的海浪向我袭来。就在我昏昏沉沉、咕嘟咕嘟喝海水的时候，一头海豚游了过来，用它尖尖的吻部猛地推了我一下，接着又推了几下，我被推到浅水中了。我清醒过来之后，环顾四周，海滩上没有人，只有一头海豚，我由衷地感谢这头海豚救了我的命。

海豚是哺乳动物，用肺呼吸，初生的海豚不善于浮出水面呼吸，常常被水呛到，成年海豚看到后，就用自己的吻部把海豚幼仔推出水面呼吸。久而久之，凡是在水中不能很好地游动的物体，都会引起海豚的本能反应，主动协力将它托出水面。这就是世界上发现多起海豚救援落水人员的原因。后来，只要看到海豚，我都要去同它亲近一下，嬉戏一会。

我坐在海岛岸边休息时，看到不远处有一头庞然大物的尾巴扬起，正海水又是充满活力的深蓝色。

小岛四周有珊瑚礁项链似的环绕着，透过绿松石般的浅水和它钴蓝色的碧波，珊瑚礁暗色的外形清晰可见。

阳光照在浅海和礁石上，泛起片片金光。海浪像熔化的翡翠，泼洒到岸边的岩石上。透过海水，可以一直看到浅海的底部，那里有不计其数的巨型海绵，像一座座雕塑耸立着，一群群色彩斑斓的鱼，在这天然雕塑之间游过来，游过去。

站在海边远望，一片湛蓝，好像地球上所有的蓝色都被泼洒在这里，层层交叠在一起，无穷无尽地变化着。有时，这里的海面上还会呈现出“七色海景”，红橙黄绿青蓝紫七色海水层次变幻，绚丽而又灿烂！

刚才还是晴空万里，忽然，雷声阵阵，大片乌云吞噬着蓝天，向海的尽头慢慢伸去，只留下一条明亮的天际线。一阵又一阵的波涛，像发脾气似的拍打着海面。

暴风雨来了，掀起五六米高的大浪。海面上波涛起伏，就像耸立起一座座山峰一样。游人的皮艇冲上峰顶，又立刻跌入谷底，击起巨大的白色浪花。

过了一会，风浪平静些了，几条飞鱼，在海面“飞”了起来。

我想起科学家正在研究飞鱼的形态与行为特征，为设计飞行器提供参考。我也来仔细地观察一下吧。我发现：飞鱼在空中并不是在扑翅“飞行”，而是利用强劲的鱼尾，左右摆动，推水前进，在水面快速“滑跑”，加速离水升空，又在空中滑行。

当地一个老渔民来了，他说多次看到过抹香鲸，曾经看到过一群抹香鲸列队向前行进，在水面上露出了一点背部，身体在水下游动着。

“有一次，一群大白鲨攻击几头抹香鲸。这几头抹香鲸将头部聚集在中心，身体像花瓣一样散开，利用尾鳍进行防御，终于驱散了大白鲨。”

“在这里很容易见到抹香鲸吧？”我问。

“也不见得，”老渔民说，“多年来，人类大量捕杀抹香鲸，为了取得它们腹内的‘龙涎香’，那可是比黄金还贵重呢，还有它们的‘鲸脑油’很值钱，肉也味道鲜美，营养丰富。因为多年来无限制的捕杀，抹香鲸已经被联合国列入濒危野生动物名录。它们呢，也学乖了。现在，它们一般不在海面上多停留，一有什么动静，就一个猛子扎入深海，一两个小时之后再浮上来，已经在好几海里之外了。”

在这里待了两天，我都没有看到抹香鲸。

第三天，我又跳下水，潜入水中游了起来。

远处，有一团团很大的阴影，像潜水艇一样，悬停在海面下。我就向这些“潜水艇”游去。

一看，是一群抹香鲸。抹香鲸的外形和身体构造都很奇特。抹香鲸头大尾小，整个身体像个无比巨大的蝌蚪。身长11米至20米，体重20吨至57吨，雄鲸比雌鲸重一倍。桶形的头部，将近占了身体的三分之一。头部的大前额呈方形，鳍肢呈船桨形，平时，尾巴是呈水平鳍状的。它们的鼻孔管道扩大成一个巨大的腔，其容量几乎相当于肺的容量，在潜水前，它们先将这个空腔充满空气，使潜水时有足够的空气用来呼吸。

这种奇特的身体构造有什么用处呢？头部又大又重，有利于它向下潜水。这个大头里，储存了大量的鲸油。鲸油，能根据温度和水压的变化而改变密度，下潜时它用海水降低温度以增加密度，上浮时体温升高后降低密度，以增加浮力。抹香鲸能成为动物王国的潜水冠军，潜水时间最长，下潜深度最深，同它的身体构造大有关系。

现在，这些抹香鲸都是头朝上，尾朝下，一动不动地竖立在水中。它们在干什么呀？

我来到一头抹香鲸的身边，一看，它在睡觉。再一看，它睡觉时，也在呼吸。我巧遇了一群正在睡觉的抹香鲸！

后来我知道了，抹香鲸睡觉时，只有一半的大脑处于睡眠状态，隔一段时间就转换一下。

我小心翼翼地游着，尽量不发出声响，但一头抹香鲸还是醒了。它看了看我，缓缓地游动起来，两只小小的侧鳍紧紧地夹在身体两侧，发出

“滴答—滴答”的鸣叫声。这声音由短促、清脆的音节构成，频率很快，像敲击竹节的声音。我听着，却像是听到了雷鸣声。

又有一头抹香鲸醒了。

我听到，一头抹香鲸发出“滴答—滴答—滴答—滴答”的声音，另一头回复：“滴答—滴答—滴答—滴答—滴答”。两头抹香鲸几乎同时发出同样的声音，形成了“二重奏”。

我同这些鲸，默默地相互注视着。

过了一会，我游过去把右手掌放到一头抹香鲸的大额头上，轻轻地摸了一下它深灰色的皮肤。这头抹香鲸，立即转向一侧，一头扎入了深海，另一头也立刻游走了。

我看着它们巨大的身影越来越小，消失在深蓝的海水里。这时，我听到了抹香鲸发出的间隔精准的滴答声，每秒钟重复两次。它们越游越远，在我听来是雷鸣般的“滴答—滴答”的鸣叫声，也越来越弱。

我再一看，刚才那群在睡觉的抹香鲸，都消失得无影无踪了。

我在岸上，正在观看浅海海底的巨型海绵，突然看到一头抹香鲸浮出水面。老渔民曾告诉我，抹香鲸每隔40分钟浮到水面换气5分钟左右，这是我们观鲸的好时机。再一看，它果然喷出了水雾。仔细地看，抹香鲸换气时喷出的水雾，在阳光照耀下出现了虹，这可是难得一见的“鲸虹”啊！我盯着它看，最后一次换气后，它宽大的额头埋进了海水，尾部举了起来，代表着告别，接着，它就深深地潜入海中。

过了一会，我听到从远处的深海里传来“滴答—滴答”的响声，声音越来越大。

我向前望去，从远处深海的水下，升起两团巨大的阴影，之后，抱成一团，上下翻腾，前后滚动，你咬我，我咬你……

紧接着，“滴答—滴答”的响声升级成了一阵巨吼，极具震撼力，抱成一团的大阴影，又变成了两团，在海水中你追我赶，我厮你咬。

这两团阴影离我越来越近，我看清了，一团是抹香鲸，一团是巨枪乌贼，块头差不多，身长都有十七八米，体重都在30吨以上。

忽然，抹香鲸的鸣叫声停了。我一看，糟了，是巨枪乌贼用它那巨大的触腕，把抹香鲸的喷水孔盖住了，想让它窒息而死。

但是，只过了一会儿，抹香鲸就把它那庞大的身体倒反过来，迅速地潜入深海，忽而又蹿出海面，立刻又潜下去，巨枪乌贼不得不跟着它一会儿往上蹿，一会儿往下潜。

抹香鲸奇特的身体构造有利于它向下潜水，而巨枪乌贼很难承受海水压力这样急剧的变化，过了一会，抹香鲸就把巨枪乌贼压在了自己庞大的身体下面，开始咬起来……

巨枪乌贼激烈地挣扎，动静却渐渐地小起来，最后，奄奄一息了。

“滴答—滴答”的声音又响起来了，一个个音节，短促而又清脆，声音越来越大。我知道，这是抹香鲸在为自己的胜利高奏凯歌。

为什么抹香鲸要冒着生命危险同地球上最大的无脊椎动物巨枪乌贼进行巅峰对决呢？其中一个原因是：为了争夺对方的虾青素资源，使自己适应深海生活。抹香鲸要在深海中保持肌肉的运动能力，必须为自己的肌肉提供足够的氧气。它肌肉中的肌红蛋白有暂时储存氧气的作用，但如果氧化变形就不行了。巨枪乌贼主要吃虾、蟹等甲壳类动物。熟透的虾蟹，为什么呈现出诱人的红色？因为其中含有丰富的虾青素。虾青素是一种优良的天然抗氧化剂。

座头鲸的爱情追逐战

汤加群岛是南太平洋越冬座头鲸最多的地方。

座头鲸是海洋中智力非凡而又温柔善良的庞然大物，一般情况下行动缓慢，实际上游速是很快的，游艇上的人见到它常常是惊鸿一瞥。

我和一个朋友站在小岛上，他告诉我在海面上寻找鲸的窍门：先找非同寻常的大浪花，留意是否有白色的喷雾水柱。一头鲸喷出的水柱，可高达好几米。鲸的下潜时间在5分钟至10分钟。发现鲸以后，只要在附近海域耐心等待，总能看到它们再次浮出水面。

正在听他这样讲的时候，我看到前方的海面上，浮现了一个海洋动物的头顶，接着，一个庞然大物的背部浅浅地露出水面，喷出的气柱高达7米多。喷气后，它向前滚翻着，不断地跃出水面，露出上半身，有时还露出全身。

我仔细地看，它的身体呈纺锤形，身长超过20米，头部约占体长的五分之一，背部很长，呈黑褐色。鲸须的颜色不对称，右侧前三分之一是白色，其余部分和左侧的鲸须是暗灰色。这是一头长须鲸，鲸中的美人鱼啊！

忽然，从这头长须鲸那里传来浑厚低沉而音韵悠长的声音，发声很有规律，每个音符持续一两秒，以许多不同的音符组成一首长达好几分钟的歌曲。

长须鲸和蓝鲸都是浑厚的“鲸低音”。每到繁殖季节，雄性长须鲸就来到食物丰富的繁殖地，连续很多天反复地吟唱“小夜曲”，吸引数百米、数千米之外的雌鲸来同它交配。它们吟唱时，人类常常听不到，因为它们发声的频率是10赫兹至40赫兹，即次声波，而人类能够察觉的最低声音频率是20赫兹。

过了一会，一头雌性长须鲸游来了。一雌一雄，并肩同游了一阵之后，表演起花样游泳来，或一上一下，或一左一右，时而侧翻身体，时而倾斜竖立……

朋友笑着告诉我：“它们这是在热恋。”

长须鲸继续在进行着花样游泳，在它们前面不远处的海面上，还有一头体形庞大的鲸在缓缓地游动着。它的身后，有一群鲸在深蓝的海水中翩翩起舞，一阵阵水雾高高喷起，一条条鲸尾缓缓落下，此起彼落。

这一群鲸，身长近20米，体重近50吨，游得很慢。仔细看，每一头鲸长长的胸鳍都几乎占到身长的三分之一，像一对大翅膀，这是座头鲸身体的特征。

我仔细地看离我最近的一头：它在水下快速地游着，突然，破水而出，缓慢地垂直上升，直到鳍状肢到达水面，然后，身体徐徐地弯曲，像杂技演员一样来了个后滚翻，之后，又钻入水中快速潜水，几秒钟的时间就消失在波浪下面了。

这群座头鲸，向我缓缓地游来。又有一头游得离我最近了，看上去像一座深色的冰山，身体大部分沉在海水下面，有时像一个在漂浮的小岛。它不时地喷出水雾，那是在换气。鲸呼吸时，要游到水面上来，呼气时，空气中的湿气会凝结而形成喷泉状。游着，游着，它突然破水而出，做了一个后滚翻之后，继续向前游。游着，游着，它又全身跃出水面，离水面6米多高，轰然落水，溅起了大量的水花。

一头体形更大一些的座头鲸游过来了，在它的身边，还有一头小座头鲸，那是一对座头鲸母子。母鲸用头托着小鲸升上海面呼吸，之后小鲸又游到水下，依偎在母鲸身边，用两鳍触摸着妈妈，在水里玩耍。

我穿上潜水衣跳下水，慢慢地向它们游去。母鲸听到脚蹼在水面上激起的响声，就带着它的宝宝潜到水下，我跟着它们潜下去了。

小鲸依偎在母鲸身边，不时地浮出水面换气，母鲸身体庞大壮硕，静静地守候着它。小鲸的眼睛盯着我看，对我的活动很是好奇。母鲸一直保持着放松的状态，半睁着眼睛，打量着我。小鲸跃跃欲试，往我这里移动了一下。我仔细地看了看它，是刚出生几天的幼鲸，体长约4米，好可爱啊。

这对座头鲸母子，与海水融为一体，感受着洋流的变化，身体的动作柔和缓慢，与周围的环境和谐一致。

我仔细地看着这头母鲸，黑色皮肤上寄生的植物在随波摇摆，身体呈梭形，头部相当大，眼睛很小，听觉灵敏，鳍好像柳叶刀，尾巴是主要的运动器官。我看着它时，它也看着我，就这样互相看了好一会，人与鲸，相看两不厌。又过了一会，我伸出手，好奇地摸了摸它的皮肤，它对我温和地笑了笑。

我要换气了，一到水面上，我就听到了一种声音，洪亮而又缓慢，是从座头鲸那里传来的。

我早就听说座头鲸是“海洋中的歌唱家”，它们能发出奇异而优美的宽在海面上，微微起伏的波浪折射出斑驳的光亮。一道道白色海浪不断冲刷海岸上的礁石。

忽然，我看到一头庞然大物从大海中破水而出，露出它巨大的头部，扇动着像巨型海鸟的翅膀一样的双鳍，高高跃起，在蓝天下的碧海上滑过，划出一条漂亮的弧线，然后返回水中，激起水花四溅。它的身体那么庞大，对自己身体的动作控制得却很是精准。

我向它靠近，仔细一看，是座头鲸。

海面上出现了座头鲸不停地喷出的水雾，开始是一两头，后来三五成群，巨大的尾鳍高高地掀出水面，又重重地砸回海里。它们在一起唱歌，在一起玩耍，有时会迅猛地掉过头来，这是它们的一种玩法。母鲸常常像大船一样停在水中，把自己的孩子护在自己的鳍下。

一头幼小的座头鲸游得离它妈妈远了一些，一头鼬鲨就向它游去，张开了大嘴，想要咬它。这时，游在水面的一头成年座头鲸，抬起头朝下猛然跳入水中，又突然从水中一跃而出，鼬鲨吓了一大跳，赶快游走了。

我来到水下，看到有两大一小三头座头鲸在那里。

一头幼鲸，体长4米，浑身白白嫩嫩的，躲在妈妈的鳍下，在水里又是翻身，又是打滚，有时还在妈妈身上躺一躺。它的妈妈飘在水面，正在睡觉。它的爸爸，像潜水艇一样悬停在海水中，正在吐着气泡，用来遮挡自己的妻子和孩子。

我向这头幼鲸轻轻地挥挥手。它仰着脸，好奇地看着我，我笑着，不断地向它轻轻地挥手。它朝我靠了过来，一边游，一边在水里翻着身、打着滚。

突然，睡觉醒来的母鲸矗立在我的面前，对我进行了一番检视，过了一会，母鲸又闭上眼睛，继续睡觉了。

接着，幼鲸的爸爸向我游了过来，向我吐出一串又一串气泡，好像在说："产妇还在坐月子呢，不要打搅她休息啊。"鲸的繁殖能力差，平均两年才产下一头幼鲸。当了爸爸妈妈的成年鲸，对自己的宝宝是极其疼爱的。

我立刻浮到水面，看到前面有一群海豚正在那里划着一条条优美的弧线。

这天晚上，月光皎洁。海边沙滩上散步的人都是赤脚在走，有些沙的颗粒很细，绵软如粉。成百上千幼小的海龟，正在月光下孵化。

第二天清早，沙滩上夜里开花的鸡蛋花的香味还在空气中弥漫着，沁人心脾。昼伏夜出的螃蟹，星星点点地在爬着，一只海豹抱着一只海龟，在悠闲地晒着太阳。

在阳光下，海水呈现出粉蓝、碧蓝、浅蓝、深蓝、墨蓝等奇幻的色彩。

浅海中，珊瑚多姿多彩，各种游鱼正在穿梭。有一种前颌蝴蝶鱼，体色黑白相间如同斑马。一条很大的鱼游了过来，是一头鼬鲨。海龟通常是单独行动的，有两只大海龟，却正“抱”在一起。我睁大眼睛看着，只抱了几秒钟，这两只海龟又各自掉头游开了。

不远处，几头庞然大物正在海面翻滚，是座头鲸。

我跳下水，向它们游了过去。

我看到，一头雌座头鲸正在游着，一头雄座头鲸游来挡住它的去路，雌鲸用长橹般的鳍猛划了一下水，来了一个急转弯。另一头雄鲸从侧面撞上挡路的雄鲸，被撞的雄鲸怒气冲冲地喷出巨大的气泡群，但一看雌鲸游走了，就连忙追了上去。另外两头雄鲸，也追随着游去。这五头座头鲸，排成了“一”字形，迅速地向前游着。

游在最前面的那头雌鲸，一马当先，游速极快。后面的四头雄鲸相互比赛，有时还打斗起来，争着要游到那头雌鲸的身边。

我就在它们的旁边，同它们一起向前游，看着它们的竞争。

游在中间的一头，游着，游着，喷出了一串巨大的水花。突然，后面的两头，互相撞了起来，在水里大幅度地摆动、划圈，打起架来了！

一头庞然大物，被另一头庞然大物从侧面一顶，它那5米长的强有力的尾巴，对人来说最危险的器官，突然出现在我的眼睛前面，我正惊慌失措的时候，两头打架的雄鲸分开了，那头尾巴一甩就会把我甩死的雄鲸，从我的身边擦了过去，同我的距离只有1米左右。

啊，那头雄鲸尽力控制住了自己的尾巴，没有甩到我！我感激地微笑着看着它。

我继续与这五头座头鲸同游着。

过了一会，我看到那头尾巴差一点就把我甩死的雄鲸游到了另外三头雄鲸的前面，它加速度地游，离最前面的那头雌鲸越来越近，游着，游着，终于像比翼鸟双飞一样，同雌鲸比鳍并游了。它唱起了歌，是浑厚的男中音，曲调婉转优美，听起来，声情并茂。

一直游在最前面的那头雌鲸，侧过头对它微笑着，眼睛里荡漾着柔情蜜意，轻声地说："你，游得最快，身体最强壮，头脑最聪明，心地最善良，我喜欢你!"

那头雄鲸也侧过头对它微笑着，心里燃烧着爱情的火焰，轻声地说："亲爱的，我终于把你追到了！"一雌一雄这两头座头鲸，拥抱在一起，热烈地相互吻着。

虎鲸捕猎

我到冰岛原本想看看地球上体形最大的哺乳动物——蓝鲸，没想到与虎鲸同游了，而且是在鱼群风暴的中心！

冰岛是北大西洋中的岛国，地处北极圈边缘。

在冰岛，我看到了难得一见的极光。

那天晚上十点多钟，我站在地上望着晴朗的夜空。突然，眼前一亮，极光悄然而至了，呈现了伸向天空的带状，色彩比较淡，不停地在闪动。

过了一会，一束绚丽的绿光从山的后面射了出来，撒向天空，越来越亮。

渐渐地，这一束光变成了一片光，整个天空都成了绿色，高低不一的光谱像琴键一样错落在天幕上，不断地变化。

凌晨一点多，极光大规模爆发了，肆意地在黑暗的天空中舞动，有绿色、蓝色、紫色、黄色等颜色的光。漫天的极光，气势夺人心魄！

极光的变化看似很随意，其实是遵循着大气物理规律的。多种颜色的光束，忽而分散旋转，忽而流进漩涡，忽而纵向排列，忽而横向跨越。

灿烂的绿光恣意旋转着、翻滚着，绿、红、黄、蓝、紫色的光带，当空狂舞，变幻无穷。

弧状极光、带状极光、幕状极光、放射状极光次第出现，整个天空成了一个绚丽的光与影的舞台。

伴随着光谱的撞击，天空中发出喑哑的噼啪声和低沉的轰鸣声。

这极光伴随着碧绿的光纹，轻盈地飘荡在天空，夹杂着淡淡的粉红，直到凌晨两点多才渐渐消逝。

这一次，摄人心魄的极光只在天空出现了几小时，但它永远地留在我的记忆里。

海边，搁着一头鲸的巨大的骨架，我一边看着，一边想象着它的生前死后。

过了一会，我跟着一个当地人坐上小船下了海。

“能看到蓝鲸吗？”我问。

“我在好些年前看到过，现在看不到了。那头蓝鲸是被巨轮撞死的，被海浪冲上了岸。体长30多米，体重160多吨，头部约占身体的四分之一。嘴巴里能容纳100个人，仅仅舌头上就能站50个人！蓝鲸呈流线形，体表为淡蓝色，头部尖尖的，鳍状尾狭窄而巨大，看起来好像一把剃刀。蓝鲸在海里常常静止不动，却能在水中沉浮自如，游泳速度相当快。你观察过鱼类和鲸类游泳时，尾巴的摆动有什么不同吗？鱼类的尾巴是左右摆动向前游的，鲸类的尾鳍是上下摆动向前游的。”

“蓝鲸主要生活在北太平洋和北大西洋，为什么这里看不到呢？”

“1000多年来，人类都在捕杀鲸类。最近100多年来，捕鲸船的速度和捕鲸的技术不断提高，捕鲸的规模不断扩大，人类对鲸类进行残酷的屠杀。”

过了一会，他又说：“前两天，我在海上看到了虎鲸。”

虎鲸，我曾在海洋动物馆里看到过。在驯兽员的指令下，虎鲸快速灵活地做着各种动作：花样游泳、跃水吞鱼、驮人游泳、顶球、跳圈、“虎”口脱险等。虎鲸呈纺锤形，体色黑白相间，皮肤光滑润泽，能做出许多高难动作，很惹人喜爱。驯养员说，虎鲸是大脑最接近人类的海洋哺乳动物，非常聪明，很容易被驯化为人类得力的助手和朋友。

前面的海面上，有很多浮冰。我看到，一头海狮正在朝一块很大的浮冰上爬。

“虎鲸！一头虎鲸！”

我仔细地看，有一头身长五六米的鲸向着那头海狮快速游去。它游着，游着，圆锥形的头部冲出了水面，接着露出将近两米长的背鳍，像古代的兵器“戟”倒立在背上。是虎鲸！虎鲸又叫“逆戟鲸”嘛。

咦，那头虎鲸怎么不见了？突然，那块很大的浮冰碎了，从浮冰的下面冒出了虎鲸的头，浮冰上的海狮滑下来了。

海狮刚刚滑落到水里，虎鲸就用嘴把它叼住，一摆头，将它远远地抛了出去。

紧接着，虎鲸闪电般地游到被抛到空中的海狮下面，在它即将落水的一刹那，用尾鳍猛地向上一打，像扔石头一样，又把海狮高高地抛到空中，自己又一次向前猛冲。

在海狮远远地落入水中时，虎鲸叼住它，第三次把它远远地抛了出去，紧接着，游到海狮下面，用嘴把海狮接住，吃了起来。

大自然中的虎鲸捕猎是这样的智勇双全呀！我看得目不转睛，目瞪口呆。

我们的船继续向前进。

我看到一群鲸有20多头，并肩排成一排，相互间隔几十米，在水面下慢慢地游着，用长长的鳍肢和尾鳍拍打水面，向着前方游去。

我向前方看，鱼群风暴来了！巨大的鱼群飞速游动，形成螺旋状的场面，像龙卷风一样。过了一会，我们的船就被成千上万、密密麻麻、排列整齐的鱼包围起来了，我跳下水游了起来。鱼群在我的四周形成360度的穹形空间，我在鱼群的中心，与鱼对望着。

就在这时，响起了一声颤抖的长音，接着，一声鸣叫打断了这个声音，一群鲸井然有序地汇集到一大群鱼这里来了。鱼群被赶到岩岬和咆哮的水流之间。在几分钟内，这些鲸就围住了这群鱼，在外围一条接一条地吞食，有几头还游进了鱼群中心吃鱼。过了一会，又一声鸣叫，所有的鲸又有序地逆流而去。

我看到这些鲸，每一头的身长都在7米左右，背部是黑色的，腹部是白色的，眼睛上方有一块白斑，它们都是虎鲸。

虎鲸能发出60多种声音，各有不同的含义和用处。游戏时，它发出的是“哇哇”声；在海滩附近上下左右不停地翻滚，在卵石堆上摩擦身体时，发出愉快的欢叫声，那是它在通过“洗澡”除掉身体上的污垢和陈旧表皮；它发出“呼呼”声，是在海湾的浅水地带用尾巴勾拉海藻；而当它捕鱼时，发出断断续续的“咋嚏”声，鱼类一听到这种声音就吓得行为失常。虎鲸还能像蝙蝠一样发射超声波，通过回声定位，寻找鱼群。

“刚才是一群虎鲸合作捕鱼。你看到过虎鲸捕食海豚的情景吗？”我回到船上后，那个当地人说，“它先用头把海豚顶到水面以上八九米高，然后，等到海豚落下时，一击即中，直接把海豚的脊柱撞断。虎鲸是海洋中最优秀的猎手，善于针对不同的捕猎对象采用不同的战术和技术。它们战胜大白鲨这样凶悍的对手，所用的方法更是令人惊叹！”

“大白鲨不是海洋霸主吗？虎鲸比大白鲨还要厉害？”

“人们常常看到虎鲸把大白鲨撕碎，却没有人见过大白鲨把虎鲸打败的。”

“虎鲸同大白鲨鏖战，那是血肉横飞了吧？”我想起了抹香鲸大战巨枪乌贼的情景。

“无需血肉横飞，智取！”

“虎鲸是怎样智取大白鲨的呢？”

“虎鲸利用尾鳍产生漩涡，把大白鲨引到自身游动所产生的水流上面。一旦大白鲨露出水面，虎鲸就迅速转身，挥动尾鳍，猛地劈下去，把大白鲨一下子劈晕，然后马上用头一顶，把它的身体翻转过来。大白鲨的身体被翻转过来之后，就会陷入‘肌肉紧张性停滞’，只好让虎鲸想怎么咬就怎么咬了。真不晓得，虎鲸怎么知道大白鲨有这个‘阿喀琉斯之踵’的。”

“怪不得好几个国家的海军都在驯养虎鲸执行任务呢。经过训练，虎鲸可以侦察、排雷、巡逻。我在海洋动物馆里看到过虎鲸驮人游泳，经过训练，虎鲸也许还能救助伤员呢。”

“最近，研究人员又有了新的发现：虎鲸经过训练之后，能像鹦鹉一样，学人讲话。”

听“海洋中的金丝雀”唱歌

读了美国作家麦尔维尔的小说《白鲸》之后，我也想与白鲸同游一次。

白鲸，浑身乳白色，体长最长的5米，最重的不超过2吨。

我早就听说，白鲸有“海洋中的金丝雀”的美誉。海洋生物学家录下了白鲸的声音，其声音变化之大，令人惊诧。它们不但能发出鸟儿的鸣叫声，还能发出猛兽的吼声、马的嘶声、牛的哞哞声、猪的呼噜声、女人的尖叫声、婴儿的哭声等。

地处北极圈边缘的白海，每年有四分之三的时间覆盖着厚厚的冰层。

我来到白海岸边，看到了这里的苔原。没有想到，北极地区的苔原上有很多开花植被，郁郁葱葱，色彩绚丽。

岸边一堆白肉的旁边，一头北极熊正在睡觉，熊宝宝在玩耍，一会儿做出瑜伽动作，一会儿打哈欠。那堆白肉是一头搁浅死去的鲸，那头正在睡觉的北极熊大概已经吃饱了吧。

海面下约20米深的地方，模模糊糊地出现几头白鲸的身影，我立刻下了水。

过了一会，一束阳光照亮了水里一株巨大的海带，让我看到了它在逆光中顺着海流轻轻摇荡，还看到了极地海域特有的海底冰柱奇观。

我下潜到10米深的时候，向这几头白鲸游去。白鲸警觉起来，一直同我保持着20米左右的“安全距离”。其中有一头小鲸，按捺不住好奇心，向我游了过来，游游，停停，之后又游。一头大鲸喊道：“回来！快回来！”小鲸就游回大鲸身边去了。

我听到大鲸对小鲸说：“我不是跟你讲过莫比·迪克（小说《白鲸》中一头抹香鲸的名字）的故事吗？人类对它进行连续三天的穷追猛打，最后，落得人与鲸同归于尽的结局。你的好多同类也是被人类捕杀的。现在，人类又来了，我们赶快游走！”

白鲸们迅速地游走了。它们游着游着，游到了一大片冰层下面，那片冰层上站着一头北极熊，它原来是在散步，忽然就一动不动地站在那里了。

过了一会，这片冰层一个比较薄的地方“咔嚓”响了一声，破了一个洞，一头白鲸游上来呼吸空气。那头北极熊，一下子就用巨大的爪子抓住了这头白鲸的背。北极熊咆哮着把白鲸往外拖！白鲸的皮肤很光滑，它不停地扭动着身体，扭来扭去，终于挣脱了北极熊的利爪，很快就游走了，消失在远海的深处。北极熊只好慢慢地向远处走去。

我想看看冰层下面的景色，就打开了强力照明灯。在灯光下，我看到色彩斑斓的水母在游走，大型海藻在随波摇曳，鲜红色的海星紧贴在岩石上，四周环绕着鲜花般的海葵。

我大为惊异：北极海域厚厚的冰层下面，竟然有如此盎然的生机！

我游回海面后，忽然听到从远海的深处传来了鸟雀鸣叫一样的声音，这鸟鸣声正在海面上悠扬起伏。

这时，有几个游人在谈话：“这不是鸟雀在叫，是白鲸的歌声吧。”

一个人点了点头，说：“白鲸是高等有声动物，它的头部前面有个球状的额隆，用于回声定位，发出有声信号后，通过声波的反射频率，彼此进行交流，或判断目标物的距离。它能发出吱喳声、滴答声、叮当声、哨声以及一些清脆的音调，如果将上下颚拍击到一起，还能发出击鼓般的声音。由于它们的颈部非常灵活，头部能侧向转动，它们在海底发出的声音能迅速地向四面传播。”

然而，只闻其声，不见其身。

这声音，从深海传到海面，再传到我的耳边。渐渐的，我听到的这声音越来越响亮。

远远地，我看到有几头庞然大物在墨蓝色的海面沉浮，仔细一看，它们身体呈圆柱形，灰白色的身上布满细密的深色斑纹，有一头鲸破水而出时，头的前部伸出了一根3米长的长牙。是独角鲸！独角鲸的长牙，几乎达到身长的二分之一，是识别独角鲸的主要标志。

紧接着，又有几头独角鲸，在海面沉浮着。它们朝我这里游过来了，越来越近。

最先出现在我眼前的几头，头上没有伸出长牙，它们是雌鲸和幼鲸，幼鲸的皮肤是棕色的。紧接着，一头又一头体长5米多的雄鲸，头上顶着将近3米的长牙，游过来了。

上百头独角鲸组成的队列沿着海岸行进，在海面上的浮冰间吐着粗气，正在不紧不慢地游着。它们随着消退的海冰，要向前面的一个港湾游去，那里有好多北极鳕鱼，是独角鲸世世代代的消暑胜地。

我早已清醒过来，刚才听到的那声音就是独角鲸在深海的歌声。独角鲸个体之间的沟通靠的是声音，它们发出滴答声、尖叫声、口哨声等声音，来进行沟通和导航。

独角鲸来到我面前了，我呢，也在北极海域墨蓝色的海水里，与独角鲸同游起来了！

与鲸同乐

一天，我在一个观鲸地遇到几个游人，他们告诉我："墨西哥下加利福尼亚半岛海域的灰鲸，不仅多，而且对人出奇地友好。"

"怎么出奇地友好呢？"

一个人拿出手机给我们看一张照片。我一看，照片上游人坐在船上，面对着一头离得很近的灰鲸，身体前倾着，将手伸入水中，这头灰鲸正在笑眯眯地向他游去。

“那里的人们几十年来坚持不懈地保护生态环境，现在，渔业生产发展了，旅游业也蒸蒸日上。生态旅游发展得好，财源滚滚呢，当地人民的生活也好起来了。”

我对他说的话很感兴趣，而且又想起我第一次与鲸同游的情景，就到墨西哥去了。

啊呀，墨西哥的下加利福尼亚半岛，游人好多哟，有观鲨的，观鲸的，观赏海景的，观赏异域风情的。

这个半岛是墨西哥西北部一个南北向的呈长条状的半岛，其东海岸是加利福尼亚湾，西海岸是浩瀚的太平洋。就在这西海岸的太平洋中，灰鲸在这里迁徙，大群的灰鲸每年都要到这里来。

我来到了这个半岛的西海岸。

游人一个个头上戴着太阳帽，脸上洋溢着笑容。不少游人正在对着海水拍照，有的用相机，更多的人用手机，有的拍正在玩耍的小海豹，有的拍正在下水捕鱼的鹈鹕。

第二天黎明，浓墨般的海水拍打着沙滩。日出前的大海宁静优雅。

曙光初照。太阳从大海中喷薄而出，映红了海面，映红了天空，到处红彤彤的。在丝滑的海面上，橙红色的云彩，随着微微起伏的海浪，在轻轻荡漾。

不一会，这里就又热闹起来。游人来来往往，白皮肤金黄色头发的，黄皮肤黑头发的，黑皮肤显得牙齿更白的，嘴里讲着地球上各种各样的语言。很多游人坐上游船，下海了。

一头灰鲸，游了过来。

又一头灰鲸，浮出水面，它的背上，喷出了一股水柱。这是一头母鲸，在它的身边，很快冒出了一头幼鲸。

坐在船上的游人们，小心翼翼地伸出手臂，想摸摸它们。

我看到那头幼鲸，凑到船边，张开嘴，一个游人大胆地摸了摸它的头，还有几个游人摸了它的身体。

一个当地的老人带着一群游人，朝海边走来。乍一看这个老人，我还以为是海明威小说《老人与海》中的桑迪亚哥来了呢。

我问这个老人："你们这里的鲸对人出奇地友好，从来都是这样的吗？"

"哪儿的话呀，"他说，"我20岁不到的时候，就在这里捕鱼了。那时的鲸可凶呐。我家的一条船，不就被一头灰鲸一口咬成了两半嘛！我的一条命，还是那次捡来的呢。"

"那时的鲸对人那么凶，为什么现在的鲸，对人出奇地友好呢？"

"那时，人类对鲸滥捕滥杀，一见到鲸就毫不留情地捕杀，鲸对人就凶了。"

"你那次是不是在捕杀那头灰鲸？"

"那次，我是出海归来，与它迎面碰到了。那时，鲸一见到人类就跑，跑不掉，就向人类发起攻击。现在想想，确实是的，你要它的命嘛，它不对你凶才怪呢。"

"现在呢？"

"最近几十年来，我们对生态环境进行保护，确保了鱼类的数量和质量。鲸呀，大白鲨呀，以及其他海洋动物呀，我们不捕杀它们，还使它们成为我们重要的经济来源呢，搞生态旅游呀。"

他开心地笑着，又说："现在，这里可以说是鲸的天堂。每年，一群又一群的灰鲸，都会到我们这里的海湾和有温暖浅水的潟湖繁衍后代。大群灰鲸游过海岸时，总有数千人来观看。我们这里还是世界上观看大白鲨的最佳地之一呢。这样，我们这里就吸引着世界各地的游人和潜水者纷纷前来。"

"你们的生活是不是随之好起来了呢？"

"这还用问吗？当然是的啰！"他欣喜地笑着说。

这时，我听到游船上的游人也笑起来了，喊着："又来了！又来了！"

我一看，在礁湖的湖口周围有许多灰鲸在那里滚动、打转，还有一个三口之家的灰鲸，朝我这里游了过来。

我急忙拿出潜水衣，一边穿，一边对老人说："我要下水与鲸同游了，等一会我再同你聊聊好吗？再见！”

我向正在游来的鲸群游去，三头灰鲸见我来了，明显放慢了游速。不一会，我游到了它们面前。两头大鲸停在水里了，幼鲸从它妈妈的背上滑下，向我游过来，好奇地看着我，也停住了。

我笑着，向它招招手，它继续朝我游了过来。游着，游着，它回头看看妈妈，它妈妈微笑着点了点头，它就头也不回地朝我游来了。

我和它挨到一块的时候，我伸出手，轻轻地摸了摸它的头。它又向我凑过来一点，我就伸出手，轻轻地抚摸它的身体，它身上的皮肤平坦、光滑、柔软，富有弹性。

我摸了它一会之后，它在水里高兴地翻着身，打着滚，同我玩耍起来。玩了一会，它游回到妈妈身边。但只在它妈妈身边待了一会，又游到我的身边来了。

这一天，我与鲸同游得特别尽兴，游了很长时间才上岸休息。

在岸上，看着人与鲸欢乐同游的情景，我沉思起来：人类如果光想着索取自然资源，而不保护生态环境，后果必然是坐吃山“空”，坐吃海“枯”，自然资源枯竭了，经济发展也衰退了，“绿水青山”最后成为“穷山恶水”。只有在改造自然的同时保护自然，人与自然和谐相处、共同发展，才能可持续地拥有“绿水青山”，并使之同时成为“金山银山”。

鸟之二重唱

每当我回忆起这次生态旅游，我新结识的那些鸟儿们霓裳般绚烂的羽毛、鲜花般艳丽的容貌、惊鸿般轻盈的体态、勤奋搏击的天性和情趣盎然的生活，就历历如在我的眼前，它们那“百啭千声随意移”的歌声，特别是那千年一听的二重唱，就又回荡在我的耳畔，余音袅袅。

你听过大自然中的鸟与名画中的鸟的二重唱吗？我呀，不但听过，还参加过呢。那可是千年一听的鸟之二重唱啊！

我是黄筌的名画《写生珍禽图》中的一只鸟。

黄筌（约903—965）是唐末五代时期的大画家，17岁以画供奉内廷，任宫廷画师四十余年，是中国绘画史上使工笔花鸟画达到成熟的代表性画家。黄筌勾勒填彩的画法和浓艳精细的画风，自宋初一直持续了近百年。

黄筌画鸟，非常有名。他画的鸟，栩栩欲活，一触即飞。唐末五代时期，他担任西蜀的宫廷画家。有一次，外地来的使臣送给西蜀皇帝六只鹤，皇帝命黄筌把这些鹤画在宫殿的墙壁上。黄筌就在殿壁上画了鹤的六种动态：唳天、警露、啄苔、舞风、梳翎、顾步。真鹤看到了，飞来同黄筌画的鹤站在一起，看的人竟分不出真假。之后，西蜀皇帝建造八卦殿，又命黄筌在四壁画上花卉以及兔、雉、雀等动物。有人在殿前向皇帝献上一只白鹰，那只白鹰看到殿壁上画的雉、兔等，以为是活的，不断地展翅，要飞过去扑击。

黄筌的画作流传至今的只有一幅绢本《写生珍禽图》了，现在珍藏于北京故宫博物院。

《写生珍禽图》画幅不大，却有鸟、虫等24只之多。鸟，有白头翁、白鹡鸰、鸠鸟、大山雀、红尾鸡、画眉、麻雀等，我就是那只鸠鸟。

画中的鸟儿，有的朝左站着，有的朝右站着，有的低头觅食，有的抬头待哺，有的展翅滑翔，有的扑翅而鸣，都像是活的，在不停地动着，一触即飞似的。

画幅右边，两只麻雀相对而立。

小雀扑着翅膀，抬着头，口张得大大的，向着老雀，问："怎么不喂点东西给我吃呀？我肚子饿死了。"

老雀平静地站在那里，口中无食，说："你现在长大了，可以自己觅食了嘛。"

小雀说："这里没有东西可吃呀。你能带我出去觅食吗？"

这两只麻雀就这样你一句我一句，讲了1000多年，没有停歇。

去年春天的一天，很多人进入北京故宫博物院参观。观众中有一个人在参观时没有注意，一个手指的指尖，碰到了《写生珍禽图》上的那只小雀。黄筌画的鸟哪能碰呢？一触即飞呀。这只小雀立刻飞了起来！画幅上其他的鸟，一只一只地也都飞了起来！

参观者在下面喊："回来，回来啊！《写生珍禽图》上的鸟儿们！"

"我们1000多年没有飞了。"《写生珍禽图》上的白头翁一边飞，一边说。

"不飞则已，一飞冲天！"《写生珍禽图》上的大山雀展翅腾空时说。

《写生珍禽图》上的小雀，飞上天后还补充一句："不鸣则已，一鸣惊人！"

我一边飞，一边对站在下面的人们说："《写生珍禽图》是中华民族珍贵的文化遗产，我们是一定会回到画幅上去的。现在呢，我们要出去进行一次生态旅游，看看祖国大地上的鸟儿们，再见！"

渤海边的候鸟聚会

我和《写生珍禽图》上的其他鸟儿愉快地在天上飞着，一边飞，一边到处看看。

远处的天空有一排排密集的小黑点，从南向北朝我们飞来。

我仔细地看，那是浑身羽毛雪白的天鹅。几千只天鹅，以整齐的队形组合成大集群，矫健地飞翔着！

我们就跟着天鹅，飞呀飞，飞到了渤海边辽河口的上空。

我正看着成群的海鸥不时地飞起又落下，我面前的几千只天鹅忽然一下子散开，欢快地大声鸣叫着，声音绵长而悠远，有的落到湖面上，有的落在已经收割的田地中。我和《写生珍禽图》上的鸟儿们也落到了地面上。

我看到在近处一个湖上，一大群天鹅组成鸟浪在湖面翻滚，另一群天鹅在空中与之共舞，还有一行行天鹅正在落到水面，荡开长长的涟漪。

不远处的一处河湾里有一群大雁，稍远处一个湖中有一群白琵鹭，缩成一个个白点。

《写生珍禽图》上的白头翁问天鹅："你们要飞到哪里去啊？"

"我们跟着春天的脚步一路向北，要飞到俄罗斯的西伯利亚，有的飞得更远呢，要到北极圈内的苔原地带繁衍。"

"你们什么时候动身的？"

"我们2月底就动身了，那时还春寒料峭呢。"

"夜晚，要在停歇地休息呀。你们身上有'羽绒大衣'，弯着脖子也可以把头钻进大衣里保暖。在混合着冰的水中，你们的脚会不会冻伤呢？"我问。

"不会的。我们脚里面的细胞液含量稀少，血液循环速度很快，而且血液流入和流出双脚的血管彼此相邻，在逆流热交换效应下，动脉血的热量可以转移到静脉血中，继而返回体内。这样，只需要消耗很少的热量，就可以避免脚被冻伤。"

我头顶上的天空中，又出现了一大群鸟，是白鹤。它们全身羽毛雪白，伸展着长颈和长腿，展开的双翅有两米多长，飞行时露出黑色的初级飞羽，好像戴着黑套袖，在天空中拍扇着，前后错落有致，间或变换姿势和队形，一会儿“一”字形，一会儿“人”字形，一会儿在云间若隐若现，一会儿从云中划翎而出……

这一大群白鹤，从天空缓缓降落了。它们三四只一组，滑翔着落在地上，向前奔跑几步作为缓冲，收起翅膀，抖擞抖擞羽毛，高声鸣叫，叫声此起彼伏，接着就埋头觅食。

“龟年鹤寿”“鹤鸣九皋”，自古以来，鹤就被视为吉祥和长寿的仙禽，承载着美好的寓意。

我看着这些美丽的大鸟，才想起来这是候鸟在迁徙呀！全球现存已知的9000多种鸟类中，有4000多种是候鸟。候鸟，每年都要依照气候的节律性变化，在繁衍地和越冬地之间进行规律性、长距离的往返迁徙。春季和秋季是候鸟的迁徙季。每年的春天和秋天，有数十亿只候鸟在进行迁徙。

全球八条候鸟迁徙路线中有三条经过中国。中国东北、华北东部以及华东地区，处在东亚—澳大利亚迁徙路线上。迁徙的候鸟中，至少有27个全球濒危物种，其中以中国滨海湿地为主要栖息地的有24个。众多的河流、湖泊、沼泽、滨海湿地是候鸟的“加油站”。中国的环渤海、鸭绿江口和长江口滨海湿地都是候鸟迁徙中重要的“加油站”，鸭绿江口滨海湿地每年落脚的候鸟种类达300多种，120多万只。

候鸟的迁徙，在中华文化中留下了深刻的印记，如《诗经》中的“燕燕于飞，差池其羽”，汉朝《秋风辞》中的“秋风起兮白云飞，草木黄落兮雁南归”，《汉书》中的“鸿雁传书”，唐诗中的“越鸟从南来，胡鹰亦北渡”“万里衡阳雁，今年又北归”，宋词中的“看天阔鸢飞，渊静鱼跃”“燕鸿过后莺归去，细算浮生千万绪”……

而白鹤是目前全球15种鹤类中唯一被世界自然保护联盟列为极度濒危的鹤。

我问一只白鹤："你们是从哪里飞来的？要飞到哪里去呢？"

"如今全球98%的白鹤都在中国越冬。每年春天，我们都从长江中下游的鄱阳湖一带飞到这里来，再飞到西伯利亚去。夏天，我们在西伯利亚东北部的苔原上寻觅食物，哺育后代。秋天，我们集合起来，举家原路南飞，回到鄱阳湖一带。我们不会游泳，但吃的食物却是水生植物的嫩芽与地下球茎，鄱阳湖就是我们冬季休息、觅食的天堂。"

鄱阳湖是中国现今第一大淡水湖，夏季烟波浩渺，到了冬季，湖面大面积退缩，露出水深不足40厘米的浅滩湿地，成为众多水鸟越冬的重要栖息地。

"这迁徙之路，长达5000多千米啊！"

"迁徙时，我们以每小时数十千米的速度飞行，一飞就是万里，每次都要花50天左右的时间。迁飞时，在扇翅和滑翔间转换，排成规则的阵形以节省体力。在这里停歇，是为了进水、进食，补充能量。"

"这样长途的迁徙，要经历多少艰辛呀！"

"迁徙之路，危险重重，有人毒杀，有人枪杀。前些年，我们在天上飞着、飞着，有的就掉下来摔死了！"

"啊呀！"我惊得瞪大了眼睛。

"饿的，"它说，"中国东部沿海滩涂正在迅速消失。有一段时间，沿海地区的开发强度很大，很多湿地都被围垦了，一些迁徙途中的鸟找不到可以停歇、进食的地方，有时连续两三天吃不到一点东西，饿着肚子飞。"

"现在的情况怎么样？"

"现在中国加强了对生态环境的保护，重视生态文明建设，情况不断地好起来了。就说我们白鹤吧，这几年白鹤的幼鸟数已经呈现出上升的趋势。"

这时我看到一只雄鹤在一只雌鹤面前高高跃起，扑展双翅围着它旋转，不断地点头、亮翅，欢快地鸣叫，有时两脚交替踏步。它一遍又一遍地变换姿势，展现自己优雅的曲线和曼妙的舞姿。

那只雌鹤静静地站在那里看，之后，微笑着用两只脚的脚尖立地，也亮了亮翅膀。

接着，这一雌一雄交替地做着舒展翅膀、相互鞠躬和昂首阔步的动作，面对面地旋转，肩并肩向前奔跑了几米，展翅腾空，在天上短距离地飞翔了一阵，然后双双垂直降落，扬起头，伸展着长长的颈子，一同仰天而鸣，声音欢快而嘹亮。仔细地听，当雄鹤每发出一串悠长而低沉的鸣声时，雌鹤就配合着发出数声短促的高音，声音洪亮而又抑扬顿挫，正像《诗经·小雅·鹤鸣》中所描绘的："鹤鸣于九皋，声闻于野。"

我早就听说鹤善舞。鹤之舞，繁姿众变，它们以点头、屈膝、滑步、旋转、跳跃、振翅、滑翔等不同的姿势和动作，表达自己不同的感情，鞠躬表示友好，亮翅表示欢快，低头就有警示之意。它们表达爱情时舞，相互嬉戏时舞，驱赶入侵者时舞，时而跳跃，时而展翅，时而昂首，时而翘尾，时而像行优雅的屈膝礼，时而相互亲密地摩擦身体，时而独舞，时而对舞，有时还做一些高难度动作，如单足脚趾尖旋转、击脚跳等，无不动静结合，刚柔相济。现在，我亲眼目睹鹤之舞，感到了一种审美的愉悦。

我问刚才同我交谈的那只白鹤："它们俩跳的是什么舞？"

"恋舞。刚才的男女声二重唱和双人舞，表明它们俩的恋爱关系已经确定了。结婚时，它们俩还要跳一场婚舞呢，那呀，更好看！"

正在热恋中的那对白鹤，望着我，甜蜜蜜地笑着说："我们将在长白山结婚，请你来看我们跳的婚舞啊！"

我欣喜地说："好啊！"

忽然，我看到前面有几只体形巨大的白鸟，双腿修长并且颜色鲜艳，站在浅水中觅食，一发现小鱼，就用锐利的喙将它夹住然后吞食。其中有两只飞起来了，飞行时颈部像鹤一样伸直。

这是东方白鹳！

如今，地球上只在中国和俄罗斯有它们的繁殖地了，主要分布在黑龙江流域。由于湿地生境的"破碎化"，它们的觅食地、繁殖地都在不断减少，在《中国生物多样性红色名录》中，它们已经被列为濒危物种。而在这里，我看到了珍稀的东方白鹳，真是令人高兴呀。

前面一个湖上停歇着一大群天鹅。湖水被一大片雪白的羽毛覆盖了，湖面上笼罩着天鹅振翅的气浪，高亢的鸣叫声此起彼伏，优雅的脖颈，在舞动，在交错。

我细看，它们有的将头探进水里，撩起水花甩头洗脸，有的挺胸起立，扇扇翅膀，舒展筋骨，有的漫步滑行，有的偏头低鸣，有的浮在水面，颈部直伸，头部在水底啄食藻类，有的似走而又两翅张开，有的似飞而又双足着地，伴以欢快的鸣叫。

我再看看稍远处的鸟儿们。长着琵琶形长嘴的白琵鹭，在洲滩边踱步；针尾鸭夹着箭镞般翘起的尾巴，有的在打瞌睡，有的在低头觅食；麻灰色的苍鹭，有的一步一探头，伺机捉鱼，有的一动不动地一只脚站在浅水里，缩着脖颈，耐心地等着鱼游过来，然后闪电般地伸出脖颈，用又长又尖的嘴把鱼叼住。

天空中，一小队鸬鹚从东南方飞来，后面跟着数不清的小黑点。小黑点飞得越近就显得越大，从我们眼前一队一队地飞了过去，它们那蓝宝石一样的眼睛，闪着亮光，直直地望着前方。只过了一会，上千只鸬鹚，从我们眼前飞过去了。

在一片滩涂上，有一群身体略大于麻雀的小鸟在觅食。它们娇小的身体上，从头顶到背部是灰褐色，羽毛边缘的白斑在它灰色的底色上缀了点点的雪花纹，从胸到腹部是丝绒白，它们的喙，末端向两侧扩展延伸，像一把小勺子。

我盯着其中的一只看，它翘起屁股低下头，把勺子一样的嘴插进泥滩的浅水层中，一边左右摆头，一边咂着嘴，宽大的“勺子”铲起泥滩上的小型软体动物和甲壳类动物，然后又咂嘴，将泥浆排掉，把食物吞下。

这是一种小型鹬类鸟。它们每年秋天从西伯利亚东部的繁殖地出发，迁飞到南海及东南亚沿海的越冬地，每年春天，又进行长征，向北迁飞到西伯利亚。一年中，两次来到中国的滨海湿地，在滩涂上“加油”。

我笑嘻嘻地向它们打招呼：“勺嘴鹬，你们好！你们现在情况如何？”

“现在，我们的情况好多了。前些年，迁徙路上的滩涂减少了很多，食物越来越少，我们的种群数量大大下降，我们也成了全球最濒危的鸟类之一。中华凤头燕鸥的情况更惨。”

鸟类的种群和数量是生态系统健全状态的重要指标之一。有研究显示，从1950年到2014年间，中国的沿海湿地损失了五成以上，其中土地开垦和基础设施建设为主要影响因素。长期以来，滩涂的生态作用没有得到足够的认识——海岸湿地，不仅是候鸟重要的栖息地，还发挥着保护海岸、抵御海水倒灌等重要的生态作用。因为人类活动的影响，进入21世纪以来，每年都有超过10种的鸟类灭绝，很多鸟类的数量也在不断减少。由于生物链的影响，每消灭一种鸟类，就意味着与它伴生的几十种昆虫、鱼类、植物也在消失。

我想，经济发展与生态环境保护两者是可以兼得的呀，绿水青山就是金山银山!

我正在想这个问题时，前面有一群鸟，是我从来没有看见过的。我问勺嘴鹬:“它们是?”

“遗鸥。这是鸥类水鸟家族中最晚被人类发现、一度被遗忘的鸟，现在是国家一级极濒危保护动物。它们的繁殖地是鄂尔多斯高原，越冬地是中国东部滨海湿地滩涂。最近两年，每个迁徙季我都会看到它们。”

如今，候鸟的未来很大程度上取决于人类的活动。我对它们说:“中国人民正在大力加强湿地的保护和管理，为候鸟的长久生存和发展提供更好的条件。”

天鹅们停歇好一会了。觅食之后，十几只、几十只地组成一个一个群落，成双成对地在一起，有的在交颈梳妆，有的在并肩滑翔，有的在振翅双飞，有的在停泊双栖，有的在二重清唱，还有的双双曲弓着几近直角的颈子，静静地卧在水面上。它们都是一对对恩爱夫妻。

一群鸭低飞而来，落在水面上。几只鸭聚在一起，扑打水面，抖动翅膀，相互追赶，时而发出粗犷而短促的叫声。热闹了一阵之后，鸭群轻盈地向我这里游来。

我一看，它们的头是黑色的，头上飘着几根长长的羽毛，嘴是尖的，红的，脚也是红的，身体两侧的羽毛布满规则的鱼鳞状斑纹，身上大体白色。我以前看到的鸭，嘴都是扁的呀。

游在最前面的那一只，忽然潜入水中，一口气在水下待了将近一分钟才钻出来，清理一下身体，头部长长的黑色冠羽甩起一串水珠。

“请问，你们是？”我问。

它张开它的尖嘴，说：“我们是秋沙鸭。”

近处一对天鹅夫妻中那只雄天鹅对我说：“秋沙鸭是国家一级保护动物，跟大熊猫的保护级别相同呢。”

一群秋沙鸭中的一只游到这里停了下来，羡慕地望着一对对天鹅夫妻在那里恩恩爱爱。

我问它：“你的头颈部怎么是棕褐色的？”

“我们是雌的，”它说，“雌天鹅比我们幸福多了。”

“怎么啦？”我问。

它把自己婚姻的不幸告诉了我：它同一只雄秋沙鸭结婚怀孕之后，飞到河边高大树木的树洞里，拔掉自己身上的羽毛铺在洞底，为产卵和孵卵做准备，刚刚开始孵卵，短暂的婚姻就走到了尽头，丈夫抛妻弃子而去，把孵卵和养育儿女的重任全部甩给了它。

我问：“这在你们秋沙鸭中，只是个别情况吧？”

“哪里是个别情况！雄秋沙鸭，没有一个不是这样！所以我羡慕天鹅呀。”

秋沙鸭们游向远处去了。

这边，几只年轻的雌天鹅，有的在戏水，有的在梳理羽毛，有的在喁喁私语，有的在顾影自怜，无一不是姿态娴雅，光艳照人。

那边，有几只年轻的雄天鹅，扑腾翅膀，踩水而来，在年轻的雌天鹅们面前振翅、击水、起舞、唱歌，向自己心仪的姑娘求爱，那姿势和动作就像在跳舞。

我再一看，几只活泼的小天鹅真的在跳着芭蕾舞，舞姿那样的轻盈，动作那样的优美。

我欣赏着小天鹅们的舞蹈，看着，看着，恍如听到了柴可夫斯基的音乐，那是《天鹅湖》中《四小天鹅舞曲》这首活泼、优美的乐曲，我情不自禁地哼了起来。

我问一对相依在一起的天鹅："你们夜里飞不飞?"

"在晴朗的夜空飞行可以躲避猛禽袭击，降低受敌害的风险呢。"

"会迷失方向吗?"

"夜里的天空有月亮，即使没有月亮，星星像钻石一样晶光闪耀，云层会把闪烁的星光反射出来，地面上大片的水也有比较明亮的反光。我们靠着这些光，就能准确地辨识地面的轮廓，不会迷失方向的。"其中一只说。

"我们的听觉灵敏，对低频和中频的声音很敏感，这有助于我们发现食物和躲避敌害。我们还会发出声音信号来传递信息，相互保持密切的联系，及时修正飞行方向。"另一只说。

这时，响起了"轰"的一声。

我一看，几千只天鹅正在列队起飞。它们飞上蓝天，振翅高歌，那响亮的叫声，清脆、奇特，携着蒙古长调般的高亢韵致，又有着辽阔草原一样的悠远绵长。

我目不转睛地凝视着其中的一只。这只天鹅在翅膀和尾的协助下，在浅水面上踏波小跑，起到助飞的作用，接着展开两米多长的双翅，凌空、滑翔，然后穿越、翱翔。在天空飞翔时，长颈前伸，悠然自得地扇动双翅，形体和姿势都十分优美。

在天空，它交替运用鼓翼、滑翔、翱翔三种方式，宽大的双翅快速有力地扇击，不一会，它就加快了速度。

一大群天鹅，大风一样地掠过地面，在天空以整齐的队形，又向北迁飞了。借助风力的作用，它们能飞到8000多米的高空，通常一边飞，一边鸣叫，像吹喇叭一样，"嗯—啊—"，"唔—啊—"，能发出六七种高低不同的声音。

在那群白鹤中，有两只齐身走到前面，左右看看之后，头一低，身子往前一倾，翅膀猛烈地扇动着，两条长腿奋力奔跑，一下子腾空飞起。在它们的身后，那群白鹤紧接着上了天。还有一些鸟，也跟着起飞了。

我仔细地看，天鹅结群飞行时呈“Y”字形，鹤、雁群飞时排出“人”字形。天空中的雁群，有时排成“人”字形，有时排成“一”字形，都是老雁领队，后面是只只按序，有条不紊。它们不但用自己的翅膀拍扇空气飞行，而且依靠上升的气流滑翔。前面一只的翅膀在空中划过，翅尖上会产生一股微弱的上升气流，后面的一只紧跟着它，一只紧挨一只，形成整齐的队形。只有一群赤麻鸭，起飞时松散零乱，在天空飞行时也不成阵形。

过了一会儿，这些鸟飘逸的身影都在云端飞翔了。

《写生珍禽图》上的红尾鸡说：“我们往南飞，好不好？”

我说：“我多年没有回故乡鸠兹了，正好回去看看。”

白头翁说：“那我们就去欣赏欣赏祖国大地上江南春天的美景吧！”

黄山上的幽林鸟语

我的故乡在长江下游的青弋江与长江交汇处，那里湖塘密布，草木繁茂，鸠鸟云集，“关关雎鸠，在河之洲”，古时候称之为“鸠兹”。

旭日东升时，我们飞到距今200多万年前的繁昌人字洞古人类遗址看了看，接着就到了长江与青弋江交汇处。青弋江的江水中飘动着蓝天上的万朵红霞，就像白居易写的那样：“日出江花红胜火，春来江水绿如蓝。”我也想出了两句：“朝霞与珍禽齐飞，春水共江花同流。”

鸠兹的旧貌换新颜了！我居住过的那棵银杏树，在一座名叫赭山的小山上。现在，赭山附近高高地耸立起一座雕塑，上面刻着“鸠顶泽瑞”四个大字。鸠兹早已是一座繁华的城市了，到处高楼林立，人来车往，很多地方绿树成荫、鲜花盛开。

我在赭山的上空飞着，看到下面的绿草地上有一小片黄色。到近处一看，原来是几十只黄鹡鸰，它们一边飞着一边鸣叫，叫声很像“急了，急了”，在地上走的时候都摇着尾巴。

几只灰纹鹟站在突出的树枝上，乌溜溜的大眼睛观察着四周，一看到有飞虫路过，就猛然飞出捕食，然后返回原来的树枝上。

一群柳莺，身体比麻雀还小，嘴又细又长，穿得非常漂亮，背部橄榄绿色，头顶有一条黄色顶纹，白色眉纹一直延伸到颈部，臀部羽毛是柠檬黄色，有的站在树枝上休息，有的在树枝间穿飞。有一只柳莺在花朵旁边扇动翅膀，把小虫赶出来，再扑过去啄食。

稍远处，有几只红尾伯劳，蒙着黑眼罩，尾巴长长的，站在树枝的顶部。

在我以前居住过的银杏树上，两只黄鹂正在鸣叫，一呼一应的。突然，飞来一只红喉歌鸲，它的歌声婉转动听。过了一会，又飞来几只小鸟，有的在枝叶间飞，有的在枝头上叫，树上立刻热闹起来。

我飞过去，加入了鸟儿们的歌唱。接着，《写生珍禽图》上的鸟儿们都飞来了，同大自然中的鸟儿们一起进行二重唱。

欣喜地游了一趟鸠兹以后，我们继续往南飞。

飞了一会，我看到天空成千上万只小鸟正朝我们飞来。它们一边疾速地飞着，一边欢快地叫着，叫声尖锐嘹亮，拉着长音。

我喊了起来：“北京雨燕，你们到哪里去呀？”

“我们在2月底从非洲南部开始迁飞，经过西亚、中亚，取道天山北麓，以避开青藏—喜马拉雅山屏障，返回北京。”

我在北京故宫博物院常常看到窗外的北京雨燕在天空疾速飞舞。

北京雨燕与北京人相伴了千百年，它们的形象被制为红墙碧瓦上的图案花纹、经典的燕形风筝，还有北京奥运会吉祥物。每年春天，它们就迁徙到北京地区，一些古建筑的屋檐缝隙、墙洞、阁楼房顶都有它们筑的巢，它们还有沿用旧巢的习性。

北京雨燕的体重只有35克至40克，身体小巧，飞行速度却快得惊人，可达每小时110多千米，每年迁徙往返旅程将近40 000千米，是鸟类中卓越的飞行家。

这一大群北京雨燕转瞬间就同我们迎面擦肩而过，飞到我们后面去了。

我们继续往南飞。我边飞边想：北京雨燕一生大部分时间都在天上飞行，日夜都在飞行，唯一暂停飞翔之时是育雏期。它们主要在古建筑中营巢。几十年前，遍布北京的胡同四合院，让它们在这座古都繁衍兴盛。随着北京城市化进程加快，大量古建筑被拆除，保留下来的建筑安上了防雀网，很多北京雨燕无以为家了。我想，北京的建筑物是不是可以为北京雨燕加一个“鸟屋”？这样，每年夏日黄昏，北京的大街小巷，不就又到处都能欣赏到北京雨燕的翩翩舞姿了吗？

暮色苍茫时，一片峰林离我们越来越近，千里横黛色，数峰出云间。我仔细一看，是世界闻名的黄山。

我们飞到一座高峰前，看到一大块崛巨石上紧靠着一块石壁，茁壮地生长着一棵千年古松，它朝我们伸出两只巨臂，向我们频频招手，热情地喊道：“欢迎，欢迎！”它就是迎客松啊！

我们欣喜地在迎客松上落了下来。

我环顾四周，色静深松里，声喧乱石中，清泉石上流，日色冷青松。

俯瞰峰下，清溪流而深潭绿，烟光凝而暮山紫，花对潭中影，松含风里声。

天色越来越黑，巢中的小鸟们渐渐安静下来。

月亮慢慢地升起来了。

月出惊山鸟，时鸣春涧中。

我站在迎客松上往下看，细枝风响乱，疏影月光泻，地上如积水空明，水中藻、荇交横，这是树的枝叶的影子。

过了一会，云层遮住了月亮。山风一阵阵地吹着，云破月来花弄影。

后半夜，下了一场雨。

黎明时，雨霁天晴，我们来到了黄山群峰中一个幽深的山谷。

这里，四周都高耸着巍峨的山峰。山峰上、深谷里，到处是绿色植被，松柏和春花漫山遍野。山中一夜雨，树杪百重泉。谷底，响着瀑布水、溪水、潭水的三重奏。

春路雨添花，花动一山春色。溪伴山行，花随树走。

我们在群山之间，悠悠地飞着，欣赏着这里迷人的天光声色。

一阵春风，吹来香樟树上甜蜜蜜的花香。

我迎面看到的是又香又白的茉莉花，笑眯眯的，比它个头高的白玉兰，笑嘻嘻的，个头更高的木兰花，同它一样洁白如雪，也是笑靥迎人。

一大朵一大朵的山茶花，在朗声大笑，笑得满脸通红，把好多花都惹得笑了起来，亲密地挤在一起的紫荆花，笑得你倒在我怀里，我倒在你怀里，海棠花的小脸笑得嫣红嫣红的。睡梦中的蔷薇花和牡丹花，被它们的笑声吵醒，脸上也欣喜地露出了笑容。

我抬头一看，杜鹃花、天女花等，你追我赶，都争着展露自己美丽的笑脸。放眼望去，到处是深红浅白斗云霞的热闹景象。

飞着，飞着，我在一片片青翠的松竹之间，看到一片片红霞。渐渐飞近，看清了那是鲜艳的杜鹃花。我落在山腰一棵黄山松上，低头看，一丛丛，一球球，花团锦簇；抬头看，一片又一片，一坡又一坡，烂漫的鲜花显出奇幻的色彩。

我飞在一片杜鹃花丛上，细看发现，杜鹃花花形多样，花色多种。其中，以花瓣鲜红的映山红最多。在一个山坡上，长满了映山红，红艳艳的鲜花啊，犹如喷火蒸霞，把山石、溪水，连同人脸，都映红了。我不禁想起杜甫的诗：“山青花欲燃”。

飞进山谷，满眼绿色，连游人的衣裳都被映绿了。绿分六色，漫山遍野的深绿、翠绿、黄绿、嫩绿，密林深处墨绿，谷底潭水蓝绿，浓、淡、深、浅的绿，和谐统一，以翠绿为主体，这是新生的、欣欣向荣的绿，使人目悦神畅，生机勃发。

我看到游人在这绿色的山谷中走着，就像在绿色的海洋里踩水。

忽然，响起了音乐《空山鸟语》。二胡以拟声手法模仿百鸟鸣叫，将鸟语音乐化，描绘出深山幽谷中鸟语花香的自然美景。欧阳修诗中的“百啭千声随意移，山花红紫树高低”，立刻展现在我的眼前。

处处闻啼鸟。

好鸟相鸣，嘤嘤成韵。

白云时抱峰，啼鸟忽临溪。

有的鸟在溪边尽情地戏水，有的鸟在水中忙碌地觅食，有的鸟在枝头欢乐地鸣啭，有的鸟在林间振翅穿飞。

听着这些鸟鸣的声音，看着眼前的种种景象，我想起贝多芬《田园交响曲》第二乐章描绘的情景。我恍如听到了由长笛模拟的夜莺鸣叫声，由双簧管模拟的鹌鹑鸣叫声和由单簧管模拟的杜鹃鸣叫声，这是《田园交响曲》中一组柔和而又充满欣喜之情的三重奏。

我慢慢地飞着，注意地看着，留神地听着。

柳莺在高大乔木的顶冠层捕食蚊虫；褐鹟站在树林中层的树枝间，兼顾上面和地面的昆虫；乌灰鸫在地上不断翻动落叶，寻找落叶中的虫子。

黑脸噪鹛七八只成群，在树丛中飞来飞去，“啾—啾！”地叫着。

两只珠颈斑鸠站在一高一低两根树枝上，它们的脖子上好像戴着珍珠项链，在“咕咕咕”“咕咕咕”地对话。

一只红喉歌鸲正在一条溪水边，一会儿向前跳着，一会儿低头觅食，见到我来，猛地抬起头，然后低头快跑几步，停下来看了我一眼，叫着飞走了。

一只翠蓝色的普通翠鸟，从小溪的上方快速飞来，一闪就不见了踪影。

白鹡鸰却不慌不忙的，在溪边的石头上走走停停，上下摆动着尾巴。

一只黄绿色毛球似的小鸟，在小溪里洗澡，翅膀下、头顶上、身体的各个部位面面俱到，我一看，是叫声细小的柳莺。

几只小鸭子般的小鸟正在水中游弋，是娇俏的小鹏鹏。忽然，其中的一只猛地潜入水中，一会儿又在远处的水面冒出头来，尖尖的小嘴巴里衔着一条小鱼。

在一棵大树上，几只栗背短脚鹎聚在一起，叽叽喳喳地谈谈笑笑。另一棵大树上，一群灰树鹊也玩得很开心。

几只花尾山雀在树枝上跳来跳去，其中一只对着我叫道："我在这儿呢！"

我一看，它是《写生珍禽图》上的那只大山雀。忽然，它又跳到了另一根树枝上。

那根树枝上有一对娇小伶俐的鸟紧挨在一起，各自把头伸到对方翅膀下面，现在受了这小小的惊动，把头伸出来，睁开了眼睛。

我一看，是红嘴相思鸟，它们可是名贵的鸟，吉祥的鸟啊。

我仔细地看着它们：红色的小嘴，颈子金黄色，上身呈橄榄绿，黄色的胸脯很是耀眼，配上镶着黑边的有小叉的尾巴，体态玲珑，色彩鲜艳，妩媚可爱，就像一件精美的艺术品。

这是一种多情的鸟，总是成双成对地在一起，终日形影不离，鸣叫起来像管笙轻奏的"啾啾"声，甜蜜蜜的，婉转动听。好多国家的人，都喜欢把这种容貌漂亮、叫声悦耳而且活泼可爱的小鸟用作新婚志喜的礼物。

在红嘴相思鸟下面有一只珍禽，全身黑白相间，又漂亮，又高雅，正在慢悠悠地散步。它头上戴着黑色长羽冠，上身和两翼一片雪白，布满整齐的"V"字形细黑纹，尾巴也很长，中间几根长羽洁白无瑕。这是什么鸟？我想起李白游黄山时写的诗："白鹇白如锦，白雪耻容颜。照影玉潭里，刷毛琪树间。"

我听到在一棵大松树下有翅膀扑打的"蓬—蓬"声，循声觅影，我看到前面的大松树下有两只白颈长尾雉。

这是一种非常美丽的鸟，身上的羽毛是棕黄色，交错着红、白、黑、褐等色斑纹，颈部像是围了一条雪白的长围巾，从额贯眼向后有一道黑圈。雄鸟的尾羽长达1米多，绚丽多彩。

雄鸟正在雌鸟面前扑打翅膀，翩翩起舞，向她求爱。雌鸟呢，静静地站在那里，含情脉脉地看着。

一个游人怕惊动它们，轻轻地向前走了几步，就停了下来。但它们的听觉、视觉都非常敏锐，发觉有人来了，一溜烟往松林深处飞去，到更加隐蔽的地方谈恋爱去了。

画眉百啭千声地鸣叫起来。画眉是中国的特有鸟类，鸣叫的声音洪亮，抑扬顿挫，音韵多变，婉转动听。

是《写生珍禽图》上的那只画眉在鸣叫吗？我侧过脸一看，正在叫的不是画眉，而是黄嘴、黑身的乌鸫，它在学画眉叫。

乌鸫通体乌黑，端庄典雅。它叫声甜美，声音婉转，而且口齿伶俐，音多变化，能学其他鸟叫，又名百舌。杜甫有诗云："百舌来何处，重重只报春。知音兼众语，整翮岂多身。花密藏难见，枝高听转新。"

突然，响起两个女孩似的娇滴滴的声音。我回头一看，是两个黄鹂鸣翠柳，前面是一行白鹭上青天。

一只不知名的小鸟，站在一根树枝上对着我叫："你来，你来，来啊！"又蹦到另一根树枝上叫起来。

一只棕褐色小鸟，比麻雀还小，却响亮而又悦耳地叫道："回，回去！"我一看，是山树莺，它在繁枝密叶间蹦过来，跳过去，过了一会，只闻其声，不见其身了。

前面一根树枝上，站着一只跟麻雀一样大的小鸟。它的头、颈和羽冠都是深蓝色，身体其余部分是白色，两根长长的白色尾羽飘逸着，形似绶带。

我欣喜地对着它喊："寿带鸟，你好！你是这里的稀客呀。你们现在情况怎么样？"

"你好啊，我们这几年好多了。2012年，我们被列入《世界自然保护联盟濒危物种红色名录》时，我发现这里有一个村子，不但自然环境优美，而且村民保护环境、爱护鸟类的意识也很强。于是最近几年，每年春天，我们这一群寿带鸟都到这个村繁衍后代，一直到雏鸟会飞时才离开，"它用嘴指着旁边一只正在树枝间飞来飞去的小鸟说，"她是我的妻子。"

我一看，雌寿带鸟羽毛很艳丽，头颈、腹部颜色与雄鸟相同，两翅和尾巴都是漂亮的棕红色。它飞着，飞着，就迅速而准确地捕捉到一只飞蛾，空中转向和平衡的能力极强。

雄寿带鸟对我说："我要到前面那条小溪边玩玩去了，顺便喝点水。"说着，它就张开翅膀，翩翩起舞似的飞起来，姿态很是优美。它飞到溪边，俯冲、入水、出水，动作敏捷，一气呵成，之后，又在空中舞蹈起来。

我跟着它来到小溪旁，一边看它在空中舞蹈，一边想：是因为这个村的村民保护环境、爱护鸟类的意识很强，并且为寿带鸟营造了适宜的生存环境，它们才年复一年地来这里繁衍后代的啊。不然，优美环境依然在，珍稀鸟类却难见啊。

我飞到一片茂密树林的上空，落在一棵黄山松上，聆听着幽林鸟语。

听着有的鸟鸣的欢乐的声音，我恍如正欣赏着姹紫嫣红争奇斗艳。

听着有的鸟鸣的悠冉的逸韵，我似乎看到一朵兰花在幽静地开放。

听着有的鸟鸣的优美的音符，我的脑海里浮现出瓣瓣落花消逝在春水里的情景。

忽然，我听到了音乐鸟美妙的歌声。

音乐鸟本名棕噪鹛，它有八度甚至九度音的音域，鸣叫的时候，有时三声或四声一度，常常是八声或九声一度。这天籁之声，既有抒情女高音的明亮甜美、圆润柔和，又有戏剧女高音的铿锵有力，也有花腔女高音的轻巧、灵活华丽，有时还像吹喇叭一样，音韵悠扬而欢快，渲染出一种喜庆的气氛。它不同凡响的美妙音流，从绿树的云间，清泉一样自如地流淌，与百鸟的鸣叫汇成了活泼欢乐的一潭。

过了一会，我抬头一看，前面一棵高大挺拔的黄山松上，站着《写生珍禽图》上的白头翁、白鹡鸰。

忽然，我只眨了一下眼，它们不见了。

正在我望眼欲穿时，它们飞回来了。

白鹡鸰笑眯眯地对我说："刚才呀，我们到巴金笔下的'小鸟天堂'玩了一会。那里，有'三百年来榕一章，浓荫十亩鸟千双'的美景。"

"在一条河边有一棵大榕树，枝繁叶茂，树枝上又生根，许多根一直垂到地上，进了泥土里，还有许多枝叶垂到了水面，那么多的绿叶，一簇堆在另一簇上面，不留一点缝隙。从远处看，那棵大树就像躺在河面上一样，”白头翁说，“就在那棵树上，在多得不得了的枝叶间，有着无数的鸟窝。起初，树上很清静。后来响起一声鸟叫，我们看见一只鸟飞起来，接着看见第二只、第三只……很快，那棵大树上到处都是鸟声，到处都是鸟影。那些鸟啊，大的，小的，花的，黑的，有的飞了起来，有的在扑翅膀，有的站在树枝上唱歌，真热闹呀！”

忽然，它们又都不见了踪影。我急得大喊起来：“《写生珍禽图》上的鸟儿们，你们要到哪里去？”

我听到白头翁的回应：“我们要去‘中国鸟类博物馆’，你快来！”

“中国鸟类博物馆”在云南德宏地区的盈江，那里栖息着600多种鸟，有着全国40%以上的鸟种。我赶紧往西南这一隅飞去。

“中国鸟类博物馆”里的鸟鸣声

我飞到了云南的高黎贡山上，往下鸟瞰，峡深山峻，藤木蒙蔽。

在山上的树林里，我看到了高黎贡山的太阳鸟。它们是高山鸟类，分为蓝喉太阳鸟、绿喉太阳鸟、火尾太阳鸟几种，雄鸟貌美如花，有鲜艳的结构色。它们喜欢在高山杜鹃花间飞舞，吸食花蜜，同美洲的蜂鸟在形态和行为上都有相似之处。

盈江在发源于高黎贡山的大盈江畔，这里低山与宽谷、盆地交错相间，有大片的热带雨林。

我在江畔的一个山谷森林上飞着，循声觅影地寻找《写生珍禽图》上的其他鸟儿们。

这时是清晨，天边渐渐露出橙黄色时，江畔有数百只黑颈鹤昂首齐鸣起来。黑颈鹤是世界上唯一生长、繁殖在海拔2500米至5000米高原淡水湿地的鹤，是中国特有的珍禽。

我朝一个黑颈鹤家庭飞去，有三只黑颈鹤站在那里，雄鹤鸣叫之后抬头四处张望，雌鹤和它们的孩子在低头觅食。

我问：“你们是在唤醒清晨吗?”

“是在向越冬地告别。我们要飞回青藏高原了。”雄鹤说。

果然，过了一会，它们开始集合，接着就起飞了。一大群黑颈鹤，沐浴着朝阳，翩翩地飞舞在朵朵红霞间。

路边水田里有一群身穿洁白“连衣裙”的白鹭，有的迈着大长腿，以优雅的步伐慢慢地走着，有的站在一处，静候猎物，只要有一条鱼在水里翻动一下，白鹭呈“S”形的颈部就立即伸直，伸进水里。

这里面混杂着两只不是白鹭的鸟，正在觅食。我仔细地看，这两只鸟，一只是黑头白鹮，一只是彩鹮。黑头白鹮是世界濒危物种之一，《中国濒危动物红皮书》曾宣布彩鹮在中国已经绝迹。

鸟类数量和种类的多少能反映一个地区生态环境的状况。我一到这里来，就看到了好几种珍禽，连曾经绝迹的都又出现了，这表明这里的生态环境保护得好啊!

我欣喜地看着这两只珍禽。在阳光下，彩鹮的身上闪耀着特有的金属光泽，熠熠生辉。过了一会，两只鹮都展开翅膀，飞了起来。

我目送着它们向远处飞去，看着它们在天空渐渐地变小，成了两个小黑点。

我看到江边有一棵高大的聚果榕树，垂挂着一大串一大串果实，有的是红色，有的是青色。树上站着一只鸟，上体绿色，下体淡红色，喙铁蓝色，身长40多厘米，是翠鸟，它前伸着头，又长又直的喙指向江面。

它可能是发现猎物，准备潜水了。果然，它奋力扇动翅膀，成45度角扎向水中，头部入水之后，身体也进入水中。只过了一会儿，它就用喙擒住一条鱼，随即缩颈、转身，冲出水面，飞回它刚刚站立的树枝，将这条鱼先头后尾地吞下。

“这种‘扎入式潜水’捕鱼，技巧很高超呀!”我一边飞，一边回忆翠鸟捕鱼的情景。

江边有几只白鹭，空中的一群白鹭，也悠悠地往江边飞来。

这时，两个带着相机的游人来到江边，将自己带来的一些鱼抛向空中。江边的白鹭飞上天，空中的白鹭飞下来，纷纷抢着吞食。如果抢到的鱼比较大，来不及吞下去，有的同伴就来哄抢，伴随着“呱呱”的叫声，它们在低空追逐，起起落落，由近及远，又由远及近。

有一只白鹭大概是吞了较大的鱼，噎住了，飞起来之后，突然一头栽进了江水里，再也没有上来。

刚刚还在哄抢食物的白鹭全都停止了哄抢，它们在天空盘旋，鸣叫声中明显地流露着哀痛之情。

过了一会，所有的白鹭都飞走了，一切都归于平静。

一飞到森林上空，我就听到一声又一声响亮的鸟鸣，像小狗在叫，这是犀鸟的叫声。

中国古代，人们称犀鸟为“山凤凰”。犀鸟长相奇特，行为也有自己的特点。它们终生不换配偶，“夫妇俩”共同养育后代，被誉为“爱情鸟”。一雄一雌“结婚”后，雌鸟在产卵前1周进入树洞，在雄鸟的帮助下筑巢，将自己封闭在巢洞里，只留一条不到2厘米宽的缝隙。巢洞中的雌鸟，可以储存和保持雄鸟精液活性达数星期之久，先后让几个卵受精。雌鸟一旦进入巢洞，就不再出来，直到孵出幼鸟之后才将自己解放。在此期间，雄鸟不断地飞到远处寻觅果实，并将自己消化器官中的一层壁膜脱落下来吐出体外，形成一个薄囊，临时存放觅到的果实，再飞回来喂给妻儿。

如今，犀鸟在中国已经濒临绝迹。盈江保存着大面积的热带雨林，成了“中国犀鸟谷”。

我向森林的深处飞去。

阳光透过树木之间的缝隙往下照射，我看到森林里阴暗潮湿，里面有几个游人在走着，脚踩着刚刚落下不久的树叶混着上千年前腐叶化成的泥土。

茂密的大树像一把把撑天的巨伞，枝繁叶茂，重重叠叠，只漏下斑斑点点的光影，许多古树上都有几十种花草植物附生在上面。

忽然，林中的雾气随风翻滚起来。一片云雾，像瀑布一样，从参天大树的顶端飞流直下，白浪翻滚，嘘嘘有声。

我看着这白浪翻滚，直到它过去了，才又向前飞去。

远远的，一只色彩艳丽、体形有些像鸡的大鸟踱了过来。它顶着一对颜色艳丽的肉质角，腹部羽毛呈灰色。这是一只雄性灰腹角雉。

过了一会，我听到大声嬉笑般的“哈哈哈”的叫声，一看，是一只大灰啄木鸟在鸣叫。它的旁边不远处，一只蓝喉啄木鸟站在一棵大树的树干上，厚实的大嘴“笃笃笃”地敲击树洞。它的头顶是红色的，从眼睛周围到喉部是蓝色的，胸、腹部是黄绿色的，整个背部羽毛和尾羽由翠绿到深绿。

我正在看这只美丽的蓝喉啄木鸟，又听到一声响亮的有爆破音的尖叫，回头一看，一只大金背啄木鸟正站在一棵大树上鸣叫呢。它的整个背部都是金色的，一缕阳光从树隙照射下来洒到它的身上，把它照得全身光彩夺目。

在另一棵大树上，响起了鸟儿尖锐而轻柔的叫声。我一看，是五彩斑斓的花头鹦鹉。

花头鹦鹉全身羽毛都是鲜绿色，长长的尾羽呈宝蓝色，尾羽末端一段是黄色，雄鸟的头部羽毛是红玫瑰色，喉部黑色延伸成黑色颈环，雌鸟的头部灰色。它们不仅容貌像鲜花一样美丽，而且天性聪明，能惟妙惟肖地模仿人语，自古以来就深得人们的喜爱。

鹦鹉能言，这是一种神奇的现象。鹦鹉的鸣管比较发达和完善，有四五对鸣肌，在神经系统的控制下，鸣管中的半月膜收缩或放松，回旋振动，发出鸣声，它们的舌特别肥厚柔软，前端呈月形，像人舌一样，活动自如。但只有那些头脑最聪明的鹦鹉，才能模仿人讲话。这些鹦鹉之所以最聪明，归因于它们体积相对较大的前脑和其中密集分布的神经元。许多与复杂认知能力相关的脑结构，都位于前脑。

一只猛隼飞来，站在一棵大树的树梢上，向四面瞭望。它看到一只鸟飞向树林，立刻展开翅膀猛冲过去，一把抓住了它，一看，是长尾鹦雀，高兴得眉开眼笑。

一只红脚隼在空中飞过，发出蝉的鸣叫声。我觉得奇怪，盯着它仔细一看，它的爪子正抓着一只蝉，蝉的脚还在动着。一眨眼的工夫，它把蝉吃掉了，一个猛子扎下去，在草地上一阵扑腾，但就在这时，一只野兔逃进了一个洞里。红脚隼的脖子，可以360度转动，发现目标后，以闪电般的速度去擒拿，十拿九稳，但这次捕野兔扑了个空。

继续往前飞，我看到一只黄鹂飞到一棵小乔木上，在树冠层来来回回地捉虫子吃。这只黄鹂全身羽毛也都是艳丽的金黄色，但它的头部羽毛是黑色的，这是一只珍稀的黑头黄鹂。

在一棵大榕树上站着两只线尾燕。它们头部的羽毛是黑色的，头顶一块却是引人注目的红色，颈部和整个胸、腹部都是雪白的，背部羽毛和长长的尾羽是宝蓝色的。看上去，线尾燕的衣着是“白衬衣、蓝西服、红色贝雷帽”，非常和谐。

羽毛，是鸟儿的服装。鸟出生后，初始着装是一身柔软的绒羽。之后不久，长出坚硬而光滑的羽毛，由多种羽毛构成，每种羽毛的形态、功能不尽相同。光滑的正羽，如鳞片般覆盖在体表，是防水的外套。蓬松的绒羽，在其他羽毛的底部，功能是保暖。飞羽的功能是在飞行中拍打空气，提供上升的动力。尾羽，是帮助鸟儿在飞行中转向和刹车的，许多鸟有花哨的尾羽，以吸引异性，还可以用来保护自己，有时掠食者抓鸟，只能抓到一把尾羽。

鸟类中，有不少服装设计师，它们为自己设计和制作的服装，不但有使用价值，而且极具审美价值。白鹤、天鹅、黄鹂、大金背啄木鸟、灰孔雀雉的服装，具有单纯的美；花头鹦鹉、蓝喉啄木鸟、太阳鸟、孔雀的服装，具有绚丽的美；线尾燕的服装呢，独具一种优雅的美。

多数的鸟，一生只有一套服装。有的鸟，能为自己设计、制作几套服装，随着季节的不同而不断地“变装”。

生活在新疆阿尔泰山雪原中的雷鸟，冬季服装浑身洁白，连脚趾都覆盖着白色羽毛。春夏之交，冰雪融化，它们褪去白衣，在褐色岩石堆中换上一身应季的迷彩服。到了夏秋之交，它们又一次更换体羽，迎接冰天雪地的到来。它们总是使自己的身体有着与生态环境一致的保护色，让自己完美地融进生态环境。可惜云南没有雷鸟，我这次看不到喽。

我正在这样边飞边想，看到一只中华攀雀，身体只有麻雀的三分之二那么大，正忙着在一棵树上建一个悬吊巢。它一会儿叼着一根细树枝飞来，一会儿叼着一片树叶飞来。这个鸟巢大体上成型了，是一个悬挂在树枝上的提篮式鸟巢，比它的身体大好几倍，虽然还没有最后完成，但已经可以看出，造型很是别致。

过了一会，这只小鸟站到树枝上，用男高音动情地唱起歌来。这歌声吸引一只雌性攀雀飞来。雄鸟看着这只漂亮的雌鸟，高兴得忘了词，只是目光直直地看着她。雌鸟仔细地看了看这个鸟巢，满意地笑了笑，又看了看雄鸟，微笑着羞涩地向它点了点头。雄鸟就扑腾着翅膀，飞过去把她抱在怀里了。

啊，它们是“以巢为媒”！

我笑眯眯地对它们说：“你们是鸟类中的建筑师啊！”

雄攀雀也笑眯眯地告诉我：“黄胸织布鸟编织的悬吊巢，比我们的更精致呢。它们的嘴呈锥状，擅长用植物纤维编织鸟巢，是鸟类中最有名的建筑师。”

在鸟类中，雄鸟为了吸引雌鸟，多是通过展示华丽多彩的羽毛，或婉转动听的鸣叫、优美轻盈的舞姿来进行的，而有的雄鸟是通过搭建精美的鸟巢来求偶的。

在大盈江边的蓝天中，正飞着几只黄嘴河燕鸥，我盯住其中的一只仔细地看着。

这是一只雄性黄嘴河燕鸥，它矫健地飞着。突然，它振翅悬空短暂地停留了一下，眼睛注视着水面的一个地方，接着，俯冲入水，叼住一条两三斤重的鱼，在身体入水的同时，来了一个快速而优美的向上转身，从水上腾空而起。它那白羽、黑头、黄嘴的动态的身影和映衬着它美丽身影的两岸青翠竹林，组成了一幅天然的彩色画卷。

它叼着这条鱼飞到了沙洲上，轻盈地停在一只雌性黄嘴河燕鸥面前，心里燃烧着如火的热情。雌鸟呢，眼睛里流动着似水的柔情，脸上带着甜蜜的微笑。相顾无言，唯有柔情蜜意在传递。雌鸟的嘴紧靠到雄鸟的嘴边，接过这条鱼吃掉了。这两只鸟，展展翅膀，身体紧紧地靠到了一起……

在一个沟谷的丛林边缘，一只正在天空盘旋的鸟落到了一棵大树的树梢上。我仔细地看，是乌雕。这是一种猛禽，全身浓褐近黑，翼下初级飞羽基部有不明显的月牙形淡色区域，有洁白的尾羽。

我在另一棵大树上，仔细地看看这只乌雕。只见它长时间地站在树梢上，不断地观察周围的动静。我猜想它是在觅食。突然，它飞了起来。在展开翅膀的那一瞬间，它集中地展现了自己的形态美、色彩美、动态美和力量美。

过了一会，一只中等体形的鸟朝我这里飞来。它身体圆滚滚的，展开的翅膀很大，一张大脸就像中间略凹的大圆盘，一双发亮的黄色的眼睛，又大又圆，飞行时的样子有力而平稳，一点声响都没有。我一看，是短耳鸮。鸮是猫头鹰一类的鸟，短耳鸮在白天夜晚都很活跃，跟大多数鸮类大不相同。

正在这时，一只正在飞翔的黑翅鸢同短耳鸮迎面相遇。鸢就是老鹰。有一次，我看到一只鸢飞进一片树林猎食。它收起翅膀，飞速穿过树木间狭窄的空隙，它能估测树林的疏密程度，凭直觉判断自己能飞多快，而不会撞到树上。

现在，这两只不同种类的猛禽，在半空中打斗起来了，边斗边飞，充满了野性与力量。这场搏斗持续十几秒就结束了，两只猛禽各朝一个方向飞去。

我继续向前飞。

不一会，响起了“唰、唰、唰”的巨大响声，像沉闷的扇扇子的声音，紧接着，一只犀鸟扇动着翅膀飞来了。

我落在一棵大树上，注意地观察。

这是一只雄性花冠皱盔犀鸟，身长1米多，展开的双翅比身体还长，朝着一棵巨大的龙脑香树飞来了。它先停在另一棵树上，慢慢地转动着脑袋看看四周，过了一会，再次起飞，停到那棵龙脑香树一个树洞下方的树枝上，上楼梯似的向高一级的树枝上跳，连续跳了几次，最后飞到树洞的洞口旁，爪子抓着树干，尾羽撑在树干上，用嘴敲打树干。

这是在干什么？啊，是在通知巢洞中的雌鸟。

巢洞几乎完全封闭，只有一条很窄的缝隙。雌鸟从缝隙中回应了雄鸟，雄鸟就在洞口，身体弯成一个浅浅的“C”字形，吐出一颗颗刚采来的野果，把果子移到大嘴的尖端，喂给洞里的雌鸟和幼鸟。

喂了食，这只雄鸟飞到附近一棵树上，看看四周，过了几分钟才离开。

这只犀鸟飞走之后，又一只从远处飞来的犀鸟，扇动着1米多长的翅膀，停到了一棵巨大的桃金娘树上。这是一只双角犀鸟，它也是这样育雏的。

我说：“这样喂食不麻烦吗？”

它轻声地对我说：“为了防止天敌，不得不多一个心眼啊。”

看着这些正在育雏的犀鸟，我想起了雌性秋沙鸭们婚姻上的不幸。

我又往前飞，看到了犀鸟的一场“爱情保卫战”。

一只雌犀鸟站在一个树洞附近的树干上，给一只雄犀鸟喂食。当雄犀鸟吃了她喂的一颗果子、雌犀鸟又喂一颗的时候，这个树洞里的雌犀鸟，从已经封得只留一条缝的洞口飞出来，向站在树干上的那只雌犀鸟扑过去，把她赶走了。

继续向前飞，我听到一阵响亮的“光贵—光贵”的鸣叫声，时而高亢，时而低沉，这是灰孔雀雉独特的叫声。它们灰色的身体上镶嵌着蓝宝石一样的羽翎，雄灰孔雀雉的背部、翅膀的羽毛和尾羽上能发出金属光泽的绿色，还有绿紫色眼状圆斑，很像孔雀，非常迷人。

不远处，有一雌一雄两只灰孔雀雉。雄鸟在雌鸟面前蹲伏着，抬起背部，伸展双翅，展开尾羽。这是在干什么呀？啊，在心爱的姑娘面前展现自己的健与美。过了一会，它开屏舞蹈起来，舞姿轻盈优美。当地景颇族人跳的孔雀舞，就是由灰孔雀雉的舞蹈演变而来的。

有个游人向着灰孔雀雉轻轻地走了两步，把它们惊动了。它们很善于“拟态”，立即伏下身来，一动也不动，就像地上的石头似的。

几个带着相机的游人，悄悄地站在那里，有的正在拍照。我飞过去，心想这些游人运气很好嘛，一下子就找到了灰孔雀雉。

近几十年，云南由于橡胶、咖啡、香茅等热带经济作物的种植，以及木材的开发利用，孔雀雉的分布区极为狭窄，而且很分散。近年来，到这里进行生态旅游的人越来越多。在盈江，有观鸟经验的村民会带领游人，去观赏和拍摄灰孔雀雉、犀鸟、鹦鹉等。当地人从观鸟的游人那里获得了收益，护鸟的意识也就增强了，对生态的重视程度日益提高。保护好生态环境，正在成为当地各方共同利益的基石。

一个村民说：“我一个亲戚住在普洱的芒坝村，有好多大紫胸鹦鹉长期生活在那里，现在成为有名的旅游地，当地的经济一下子发展起来了。你们可看过‘鹦鹉雨’？”

一个游人说：“我在瑞丽市弄岛镇看过。那是绯胸鹦鹉，全身绿色，胸部绯红，尾羽蓝色，有成百上千只。秋天，玉米熟了，成百上千只鹦鹉集群飞来，在蓝天上形成彩色的‘鸟浪’，一波一波地翻涌，它们的鸣叫声和翅膀搅动气流的声音，在山谷中都形成了回声，落地时就像下雨一样！”

这时，一个游人走来，拿出一幅照片给大家看。

我看了以后，惊呼起来：“绿孔雀！”

绿孔雀，头顶直立冠羽，身披五彩翎毛，在阳光下，身上闪烁着金属般的绿色光泽，神采奕奕地站在我的面前。它是美的化身，善的化身，在中国传统文化中历来有“百鸟之王”的美誉啊！

孔雀分为绿孔雀、蓝孔雀两种。人们在动物园里常见的是蓝孔雀，它们是印度和伊朗的国鸟，主要产于巴基斯坦、印度、斯里兰卡。

绿孔雀是中国的原生物种，比蓝孔雀体形大，身材更高，羽毛更华丽，能随着光线的变化而呈现翠绿、蓝绿、古铜、金黄等色泽，雌绿孔雀的美丽程度与雄绿孔雀不相上下，而不是像雌蓝孔雀那样灰暗不起眼。绿孔雀在历史上曾广泛分布于中国腹地。现在，绿孔雀被《世界自然保护联盟濒危物种红色名录》列为濒危物种。

“绿孔雀比大熊猫更加珍稀。你在哪里看到的？我想去看看它。”

“在云南红河中上游雨林深处，那里已经建立绿孔雀保护区了。”

我立刻去寻找《写生珍禽图》上的其他鸟儿们。

飞到前面，一棵大榕树上站着《写生珍禽图》中的好几只鸟，我朝它们喊道：“我们不是一直想看看中国的‘百鸟之王’绿孔雀吗？现在就去吧！”

《写生珍禽图》上的鸟儿们全都跟着我，向红河中上游的雨林飞去。

一到绿孔雀保护区，我就看到一对对的鹤正在共舞，有的是白鹤，有的是丹顶鹤。一对丹顶鹤正在引吭对鸣，鹤鸣之音清脆嘹亮。丹顶鹤通体洁白，头顶一点朱丹，灰绿的长喙，修长的脖颈和美腿，颈部一笔优美的墨色线条。双翅舒展时，可见黑色的飞羽，翅膀收起时，飞羽正好搭在尾部，好像穿着黑色短裙。

我正看着白鹤和丹顶鹤跳舞，又听到了内蒙古大草原上百灵鸟的歌声，还听到一种鸟在唱歌，音色清亮，婉转动听，音域宽广，一看，是一只体态玲珑的灰褐色小鸟，这不是新疆歌鸲（西方人叫夜莺）吗？在不远处，我又看到了北京雨燕、雷鸟等云南没有的一些鸟。

北京雨燕飞了过来，告诉我们：“国际鸟类狂欢节即将在哥斯达黎加举行，中国鸟类代表团团长是绿孔雀，我们明天就要动身了。”

正说着，绿孔雀来到了我们面前，说：“《写生珍禽图》上的鸟儿们来了，欢迎啊！”它热情洋溢地说：“你们也是中国鸟类的代表，去参加国际像一团团燃烧的火焰一样飞动着。

我问凤尾绿咬鹃："从我们头顶上飞过去的，是什么鸟？羽毛那么红艳。"

"美洲红鹮。它们是世界上颜色最红的鸟，非常珍稀，特产于南美洲。"

我们正这样谈着，又有一群美洲红鹮像一片红色火烧云一样飞来，形成一阵晃动的魅影，艳红的羽毛映衬着绿叶，飞入树林中的鸟巢。

忽然，我看到几只大蜜蜂，绿色的身体泛着虹光，如同一颗颗射出的子弹，在离我们不远的地方一闪而过。

"这里的蜜蜂体形这么大呀！飞得还这么快！"我正在这样想时，听到凤尾绿咬鹃说："这是蜂鸟。全世界所有的野生蜂鸟都生活在美洲，南美洲最多。"

"蜂鸟是一种什么样的鸟？"

"它不但是世界上体形最小的鸟，还是世界上拍翅速度最快的鸟、世界上唯一不靠气流助力而原位浮空时间最长的鸟和唯一能向后倒着飞的鸟呢。"

这么神奇的鸟呀！我正想仔细地看看它们，转瞬间它们已经飞得不见踪影了。

暮色苍茫时，响起一阵阵鸣叫声，一群群的鸟，从我们的头顶上飞过去，飞进树林深处。

第二天清晨，沐浴着灿烂的朝阳，这三只大鸟又来到我们面前，微笑着说："今天是国际鸟类狂欢节开幕，请中国鸟类朋友入场。"

我们一同来到一条大河入海口旁边的一块宽阔绿草地上。过了一会，这里就有成千上万只鸟在天上飞着，成百上千只鸟在地上走着，许许多多鸟在水中游着了，有哥斯达黎加当地的鸟，有从世界各地来的鸟，万鸟齐聚，热闹得不得了！

我正看着这热闹的情景，听到站在我旁边的小雀叽叽喳喳，一看，是《写生珍禽图》中的小雀，在同新结识的达尔文雀交谈，看样子已经谈了一会了。

《写生珍禽图》上的小雀说："达尔文雀，你们是大自然创造的杰作，而且你们还在生物进化史上有很大贡献哟！"

"你们在绘画史上的贡献也很大呀！"达尔文雀说。

我想起来了，达尔文雀是加拉帕戈斯群岛上的地雀，1835年，时年26岁的达尔文来到加拉帕戈斯群岛，发现这里的地雀看上去相似，却长着形态和功能很不相同的喙。后来又发现，这是因为这里的小鸟难以飞越辽阔的海洋，而局部的极端气候使它们各自在独特的生存环境里进化，为了适合啄食特定生存环境中的食物，渐渐地长出了不同的喙，有的吸食花蜜，喙变得细长而弯曲，有的主食植物种子，喙变得粗短，有的专好昆虫，变得上喙长而下喙短……这就引发了他研究生物进化的问题，也为他的进化论提供了例证，他的有些观点，其灵感就在这里萌生的。我刚想到这里，一只大型海鸟像一抹流光从我面前快速掠过，飞到了海面上。

达尔文雀指着这只大鸟，说："它是住在我们群岛上的军舰鸟。它肯定是肚子饿了，到海里捕条鱼吃吃。"

这只军舰鸟身长1米多，一对巨大的翅膀又长又尖，展开之后长达2米多。我曾听说，军舰鸟没有能分泌油脂的皮脂腺，羽毛缺少油脂的保护，不具有防水性能。它一旦入水，羽毛被浸湿，或许就不能飞得这么快了。

只见它那流线形的身姿，轻盈、优雅，在高空翻转、盘旋，轻而易举。它在空中飞着，发现有乌贼游得接近水面了，闪电般地从天而降，俯冲到水面，头部向下一伸，马上回撤，用喙叼住一条乌贼，迅速腾空飞离水面，把乌贼吃掉了，身上的羽毛滴水不沾。

啊，它不做"扎入式潜水"，而是凭借自己超群的飞翔和滑翔技术，无与伦比的速度和灵活性，在水面上捕获猎物。

达尔文雀告诉我们，军舰鸟不善游泳，却是最擅飞行的海鸟，在觅食时会飞到很远的海域，在非繁殖期更是翱翔于茫茫大海上，常常飞到数千米之外。无论是爆发式的短距离冲锋、马拉松式的长距离追逐，还是在10级以上大风中飞行，军舰鸟都比其他海鸟飞得更快。

"你们知道军舰鸟最使人吃惊的是什么吗?"

我们都摇摇头。

"它们能一边飞翔,一边睡觉,连续很多天在天空进行长途飞行,而不降落下来休息。研究鸟类的专家已经通过高科技手段得到了证据,确认它们能让自己头部一侧的大脑半球进入睡眠状态,同时让另一侧的大脑保持相对清醒的状态。"

我朝前面看,有一只大鸟在湖滩浅水中单腿直立,另一只脚轻轻抬出水面蜷在身体下方,它长长的颈部和背部、腹部以及两只翅膀的羽毛都是白色的,翅膀的中心部位有一大块是红色的,翅膀有很宽的黑边,两条长长的腿也是红色的。

过了一会,它先向前跑几步,踏出的涟漪像一串串美妙的音符,然后振动翅膀,翅膀展开时鸟翼上面有覆盖全翼面的橘红色羽毛,像一团燃烧的火焰,升入空中。在空中飞翔了一会,又降落下来。

我朝它飞了过去,说:"火烈鸟,您好!无论是站在水里,还是飞翔在天空,你们都是那么的美!"

"凤尾绿咬鹃、金刚鹦鹉们比我们更美呢。"火烈鸟说。

"我们从中国飞到这里来的路上,在非洲东部一个大湖的上空,看到湖面有一大片密密麻麻的小白点,就像一个大玉盘上撒了无数颗珍珠,不一会,看到无数只粉红色大鸟腾空而起,天空都好像被点燃了。"

"那就是纳库鲁湖,著名的火烈鸟聚集地,我的家就在那里。"

"纳库鲁湖是盐碱湖,你们的生活环境真是太艰苦了!"

"现在,我们火烈鸟大部分都生活在含盐碱浓度高的洼地,湖面以及周边盐碱化的土壤挥发着有毒气体,好像一片荒漠。"

"然而,你们的种群数量非常多,仅在纳库鲁湖就群居着几百万只,而且,你们的个体寿命很长,野生种类中活到40岁的相当普遍,人工饲养的已有60岁。1000多万年前,地球上就生存着火烈鸟了,直到今天都如此繁荣昌盛,而现在地球上的鸟类,一些鸟种绝迹了,很多鸟种处于濒危状态。

我真惊叹你们生命力的强大!”

“如此恶劣的环境，不适合大多数生物生活。我们呢，就把碱性湖和咸水湖中的海藻当作食物，摄取其中的蛋白质和虾青素、胡萝卜素等。每一只火烈鸟都非常勤奋，昼夜都在进食，使自己存活下来。每年秋天，我们南飞240千米，到另一个盐碱湖的湖中高地，去下蛋孵雏，那里更加安全。为了躲避凶恶的猛禽从空中拦截，我们夜间集体起飞。我们的巢筑在湖中露出水面的高地上，因高温日晒而干涸时，成群的雏鸟就踩着坚硬的盐层，长途跋涉去觅水，有时行程长达几十千米，雏鸟的父母更是往返几百千米去觅食，来喂养雏鸟。”

我一边听，一边想象火烈鸟的雏鸟在极度饥渴的时候为了喝一口水，使自己活下来，成群结队，踩着坚硬的盐层，行走几十千米的情景，这真是自强不息、自胜者强啊!

一只鸵鸟来了，它来自非洲。

鸵鸟是世界上最大的鸟，这一只身高将近3米。鸵鸟的长相很有趣，腿长而且粗壮，颈长而且灵活，翅膀退化了，与高大肥壮的身躯相比小得可怜，因此不能飞，但在迅速奔跑时两翅张开，有助于保持身体平衡，还有助跑的作用。它们极善奔跑，比“沙漠之舟”骆驼跑得还快。骆驼在沙漠中每小时能行走30千米，鸵鸟能以每小时60千米的速度在沙漠中不停地奔跑。

这只鸵鸟在这里表演的是100米赛跑。它跑的时候，我数了一下，只跑了14步，就跑完了100米。我算了一下，它奔跑时一步跨大约7米!

一只雌蛇鹫，潇洒地跑着来了。

蛇鹫是非洲体形高大的地栖猛禽，一双像鹤腿一样的细腿，修长而又强劲有力，用力一击就可以扭断蛇的身体，飞起一脚就可以踢晕小猎豹，翅膀也非常灵活。平时，它们不爱飞行，爱奔跑，但在“求偶婚飞”时，就不一样了。

一只雄蛇鹫跑着跑着就跑到了雌蛇鹫的前面，突然冲向了天空。它长长的两根尾羽像飘带一样飞舞，飞到高点时立即收起翅膀，让身体垂直降临，在急剧旋转的同时，发出警报似的叫声，在马上就要摔到地上的一刹那，它又灵巧地飞起，直冲云霄，接着再次垂直降落。

雌蛇鹫看着，看着，就向雄蛇鹫飞去，临近雄蛇鹫时，翻过身来，把脚爪伸向雄蛇鹫，两只蛇鹫在空中翻着筋斗，两片落叶似的一起跌落，快要跌到地上时，突然分开，接着又比翼双飞，腾空飞起……

一只非洲的企鹅来了。

企鹅身体呈流线形，背部黑色，腹部白色，就像里面穿着白衬衣、外面套着黑燕尾服的绅士。它们不会飞，在陆地上行走时行动很笨拙，但游泳的速度快得惊人，每小时可游20千米至30千米，比捕鲸船的航行速度还要快。

企鹅还有两项特技：跳水和潜水。它们不但能从高高的冰山上腾空而起跳入水中，还能从水中高高地跳出水面，紧接着又跳入水中，然后立刻潜入深深的水底。此外，它们还善于在冰雪上迅速滑行。

这只企鹅摇摇摆摆地走到大河岸边，跳入水中，立刻又从水中跳出水面，一跳就是3米高，我刚抬起头看它在空中的样子，它又立刻潜入水底，然后浮到水面，爬上岸，脚掌着地，身体直立，摇摇摆摆地走了过来。

“鸟类还有这么高超的潜水特技!”

我的话音刚落，一只身长30厘米的鸟，从天空降落下来，说：“我来表演一下潜水!”

凤尾绿咬鹃对我说：“鸟类中的潜水冠军来了！它是海鹦，来自北大西洋的沿海地区，是世界上潜水本领最强的鸟类。它在捕鱼时，能轻松自如地潜入几十米甚至200米深的海水中。”

我还没有看清楚海鹦的长相，它已经一个猛子扎进了水中，过了一会，它宽大的嘴巴里衔着十多条鱼，笑眯眯地浮出了水面。

我仔细地看，它有一张颜色鲜艳的三角形的大嘴，背部羽毛黑色，腹部白色，脚呈橘红色，像鹦鹉一样美丽可爱。

好多鸟都在凝视前方，我仔细一看，一只蜜蜂一般大小的鸟，像离弦之箭一样飞来了。

“这是一只吸蜜蜂鸟，特产于古巴，”凤尾绿咬鹃对我说，“蜂鸟有350多种，最大的是巨蜂鸟，体重20克左右，多生活在秘鲁、智利。蜂鸟是世界上体形最小的鸟，吸蜜蜂鸟又是蜂鸟中最小的鸟，体重只有2克，身长只有3厘米。”

我一边听着，一边目不转睛地看着：这只蜂鸟，躯体是那样的娇柔，羽毛是那样的华丽，而且色彩不时地变幻，身上闪烁着宝石般的光芒，一双眼睛像两个闪光的小黑点，嘴像一根针，又细又长，身体的动作轻盈敏捷。

它像直升机那样垂直升空，动作快得好像有火箭助推一样，悬停在树枝上一朵筒状的鲜花面前之后，保持静止不动了，身体保持竖直，两只翅膀快速地来回拍打，振翅幅度大得使两翅不断地在身前身后相触。其实，直升机就是人类研究蜂鸟的飞行特技后，模仿蜂鸟的飞行而制造出来的。

就是这样飞行时，它用那针一样的嘴吸着花蜜。它的嘴又长又细又直，不但可以取到深藏的花蜜，还可以直着插进花筒，又直着拔出花筒。

过了一会，它倒退着飞了一段，就垂直下降，悬停在另一朵鲜花面前，又吸起蜜来。

“蜂鸟非常勤奋，每天要采1500多朵不同种类的花蜜。”凤尾绿咬鹃说。

我问：“蜂鸟为什么能有如此神奇的飞行技巧呢？”

“奥秘就在于：其他的鸟，都是通过向下拍打翅膀来获得推力和升力的；蜂鸟，是通过来回拍打翅膀来获得动力的。它近乎对称的振翅动作，无论是向下拍打还是向上拍打，都能产生升力，它的一次完整的振翅，是把翅膀挥出90度以上，再反向挥回来。正因为飞行方式的不同，其他的鸟无法在空中悬停，无法在空中原地转身，无法倒着飞，而蜂鸟，能在空中悬停几个小时，能在空中原地转身，不但能面朝前向后倒着飞，还能面朝上向下倒着飞。它们长期生活在林间，这是长期自然选择和演化的结果。”

“蜂鸟有一身惊人的本领，但构成其身体的‘部件’，跟其他的鸟是一样的呀。”我说。

“同中有异啊。蜂鸟的大脑占体重的4.2%，从比例来说是动物界脑量最大的族类之一。蜂鸟大脑中负责感知动态的豆状核占总脑量的比例比其他的鸟都更大，这就有助于它在浮空时保持稳定，以更高的敏感度对所有方向的动态做出反应，拍打翅膀的频率可高达每秒百次，能多向飞行，包括倒飞和侧飞，能凌空越障，能经受几十倍的重力加速度，也能在大雨中采集花蜜。蜂鸟记忆力强，能记住自己领地内花朵的位置，记住那些花朵何时会补足花蜜。这种精确的记忆，得益于它大脑中硕大的海马体。”

这时，旁边的一只鸟，问我们：“蜂鸟的羽毛这么漂亮，是什么原因呢？”

“鸟类羽毛的颜色，一般认为是由色素决定的，告诉你一个秘密：除此之外，还要由结构色来决定。”我说。

“是的。蜂鸟头颈部的羽毛多具金属光泽，在阳光照射下熠熠生辉，这就是结构色的表现。羽毛表面，有复杂的凹凸沟纹，羽小枝内部有微小的气泡等结构，当光线照射时，在反射与干涉作用下，有些光被吸收，色彩消失了，另一些光被反射出去，那些波长短、频率高的蓝、绿、紫色光容易被加强，因此，蜂鸟头颈部的羽毛，往往呈现蓝、绿、紫色等‘金属光泽’。”

这时，金刚鹦鹉陪着一只比乌鸦稍大一些的鹦鹉向我们走来。那只鹦鹉，支着短小的腿，拖着圆滚滚的身体，在草地上蹦跳着向前进，动作滑稽有趣。它身上的羽毛很漂亮，大多是橄榄绿色，头颈部是黄绿色，飞羽和尾羽是蓝绿色，橄榄绿的翅膀下面隐藏着橘红色的羽毛，艳丽夺目。它的嘴里衔着一样东西，我仔细地看，是一块肉。只见它把这块肉放在地上，三啄两啄，吃得光光。

“我给你们介绍一位新朋友——世界上唯一的食肉型鹦鹉。”

金刚鹦鹉见我脸上有惊异的表情，又说：“它来自新西兰。有人说它是

‘世界上最聪明的鸟’，也有人抱怨说，它是‘新西兰最坏的鸟’。”

食肉鹦鹉哈哈大笑，说：“因为我太有好奇心了，无论看到什么，都要用尖锐有力的爪子抓一抓，用锋利坚硬的嘴啄一啄。我们会把汽车轮胎啄得破烂不堪，会溜进人类的家里偷吃。被人类发现了，我们就唱小调，吹口哨，发出或婉转或尖利的叫声，把他们弄得莫名其妙，用这些办法来乘机逃走。我们什么都吃，花果呀，昆虫呀，小动物呀，还会三五成群，把一只小羊啄得鲜血淋漓！”

我说：“我第一次听说有这样的奇鸟。幸会，幸会！”

一只鸟在唱歌，歌声婉转动听，我侧耳倾听了一下，说：“金丝鸟唱的。”

“金丝鸟是非常有名的鸣禽。鸣禽占世界上鸟类总量的将近一半。与本能的呼叫声不同，鸣禽的歌声，有极丰富的音高、节律和层次，”食肉鹦鹉说，“你知道金丝鸟的鸣啭行为，在医学上有什么用处吗？”

我摇摇头，我以前只知道金丝鸟可以用于测试煤矿里是否安全。

食肉鹦鹉告诉我：“金丝鸟只在春夏两季鸣啭，它们的中脑为鸣啭控制中心，控制着喉和鸣管。雄鸟的中脑，明显大于雌鸟。而且，中脑在春季比冬季大，这一季节性变化由神经元大面积的生长或死亡等因素造成。如果这一过程能够得到破解，那就有可能用来治疗人类的神经退行性疾病，如阿尔茨海默病。”

我说：“你知道的真多，怪不得有人说你们是‘世界上最聪明的鸟’呢。”

“哎，去看看我们澳洲的珍禽——琴鸟，好吗？”

我们跟着食肉鹦鹉向前飞了一会，看到一只琴鸟正在表演。

琴鸟的容貌非常漂亮，上身羽毛呈暗褐色，喉部、两翅和尾巴为暗棕色，尾部有十几根尾羽，多为栗色，这是一只雄琴鸟，尾部外侧还有一对长达70多厘米的竖琴状美丽的尾羽。它身长约80厘米，嘴是直的，强劲有力，两只脚很善于在地上行走。

琴鸟向前走了几步，翘起尾部，将灿烂耀眼的尾羽缓缓地展开，呈现出扇子的形状，不时地左右摆动，那一对竖琴状美丽的尾羽更是高高地举了起来。

表演了“孔雀开屏”之后，琴鸟站到一根树枝上，时而用男中音娓娓动听地唱起情歌，时而用女高音引吭高歌，接着，跳到地上，一边唱歌，一边跳舞。过了一会，它将那一对长长的竖琴状美丽尾羽朝前倒向脊背，盖住自己的头。这是在干什么？啊，表演舞蹈动作“倒踢紫金冠”！

这只琴鸟又站到一根树枝上，张开嘴鸣叫起来了，声音就像铜铃声一样，“叮铃叮铃叮铃”。接着，它模仿别的鸟叫，模仿狗叫，模仿羊叫，模仿马的嘶鸣声，模仿汽车的喇叭声，模仿锯子锯木头的声音，模仿人在照相时按相机快门的声音，最后，它模仿人说话的声音，高声说道：“你们好！”

狂欢节的压轴戏是中国鸟类代表团的表演，一个又一个精彩的节目，把狂欢节推到了又一个高潮。

绿孔雀的独舞《雀之灵》，白鹤、丹顶鹤与黑颈鹤的群舞《鹤舞》，小天鹅的舞蹈《四小天鹅舞曲》，黄山音乐鸟融花腔女高音、抒情女高音、戏剧性女高音为一体的女高音独唱，黄鹂、画眉与红嘴相思鸟的男高音、男中音、男低音三重唱，让前来欣赏的无数鸟儿如醉如痴。

花头鹦鹉、火尾太阳鸟和雷鸟的服饰表演，中华攀鸟的鸟巢建筑设计，北京雨燕的空中飞行特技，翠鸟的潜水特技，犀鸟的爱情诗朗诵，也赢得了鸟儿们的如潮好评。

中国鸟类代表团表演的规模最大的一个节目，由百灵鸟和黄山音乐鸟担任领唱，绿孔雀和蓝孔雀担任伴舞，代表团全体成员参加，表演无伴奏、无指挥的多声部复调大合唱《天籁》。在这中间，有一段《写生珍禽图》上的鸟儿们与其他的鸟儿们的二重唱，我当然也参加了啰。

在狂欢节的闭幕式上，通过了鸟类给人类的《加强保护鸟类生态环境的呼吁书》之后，人类联合国秘书长特使致辞，庄严承诺人类要对生态环境加强保护，赢得了鸟儿们经久不息的雷鸣般的掌声。最后，所有国家和地区的鸟类代表团成员全体参加，齐声合唱贝多芬的《欢乐颂》，狂欢节进入了最高潮。

狂欢节结束后，中国鸟类代表团成员一起飞回中国，其他的鸟儿们各自回到故乡，《写生珍禽图》上的鸟儿们回到北京，回到故宫博物院。

现在，我和《写生珍禽图》上的其他鸟儿们都还像以前那样，跃然于1000多年前的那幅绢上，一触即飞似的。

每当我回忆起这次生态旅游，我新结识的那些鸟儿们霓裳般绚烂的羽毛、鲜花般艳丽的容貌、惊鸿般轻盈的体态、勤奋搏击的天性和情趣盎然的生活，就历历如在我的眼前，它们那“百啭千声随意移”的歌声，特别是那千年一听的二重唱，就又回荡在我的耳畔，余音袅袅。

云海奇观

几片金光灿烂的彩霞，像剪碎的鹅毛一样飘到了我的身边，渐渐地同我融为一体。一束葡萄色的紫光，从我身上穿透过去，我成了一朵水晶般的彩云。我心中充满愉悦，脸上带着微笑，在天空飘着，舞着，翩若惊鸿，宛如游龙，绚丽兮若花想之容貌，轻飏兮如霞想之衣裳……

我是一朵云，从小就喜欢舞蹈。

风和日丽时，我抓紧时间勤学苦练；皓月当空时，我在风中与地上的鲜花共舞。一位诗人看到了，把这一情景写成了一句诗："云破月来花弄影"。

云嘛，总是在天空飘着。我乘着风，时而飘到这里，时而飘到那里。

泰山玉盘

一天，春光明媚，我从北京往南飘，在华北大平原上空看到一座高山拔地而起。

这座山，从海拔150余米的山麓泰安城，到海拔847米的中天门，再到海拔1460米的南天门。南天门下，两侧的山岩陡峭得像墙壁一样，有几千级石阶，十八盘像一架云梯倒挂在那里。山上的松树，层层叠叠，松海上云雾缭绕。从南天门继续往上，是玉皇顶。红墙褐瓦的庙宇玉皇观里，有一块裸露的巨石，上面题刻着两个大字："极顶"。

啊，这是泰山。

华北大平原辽阔坦荡，泰山的相对高度近1400米，山体庞大，自古以来就以雄伟高大著称，被尊称为“五岳之首”。

构成泰山山体的岩石是花岗岩与变质岩，一大块一大块的，非常坚硬，经过千万年的球状风化以后，有的形成高耸的峭壁，有的形成浑圆厚实的巨石，同生长在山石间的松柏相互衬托，高耸入云的泰山显得巍峨而又秀丽。

泰山因为高嘛，气候产生垂直变化，山上年降水量1100多毫米，山下年降水量约700多毫米，山上多云雾，常常有像玉盘一样的云海。

泰山上有个白云洞，传说它往外冒云。我要进去玩一下。

我飘进白云洞，一看，里面没有云。我就跳起了芭蕾舞的阿拉贝斯特舞姿，跳了好一会才飘出来。

我飘到泰山顶上，往下俯视，真是“登泰山而小天下”啊！

突然，万里清风来，从远到近，一朵朵、一团团的云，层叠了起来。这云，像积雪，像棉絮，高高低低，连绵不断，白茫茫的一片，像大海一样辽阔。我飘到稍远处向它望去，这片云海的确很像一个巨大的玉盘。

看着这层云叠起的景象，我想起了杜甫登泰山写的诗：“荡胸生层云，决眦入归鸟。会当凌绝顶，一览众山小！”

“云海玉盘”是泰山四大奇观之一，我目不转睛地看着它。

泰山的气候多变，有时晚上浓云密布，第二天早晨万里无云。我眼前这些叠起的层云，逗留的时间也不长，一会儿就四处飘散了。

听说在阴天时，泰山的云雾有时会汇成一条白色的玉带，缠绕在泰山半腰。现在天气晴朗，这“泰山腰玉”是看不到喽。

我又跳起舞来。我用同一个阿拉贝斯特舞姿表现芭蕾舞剧《天鹅湖》第二幕中天鹅姑娘嬉戏时的快乐，接着又表现第四幕中她们以为王子变心后的惊慌与悲痛。

之后，我跳起了中国古典舞中的两个舞姿——“足尖弓箭步”和“倒踢紫金冠”。

跳了一会，又想起敦煌壁画中描绘的“胡旋舞”，正准备跳，随身带的手机响了。我一接听，是“云之舞”舞蹈团打来的：“我们团招聘舞蹈演员，你报名应聘了，是吗？”

“是呀。”我说。

“我们通知你：对你进行考试的题目是扮演杨贵妃，跳《霓裳羽衣舞》，另外，你自选一个题目，进行舞蹈表演。考试的时间是：现在。考试的地点在安徽黄山的上空。你立刻到黄山来吧。”

“好的！”我立刻向黄山飘去。

我扮成杨贵妃，在黄山的上空跳起《霓裳羽衣舞》。我一边唱着白居易的《霓裳羽衣舞歌》，一边让自己的身体呈现“S”形曲线，并变换舞姿，用会说话的眼睛、丰富的面部表情和灵动变化的肢体，时而运用敦煌壁画中描绘的“反弹琵琶”的手形，使自己身体的动态像一滴一滴浓浓的墨汁晕染于水中一样，时而散淡，时而凝结，显现中国传统女性含蓄的体态和柔美的形象。

我又自选一个题目，扮演芭蕾舞剧《红色娘子军》中的吴清华，不仅用了阿拉贝斯特舞姿，还用了“足尖碎步”“倒踢紫金冠”“探海翻身”“劈叉跳”等舞蹈动作，来表现她的革命斗争精神。

“云之舞”舞蹈团的导演笑容满面地对我说：“你的舞蹈，非常精彩！我们聘请你担任原生态舞蹈《云海奇观》中的领舞。”

“太好了！”我高兴得跳了起来。

“你呀，先在祖国大地上观看一些名山的云海，搜尽奇云打草稿，”导演说，“然后回到黄山，参加原生态舞蹈《云海奇观》的排练和演出。”

峨眉山云海

“峨眉山的云海是闻名遐迩的，我先到峨眉山去吧。”

飘到长江岸边的高山顶上时，我环顾四周，中国地势自西向东呈三级阶梯状递降。向西眺望，万里长江从青藏高原起步，纳百川千流，波翻浪滚，流到四川盆地东边时，被石灰岩山体的崇山峻岭挡住。百折不回的长江流水，一泻千里，穿山破岭，劈山成峡，造就了一条世界闻名的大峡谷——长江三峡。

三峡处于第二级阶梯东部边缘，河流落差极大，两岸奇峰高耸、悬崖连绵，被绝壁紧束的湍急江水激射东行，加之险滩众多、礁石密布，成为万里长江最雄奇且最险要之处。

低头俯视，青山连绵，其中有十二座山峰最为秀丽多姿，像一串翠绿的宝石镶嵌在长江两岸，江水曲折，百转千回，形成一条逶迤的天然立体山水画廊。

这里是巫山十二峰，是长江三峡之一的巫峡。

巫峡山高峡长，幽深奇秀。往下俯视，两岸高山之间，江面狭窄的江水像一条线，曲折地奔流着，一束阳光像闪电一样落在江岸峭壁上。过了一会，雾淡了一些，阳光又从天上垂照下去，一阵一阵的雾气从江面滚涌上来，一片云蒸霞蔚的壮丽景象。

峡谷中，两岸山峰高耸蔽天，阳光很少能照射进去，时而雾气腾腾，细雨蒙蒙，时而轻云舒卷，飘荡缭绕，时而浓云密布，滚滚移动。

忽然，阳光与浓雾共容于一峡，但不是像水乳交融一样融为一体。峡谷中，一边是白晃晃的阳光，一边是白茫茫的雾气，四周是山光水色，呈现出一种奇妙的景色。

巫峡中，蒸郁不散的雾气从狭窄的江面，沿着两岸高山的山坡冉冉上升，有时形成浮云细雨，有时化作滚滚乌云，有时变成茫茫大雾，有时又成轻云飘荡。巫山十二峰，在云雨中时隐时现，风姿绰约。

这里的云态之美、雨景之奇，瞬息万变，令人目不暇接。

我在巫山十二峰的上空飘来飘去，对着这巫山云雨看着，依依不舍地离去。我想，怪不得唐朝诗人元稹说“除却巫山不是云”呢。

我朝西南方向遥望，峨眉山在云雾中若隐若现。

我飘呀飘，向这座海拔3099米的名山飘去。

远远望去，山体高大挺拔，轮廓线却弯曲柔美。飘到近处看，它是一座岩层向西北倾斜的断块山，山顶好像一张倾斜的桌面，表面被一层厚达400多米的玄武岩覆盖。山上，原生自然植被覆盖率达86%，到处郁郁葱葱。

峨眉山的山上、山下降雨量不同，气候多变，往往高山上云海翻腾，山脚下却天晴日朗，或者低处正在大雨倾盆，高处却云雾缭绕。每当晴转阴或阴转晴的时候，会出现云雾缭绕或云海翻腾的景象。春天，峨眉山的云海最为壮观。现在正是春末夏初。

我飘到海拔2070米的洗象池，看到一大片云像轻纱一样覆盖在华严顶上。低头一看，下面有一座寺院，一个窗户敞开着，电视机里正在转播奥运会花样滑冰比赛，有两个人坐在那里看。花样滑冰不就是冰上芭蕾吗？我喜欢看。我飘进去，也看了起来。

女子单人花样滑冰比赛开始了，我目不转睛地看着。我对她们的空中转体动作很感兴趣，正跃跃欲试的时候，那两个人中有一个人惊叫起来了：“哎呀，云，云飘到我们房间里来了！”

另一个人是这个庙里的和尚，笑着说：“我们已经看惯了。你第一次来，想不想也体验一下腾云驾雾的感觉？”

“好呀，”他朝我快步走过来，投入了我的怀抱，高兴地叫着，“啊，我腾云驾雾了啊！”

我同他玩了一会，又悠然地飘了出来。

我在蓝天上练习空中转体，练了好一会。看到许多游人在从雷洞坪到金顶的“八十四盘”上攀登，就来了一个空中转体五周半，到了雷洞坪。定睛一看，游人的脚下是云，头顶的天空也是云，他们正站在两层云之间。

过了一会，一朵一朵的云就不断地朝我这里飘来，无数的云朵聚集到了这里，像大海一样，波浪翻滚起来。

我连续来了两个空中转体五周半，到了海拔3077米的金顶。这里有一个雄伟险峻的舍身崖，在崖上俯视，峭壁峥嵘，森林茂密，彩云环绕。

放眼望去，看不到边际的云海，一层又一层，波澜起伏。一座一座的山峰，在这云海里忽浮忽沉，一会儿这座山峰出现了，只过了一会它又隐没了，现出了另一座山峰。云是白色的，山是青色的。浩瀚的白云，海浪似的一起一伏，一层层青山呢，就像一条条青蛇在白色的云海里舞动。

当大风吹散金顶上的云雾时，无数的山峰，重重叠叠，在云海中忽隐忽显。我向极西的天边望去，看到了远处的贡嘎山、四姑娘山等雪山的千秋冰雪。我凝视着那层层叠叠的雪山，觉得它们就像蜡像在奔驰似的。

我听说在金顶上偶尔会看到云海中激起蘑菇状的云柱，在咫尺之间急速旋转，腾空而上，又徐徐散落，化为淡淡的缕缕游云。我在这里等了好一会，还是没有看到这种难得一见的“蘑菇云”。

我又向前飘，在一座峰顶上，听到一个和尚说：“佛光可能要出现了！”

“‘佛光’是什么？”我问。

“佛光又叫宝光，是阳光透过云雾反射出来，并经由云雾中的水滴发生衍射与干涉，最后形成一圈彩虹光环的光象。”

我停留在这里，仔细观看起来。

在我的眼前，白云从山腰聚集起来，向上升起，快到峰顶的时候，停住了，形成一片云海，那海面就像白玉砌成的平地一样。

我向下俯视，有大圆光偃卧在这平云的上面，外晕三重，每重都有青、黄、红、绿等各种颜色，大圆光的正中，是空明的。

一群游人在和尚的陪同下，正在观看这大圆光。

我听到一个游人问：“我对着这大圆光看，我的影子正好在这光环之中，就像对着镜子看一样，我静，影子也静，我动，影子也动，我举举手、动动脚，这影子都随我的身体在动。但是，你站在我身边，我怎么没有看到你的影子呢？”

“看的人只能看到自己的影子，”和尚说，“这种光又叫‘摄身光’。”

看了峨眉山的云海之后，我想起四川成都有一个“白龙卧龙泉，绕城百里半”的传说，就向成都飘去。

成都附近，一连下了几天细雨。我飘到成都时，绵绵细雨刚刚停歇，成都东南的龙泉山一带水气升腾，形成一条长长的白色云带，随着龙泉山势，绵延起伏百里。

我看到整个长长的白色云带，活像一条白色的长龙，龙尾自都江堰起，龙身沿龙泉山的走向，腾云驾雾，向着东南逶迤，绕着成都林立的高楼盘旋，龙头高高地昂着，正在仰天长啸。

我眼前的这绕着成都的白色云带，还真像是“白龙绕城”呢！

喜马拉雅山云海

我向西南山地飘去。

以横断山脉为中心的西南山地，高山与大江交错，形成世界上独有的三江并流170千米的自然奇观。

飘到四川、云南、西藏交界处的香格里拉时，层层叠叠的山中森林里，树叶哗哗作响，传出了猴子吱吱的叫声。我正看着滇金丝猴在吃松萝，忽然看到这里有一座雄伟壮丽的哈巴雪山，主峰海拔5396米，高耸入云，四座小峰环立周围，远远望去，像一顶镶着四颗珍珠的银色大皇冠。

我飘到这顶皇冠面前，只见白色的云雾朦朦胧胧，银色的皇冠时隐时现。过了一会，山风吹来，雾气丝丝缕缕地荡漾在山峰之间，朵朵白云缓缓地飘动起来。

一朵白云，从一座小峰的峰顶后面飘了出来，向主峰的峰顶飘去，飘着，飘着，轻轻地抚摸主峰的峰顶，接着就好像融了进去。过了一会，主峰的峰顶上好像有一堆雪变成了一朵云飘了出来，飘着，飘着，轻轻地抚摸另一个峰顶，好像又被融了进去。

蓝蓝的天空中，雪山上云生雪、雪生云，云雪相互吞吐，我对着这景象，看了好一会。

在一座海拔4000多米的雪山上空，我看到云雾从山下冉冉升起，慢慢散开，彼此追逐，四处弥漫，在山间形成了一片波涛滚滚的云海，而云海之上依然是蓝色的天空、灿烂的阳光。

我继续向前飘，太阳即将落山时，一大团云雾魔术般地突然升起，扩展成一片云海。气流涌动，云雾时聚时散，上下翻滚。云海在夕阳的红光照射下，呈现出玫瑰红的色彩。在瑰丽的云海上面，一座金字塔状的山峰矗立在群峰之上。

第二天清晨，我乘着长风，飘到了青藏高原。

前面不远处的天空中，有一团很大的乌云，正在不断地、慢慢地往下坠落，最后落到了地面，像一座小山似的高耸在地上。我见过地上耸立着的土山、石山、雪山、冰山，见过天上的云海，还是第一次见到耸立在地上的云山。

中午，云团逐渐在雪山冰川上空慢慢聚集。

我飘在海拔6000米的天空，环视四周，凡是被冰川覆盖完好的山峰，上面都有云雾笼罩，而且离冰川很近，有的就贴附在冰川表面。冰川是个巨大的低温生态系统，热空气中的水汽遇到冰川会凝聚，从远处看，就是形态各异的云团。到了下午，云团越聚越浓，高耸的雪峰都有朵朵彩云围绕。

在强烈的阳光照射下，云团的边缘镶着亮亮的金边，零散的云团不断地向中心翻卷，有的卷成了像原子弹爆炸时的那种“蘑菇云”。

我朝一个巨大的蘑菇云望去，它下面挂着的一条条灰色降水雾带，在风中飘动、飞舞，就像身穿纱裙的藏族姑娘在天空翩翩起舞。

这种云团，实际上是随风飘荡的特殊的“热气球”。云团上下两端的温差很大，上部白色的云遮住并反射掉一部分太阳的热量，下部的云温度稍低，能聚成细小的水滴。下部云团的密度与比重逐渐加大，呈深灰色，就形成“乌云”，在温度低于零摄氏度时就下雨或雨夹雪了。

我在喜马拉雅山的上空飘着，下面是一片冰封千年的雪峰，它无尽地延展着，直到地平线。这种景象在地球上是独一无二的。喜马拉雅山上的冰雪，每年夏天都得到季风带来的新雪的补养。

太阳正落山时，我飘到了地球上离太阳最近的地方。

夕阳金色的余晖照耀群峰，将一个个峰顶染成金黄色，呈现出一片“日照金山”的美景。

天际线上有一个金字塔形状的山峰，太阳和云雾给它打上了金色柔光，它此时显得亲切而温和。我朝着它飘过去，看到它的顶部是灰白色的石灰岩，上部是层理分明的大理石，下部是深色的花岗岩。太阳落山后，群峰都已暗淡，唯独这座山峰的金字塔形的尖顶仍然金碧辉煌。它，就是海拔8848.86米的珠穆朗玛峰，地球之巅！

渐渐地，夜色四合。月亮从远处的群山上缓缓升起，夜空深蓝。月光下的景色，幻化成光与影的一片和谐。

我在喜马拉雅山的夜空上飘呀飘，飘到了雅鲁藏布江大峡谷。

当天夜晚，江水平静。月亮渐渐落山，雪峰的尖顶被月光照成金色，江中倒映着璀璨的星空和金色的雪峰。午夜时，天上的云渐渐消散，繁星点点，星空明亮。

我看着这美景，目不转睛。看了好一会，才又向珠穆朗玛峰飘去。

第二天的黎明到来了，东方地平线射出几缕曙光，整个高原还沉浸在灰暗中。这时我看到，插入天际的雪峰，竟是一片鲜红，峰顶像红玛瑙一样熠熠闪光！向下是紫红色，再向下是青紫色，最下面是深黑色。这些色彩，缤纷交错，构成一幅绚丽的泼墨泼彩山水画。

曙光越过群山的峰顶，层层叠叠的山谷中弥漫着薄薄的雾气。过了一会，东方的天空浮出一片红霞，刚才所见的缤纷色彩倏然消失，群山变成银白色，一抹柔和的淡红色光辉在这些银白色的山峰上缓缓地、轻轻地移动着。

红日从群山中冉冉升起，朝阳下缭绕的粉红色浮云，与淡金色的积雪相交织，群山笼罩着奇幻的色彩。又过了一会，万道霞光染红了天空，一座座雪山，红装素裹。

我惊讶地看到，一缕金光冲破云层，将珠穆朗玛峰照亮，那像金字塔一样的峰顶，金光四射！接着，地球上最高的雪峰群呈现出来。之后，甚至连流水、冰川等，也都清晰可见了。

我在喜马拉雅山脉东段的天空上遥望。

这里，一座座雪峰排列如屏，大体呈东西走向，挡住了从印度洋北上的暖湿气流，而山脉间的一条条沟壑，就是喜马拉雅天然的水汽通道。空气中的水汽凝结聚合成云，从印度洋涌向喜马拉雅山脉的云团滚滚而来，云团的千军万马沿着山势一路爬升，终于翻过长长的山脊线，从天际线处向下倾泻，像是拉起了一道天幕。

这瀑布云，何等壮丽啊！

地球上哪条山脉上的瀑布云能出现在如此之高的天空上，并能有如此巨大的规模和如此恢弘的气势！

我对着地球上规模最大的瀑布云看了一会，接着飘到了珠穆朗玛峰的东坡。

纯净的蓝天上，万里无云。天际一带的雪山，闪亮，高洁。几座高高的雪山之顶被朝阳映红，一座雪峰的顶上，一动不动地浮着一朵柔软的白云。

我又飘到喜马拉雅山的北坡。

从高空俯瞰，挺立的角峰、柔美的刃脊、奔涌而下的冰川、冰川末端的冰川湖泊，构成了气势磅礴的雄浑之美。

5座海拔超过8000米的雪峰（即珠穆朗玛峰、洛子峰、马卡鲁峰、卓奥友峰、希夏邦马峰），同时高耸在我眼前，其中最高的一座就是珠穆朗玛峰。喜马拉雅山脉有着地球上最挺拔的和最陡峭的崖壁。整个地球的地表，仅有不到5%的海拔4500米以上的山脉，东亚地区海拔最高，超过4500米海拔的面积为140万平方千米，大部分位于青藏高原。地球上总共只有14座海拔超过8000米的雪峰，喜马拉雅山脉拥有其中的10座，有9座在中国境内或边境线上。而我在这里，一眼就同时看到了这14座中的5座。

环顾四周，一望无际的雪峰就像汪洋大海一样，波浪起伏，连天涌地。在这冰雪的世界里，尖锐的角峰直冲天际，刃脊在角峰间起伏，冰雪挂在刃脊上，在重力作用下向角峰下面的洼地滑去。

我飘到海拔5000多米的一个山口，看到这里云涛翻滚，雪浪起伏，雪白的山峰在云海中若隐若现。

我想看看珠穆朗玛峰顶上的云海，就一边向上飘，一边进行空中转体，一次性转体九周半，到了9000多米的高空。

我向珠穆朗玛峰的峰顶飘去，这时，我惊奇地看到一个穿戴钛合金假肢的人，两只手各拿着一根登山杖，用登山杖拄着，两根假肢一前一后、一滑一滑地踩着千秋冰雪，一步一步地站到了地球之巅！我再看看他，是一个年近70的老人。原来他是中国69岁的无腿老人夏伯渝，他在2018年5月14日10点40分成功登顶珠穆朗玛峰。他是中国登上地球之巅的人中年龄最大的、双腿截肢且患有癌症的第一人。这要有多么坚强的意志，多么坚韧的毅力啊，这种不畏艰险、顽强拼搏的精神多么感人！

我看着珠穆朗玛峰顶四周乱云飞渡、波翻浪滚，白茫茫的一片云海仅露出几座雪峰的小小峰尖，那是海拔8000多米的高峰呀。正这样看着，一阵大风夹着一大片一大片雪花向我刮来。狂风呼啸，大雪纷飞，我被暴风雪刮到很远的地方。

暴风雪一停，我赶紧飘回珠穆朗玛峰的峰顶。

突然，一声巨响，一堆堆雪柱崩起，像大海上龙卷风卷起的水柱，在雪峰上开着朵朵银花，冲向天空。

我惊奇地看到：一道云环，围绕在珠穆朗玛峰的腰部，一面巨大的旗云，在珠峰金字塔形状的峰顶上悠然地飘动。

地球上哪座山峰上的云，能有这样雄奇！

庐山云雾

我向云贵高原飘去。

我远远地看到了云南大理的苍山。绵延百里，十九峰峰峰巧削玉芙蓉，海拔都在3000米以上，中间的一座峰最高，海拔4000多米。整脉苍山，就像一只大鸟，正在展翅飞翔。

这里正好雨过初晴，一条乳白色的带状云，缠绕在山色翠黛的山腰，我看到了苍山的云景“云横玉带”。

我想看庐山云海了。庐山，位于长江南岸、鄱阳湖滨，地处亚热带东部季风区域。它山高谷深，森林覆盖率达77%，雨量多，湿度大，水汽不容易蒸发，山上经常被云雾笼罩。一年之中，有百余天是云雾天气，大雾茫茫，乱云飞渡，峰峦时隐时现。

飘到洞庭湖时往南一看，海拔1300米的衡山，拔地而起。在天上望去，它的主峰像一只鸟的头部，环侍在它旁边的山峰就是两只翅膀了。

我飘到了衡山的峰顶，向东看，天空明净如洗，向西看，山谷深处，不断升起一股股青烟，飘浮在空中，凝然不动，越聚越多，越聚越浓。一朵朵云，一团团雾，相互靠拢，过了一会，白云弥空，长风鼓煽，雪浪由西而东涌来，慢慢地，山的东谷也白云弥漫如银海了。

我继续在空中飘着，回头一看，雾沉山麓，云移峰腰，衡山就像大鹏展翅，跃然如飞。

我向远处望，看到了武陵山脉腹地有一片林立的奇峰。

过了一会，我眼前的地面上，密集起了几千根直立的石峰，相对高度在200米左右，那层峦叠嶂的恢弘气势，或如刀枪剑戟森立刺天，或如千军万马奔腾而来，给人以强烈的视觉震撼。这就是武陵源石英砂岩峰林。

每一座峰都是怪石峥嵘的峰柱，或上锐下削，或上下相仿，或上大下小，如柱、如塔、如屏、如墙、如楼阁、如城堡、如人、如兽……有的是孤峰、有的是群峰、有的若动、有的若静、有的相貌凶猛、有的气质文雅……每一根石峰的顶部，青松扎根石隙，萝藤飘拂空壑，植被郁郁葱葱。

一眼望去，千峰拔翠。几千根石峰的下面，响着或娟秀、或灵动、或激越的流水的歌声。

这时刚好雨过转晴，云雾弥漫在谷底、山腰，时而涌若滚滚波涛，时而飘若缕缕游丝。时浓时淡的云雾，飘荡在峰林之中，石峰时隐时现。

太阳出来了，在灿烂的阳光下，挺拔的石峰恍若在空中飘逸。再一看，一根根石峰悬浮在云雾上，神话世界里的“悬浮山”，不就是这样的吗？

我朝张家界市区以南方向飘去，一眼看到了这里的天门山，海拔1518

米。1000多年前，因山壁崩塌、岩石破碎跌落，天门山海拔1260米处形成一个穿山溶洞，洞开一门，南北相通，天门洞开云气通。洞里氤氲蒸腾，团团云雾正在吐纳翻滚，时有云雾吐出。

鄱阳湖畔，一山雄峙大江边。

我一边慢慢地飘，一边朝它仔细地看。

山上那片树林，怎么忽然变成一片云雾了？过了一会再看，那片云雾消散了。树林里，有几百幢别墅，建筑风格多种多样……哦哟，云雾又来了。

我看到，云雾伴随着游人在游玩。有时，它随风飘浮，同游人迎面碰撞；有时，它从游人身后追来，同他擦肩而过；有时，它被拦路的风吹散了，又穿过树林在前面等候着游人的到来；还有的时候，一阵阵云雾，像乳白色轻纱在游人前面飘动，接着一朵朵云、一团团雾相互靠拢，渐渐地，云闭雾合，等到游人走到它的身边，它就开了门，好像是在欢迎客人进去。

庐山，远看，一座山矗立，近看，许多峰错落。我正在看“庐山东南五老峰，青天削出金芙蓉”，一大片白云野马似地向前奔去，山上的游人都像被罩了一层白色薄纱。白云过去以后，山呀、树呀、人呀，才又都清晰起来。

五老峰，就像五位老人并坐。它原是一座山峰，因山顶被垭口所断，分成并列的五座陡峭山峰。其中，第四峰最高，海拔1358米。我在这座峰的顶上俯视，山下峰峦，有的挺立如竿，有的壁立如屏，有的蹲踞如兽，有的飞舞如鸟。极目眺望，远处的城市、乡村就像盘中的玉雕，鄱阳湖中来往的船只也看得清清楚楚。

忽然，天风乍起，朵朵白云，阵阵浓雾，从山脚下浮上来。只过了一会，云雾四合，把整个山峰都淹没了。山上的游人，头上是云雾，脚下是云雾，四周都是云雾。这云雾，或疏或密，或浓或淡，时而像银丝曼舞轻飘，时而像绸带绵延不断。一阵清风吹来，聚集在一起的云雾奔逐而去，但每块大的山石周围，都有一团白云萦绕着。

庐山主峰大汉阳峰海拔1474米，那座峰的顶上有一大片白云飞了下来，渐渐地散为千万朵，一眨眼，就消失得无影无踪。

我飘到龙首崖前，它由两块巨石构成，一块直立，深不见底，另一块横卧在它上面，像一条龙在昂着头。我在崖顶上空俯视，峡谷中云雾升腾，这条龙正在茫茫云海中遨游，站在崖上的游人也像是在乘龙探海。

庐山由90多座山峰组成，山峰高峻，峰谷相间，“横看成岭侧成峰，远近高低各不同”。

下了一夜的雨，第二天早晨天晴了。我想起李白的一首诗：“日照香炉生紫烟，遥看瀑布挂前川。飞流直下三千尺，疑是银河落九天。”我要看看那“飞流”是怎样“直下三千尺”的，就朝香炉峰飘去。

香炉峰上的开先瀑布从白云深处叠落而下，流到青玉峡后，向着龙潭直奔。我正在观看这“银河落九天”的情景，忽然，一大团一大团的白云，从远至近，相互追逐，向我这里奔驰过来。

香炉峰下，白云一缕一缕地升起，一团一团地相衔。过了一会，云雾成海，山腰成白茫茫的一片了，它的上面仍是深青一色。这层层白云，其润如雪，其软如棉，薄或如絮，厚或如毡，动或如烟，静或如练。这时，翠影红霞映朝日，这层层白云，被朝日涂上了斑斓而又变幻的色彩。微风吹拂，云絮荡漾，就像万朵芙蓉，频频绽放，红装素裹，流金溢彩。

我飘到仙人洞前面，这里一块巨石横空而出，每当流云涌满山谷，形成波涛起伏的云海时，唯有这块巨石位于云海之上。这时，站在这块巨石上的游人，正在纵览云飞。

我飘到剪刀峡上空，这里云雾缭绕，如梦如幻。漫天云雾从剪刀峡谷缓缓向前流动，随着风势、地形起伏翻涌。一片片云层与一团团浓雾相互聚集，云层渐积渐多，越来越厚，慢慢连成很大的一片，形成了波澜壮阔的茫茫云海。

我朝东北方向望去，大片的云雾，好像波涛翻滚一样，越过山顶，不断地泻入山的北边。我听到一个游人说：“这就是庐山的瀑布云！”

浙江雁荡山上的云雾不是也会像流水一样地翻过山脊吗？我又向雁荡

山飘去。

飘着，飘着，我看到前面有三座尖锥状山峰高高耸立，四周有数十座密集分布的峰丛，基部相连，顶部大多呈尖锥状。峰丛又是峰林的基座，峰林之上，峰柱林立。一眼望去，山峰、峰峦、峰丛、峰林、峰柱常常交织在一起。

飘到近处一看，这些山的山体是花岗岩，三座高高耸立的尖锥状山峰，海拔都超过1750米。我想起来了，这里是高山尖峰地貌的三清山，它“秀中藏秀，奇外出奇”。

我在三清山的上空，悠悠地飘荡着。

峰柱是三清山最突出的景观。我看到一座方形峰柱，垂直高度128米，柱体平直，壁立如削，上下等粗，纤细修长，顶端稍大，我越看越觉得它像一条巨蟒，昂首竖身地破山而出！这座巨蟒峰，柱体上有好几道裂隙，摇摇欲坠，却在风雨中挺立了千万年，危而不倒。

与巨蟒峰相邻的女神峰，像一座雕像，坐在苍松与杜鹃灌木之间，显得娴雅端庄。

这些鬼斧神工的景观，是怎样形成的呢？三清山花岗岩地貌的形成受到节理和裂隙的控制，将花岗岩体切割成块状、厚板状、棱柱状。节理有三组：纵向节理、近水平的横向节理、斜节理。纵向节理是大刀阔斧地控制着峰墙、峡谷等大格局地貌的发育。纵向节理与斜节理的配合，像锤子与凿子，在三清山锤凿出棱角分明的峰柱群落。同时近水平的横向节理，是刻刀。峰墙、峰柱等岩块，经过水平的横向节理的“雕刻”、球状风化作用的“整理”、流水的“打磨”，才形成今天这种鬼斧神工的景观。

我正在想这个问题时，峡谷中薄雾慢慢升腾，氤氲缭绕在峰林之间。三清山的相对高差使它常常云雾缭绕。现在，云雾渐浓，巨蟒峰、女神峰等峰柱如薄纱轻笼。

忽然，一场大雨铺天盖地而来，很快又停了。雨后初霁的三清山，峰峦、峰丛、峰林、峰柱在云雾中浓淡明灭，如梦似幻，缥缈如仙境。

接着，我飘到了雁荡山，它的最高峰是百岗尖的西尖。

我在百岗尖的主脊上俯瞰，白云弥漫，平铺峰下，一座座高峰，仅仅是露出了峰顶。

再一看，凌云岗山脊西侧起了大雾，过了一会，云雾就漫了过来，像流水一样翻过山脊，向东流去。

我的手机又响了，“云之舞”舞蹈团的导演问我：“浙江四明山，你去过没有？”

“那里也有奇云吗？”

“我现在就在四明山，”他说，“这里有个地方叫长岭，云雾终年不散，当地人叫它‘二十里云’，把行人穿长岭称为‘过云’。这是个奇云幽境，我在这里等你来啊。”

我立刻向四明山飘去。

到了长岭一看，那些游人呀，上山瀑布在前，下山瀑布在后，上山云压着头顶，下山云塞进了鞋子。我也“过”了一趟“二十里云”，只见山云平屋头，水云平屋下，沿溪数十家，家家住在云的缝隙里。

导演问我：“知道为什么要观看这么多名山的云海吗？”

“搜尽奇云打草稿呀。”

导演点点头，笑着说：“现在回到黄山，仔细地观看黄山的云海吧。”

黄山云海与黄山地理、气象

我飘到了黄山上空。

导演带着我们，开始对黄山进行整体性的观看。

他告诉我们，黄山南北长约40千米，东西宽约30千米，面积约1200平方千米，核心景区面积约160平方千米，号称“五百里黄山”。黄山经历了造山运动和地壳抬升以及冰川和自然风化作用，它本身的地质与地貌的特点，使它形成了雄奇险峻的花岗岩峰林地貌。

黄山的花岗岩形成于距今约一亿年前，先是形成了黄山花岗岩体，然

“怪不得‘黄山自古云成海’呢。”我说。

“但黄山的云海，不同于一般高山的云雾。从气象学上讲，只有两种云雾才能形成黄山云海，其一是‘低云’。”

“什么是低云？”

“按气象学上的分类，6000米以上的云称为‘高云’，云的底部高度低于2500米的叫‘低云’，在这两者之间的云是‘中云’，”导演说，“低云多是层积云，厚数十米到三四百米之间，云块比较整齐，面积很大，在高处看起来很像大海的波涛。黄山光明顶气象资料表明，每年11月到第二年5月间，有97%左右的云海是由这种云形成的。当低云的云顶低于峰顶时，游人就能在峰顶上看到云海。”

“听说，在黄山一年四季都能看到云海，是吗？”

“是这样。每年11月到来年3月是黄山的冬季，这时层积云的凝结高度一般在800米至1000米之间，黄山几十座千米以上高峰，峰顶都在云顶之上，游人很容易看到云海。有一年元旦前后的一天，我在黄山北海景区，登上观景台一看，就看到蓝蓝的天空下面，白茫茫一片云海，云海旁边是积着厚厚白雪的峰顶，漫山遍野的黄山松也全身披着白雪。这就是雪后的黄山云海。四五月是黄山的春季。这时，黄山也是‘清明时节雨纷纷’。云是雨的仓库，雨多是因为云多。因此，春天黄山的云海，胜似梦境的迷离。”

“梅雨季节之后，气温渐渐升高，黄山云海的情况又怎样呢？”

“随着气温的升高，低云的凝结高度也增高，云顶的高度超过或接近大部分峰顶，山上常常处于云雾之中。盛夏时，云顶高度在1500米左右。在‘霜叶红于二月花’时，红艳艳的枫叶一大片一大片地飘浮在白茫茫的云海上，这可是黄山秋天的特色美景啊。”

“你刚才说，黄山云海有97%是低云形成的，还有3%左右呢？”

“黄山地形复杂，小气候也多变。黄山山高谷深，气候会呈垂直变化，局部地形有时也能对气候起主导作用。阴阳坡气温不同，水分蒸发速度不同，水汽的凝聚、消散、升降也有差异。这样形成的云，有时像长长的玉带缠绕在山腰，有时像一朵朵白莲聚会在山间，有时也可以形成一片云海。”

黄山云海与黄山奇峰、怪石、奇松

导演带着我们对黄山进行了整体性的观看以后，大家分头进行多景点、多时段、多角度地详细观看。

清晨，雾从黄山的众多山谷缓缓升起，渐渐变浓，千岩万壑生紫烟，山在虚无缥缈间。清风徐来，浓雾渐渐变淡，给群山蒙上了一层淡淡的面纱。

早晨的阳光，经过层层云雾的回环照射，又经过重重山峰的曲折反射，给远远近近的峰峦涂上了丰富而又变幻的光与色。我在透明的琥珀色岚光中，在黄山上空飘着。

前面是玉屏峰，玉屏峰在天都峰和莲花峰之间。我看到了玉屏楼、迎客松，再一看，峰顶上像是有一个人睡在那里，头朝莲花峰，脚朝耕云峰。

“这是谁呀？”

“这是‘玉屏睡佛’，是花岗岩山体经过自然风化形成的。”

东望耕云峰，峰顶下有几朵白云正在蓝天上飘着，峰顶上有一块巨石，形似犁头。我想，这时如果这里有大片的云海，它就是名副其实地在“耕云”了。

我看到玉屏楼边上有索道，就跟着乘坐索道的游人在黄山的云山雾海里穿梭起来，观看山峰，俯瞰溪流，不时地能见到波翻浪滚的云海。

我飘到一个地方，侧过头一看，耕云峰顶的那块巨石看上去是长形的，一头粗，一头稍细，稍细的一头悬空对着天都峰，粗的一头与山顶融为一体。我看了好一会，觉得它像一个动物在跃跃欲跳。那欲跳未跳的神态与动势，使这一奇石成为一座天然雕塑。

一个游人指着它说：“松鼠跳天都！”

我飘到天都峰上，啊呀，它的百丈云梯几乎是直上直下的，游人要四肢并用才能爬上去。最惊险的是鲫鱼背，只有10多米长，1米宽，两侧都是万丈悬崖，自上而下，坡陡呈85度左右。山峰上有“登峰造极”石刻。

我朝黄山最高峰飘去。

稍远一点望，它真像一朵初绽的莲花。它的旁边还有一座莲蕊峰，峰上有石如船，又有石像孔雀，真是奇峰峰侧又抽峰，巧石石巅仍累石。

我飘到了莲花峰顶的上空。在这个绝顶上站了不少游人，他们有的在静观风景，有的在高声谈笑。

黄山群峰生长着数万棵黄山松。黄山海拔800米以下，生长的是马尾松等，800米以上生长的是黄山松。黄山松的祖先靠鸟类和风的帮助来到黄山之后，发生了重大变异，变得耐贫瘠、耐干旱、耐严寒，外貌也变成干曲枝虬、针叶短密，显得奇美。1936年，中国植物学家们正式命名这种松为“黄山松”。我朝莲花峰飘去时看到了飞龙松、倒挂松等名松。倒挂松，倒挂峰壁，依然枝繁叶茂。

我看着它根生石隙、干悬危崖的奇伟风姿，心想，在花岗岩高山的山脊、悬崖绝壁处，有什么树能破石而生、茁壮成长？只有黄山松。黄山松发达的根系，呼吸时产生的二氧化碳，遇水会成碳酸，与有机酸共同侵蚀、溶解花岗岩，从中吸收养料。这既是黄山松能扎根于岩石的主要原因，也是某些松石奇景形成的因素之一。黄山松耐贫瘠、耐干旱、耐严寒，身处逆境而生生不息、勇攀高峰，不仅是黄山之魂，而且象征着中华民族自强不息的精神！

突然，一大片云雾随风而来，莲花峰顶被云雾笼罩起来了。

我听到两个游人在对话：

“喂，我怎么看不到你呀？”

“你不也穿上了隐身衣吗？身边不见人，但闻人语响嘛。”

响起了“哈哈哈”的一阵笑声。

一阵大风吹来，峰顶的云雾开始消散，游人脱掉了隐身衣。

一团巨大的黑云冲了过来，后面紧跟着一片青紫色的云层。游人纷纷下山，一个接一个地下到一个石洞里。

我看到峰顶上还有一对恋人在说着悄悄话，我对他们大声喊道："雷阵雨快来了！赶快下山！"那男青年猛地抓起女朋友的手，立即往下走，进入一个石洞。他们的后脚刚刚进洞，大滴大滴的雨点就落了下来，接着响起"轰轰轰"的雷声，"嚓"的一声巨响，天空中青紫色的云层，被闪电劈开了！

倾盆大雨，"哗哗哗"地下了起来。

第二天早晨，太阳出来了，烟雨群峰变成了青嶂白云。

我在黄山上空悬停于海拔2000多米处，无论朝哪个方向望去，都是一片云海一重山，山外云海海外山。

我飘来飘去，看到整个黄山峰林任何一个千米高峰的峰顶下面都有云海，自然而然地形成了"东海""西海""南海""北海""天海"等，这几片云海之间都有云团、云朵相连，又形成了一片白茫茫的大云海。这是一个面积160多平方千米的一望无际的极其浩瀚、极其壮观的大云海。

漫天的云雾和层积云融为一体，随风飘移，时而上升，时而下降，时而回旋，时而舒展。云雾流动于号称"五百里黄山"的千岩万壑之间，形成了这片一望无际的大云海。在这片大云海中，黄山峰林的成百座山峰，时浮时沉，隐隐约约。在这片大云海的外围，还有云雾像一层面纱似的在山峦中飘荡，景色瞬息万变。祖国大地上，许多名山都有云海，但在哪里能看到如此浩瀚、如此壮观的大云海？

我又飘到莲花峰上，看到它的腰部荡漾着一片白茫茫的云海，它的峰顶像一朵映日的莲花在绽放。莲蕊峰顶像一朵含苞待放的莲苞，在雪白的波浪上轻轻地摇动。我看着，看着，恍如闻到了莲花的清香。

莲花峰旁边有一条"鳌鱼"在云海中游动着。这座鳌鱼峰有"鳌鱼吃螺蛳""鳌鱼驮金龟"等景观，在莲花峰和鳌鱼峰之间有百步云梯。从一线天往下看，有三座参差不齐的小石峰相拥而立，峰巅似剑，峰上奇松挺拔，云雾缭绕，就像海中的岛屿一样，这是"蓬莱三岛"。

我飘到天都峰顶，看到"玉屏睡佛"躺在云海上，正在仰泳，再一看，耕云峰顶的“松鼠跳天都”，变成“犁头”了，正在云海上“耕云”。

我向黄山的北海景区飘去。

我看到了狮子峰。这头“狮子”的腰部有座清凉台，台上有很多游人，他们已经看过日出，正在看后海群峰。

狮子峰的东南方向是始信峰，这座山峰直直地往上拔起，三面都是深渊。

云雾从谷底升了上来，笔架峰和梦笔生花在缭绕的云雾中若隐若现。梦笔生花是一座石峰，其上部断裂并形成笔尖模样，下部就自然成了笔杆，一棵松树在峰顶生长，演化出“生花”的效果，云雾缭绕又恍如梦幻之中。

我朝周围看看，看到了石笋矼，“十八罗汉”正在腾云驾雾地“朝南海”飞行，“丞相”正站在云海中观看“仙人下棋”。

我从石笋矼往南飘，看到一块高高耸立的巨石像一个穿着道袍的仙人，站在云雾之中，一只手臂向上抬起，伸出一个手指为游人指路。这是巧石“仙人指路”。

沿着“仙人”指的路，我向西飘去。

我看到了气象站的巨大圆球标志，气象站建在光明顶上。光明顶的峰顶非常开阔，有利于游人观看日出、云海。

继续向西飘，我看到一块又高又大的巨石，耸立在一个峰头的基岩平台上，像天外飞来的大石头，这就是电视剧《红楼梦》片头中的“飞来石”。

我飘到了西海，这里有峡谷，有群峰，还有排云亭。

西海景区，尤其是群峰中的西海大峡谷，云烟浩渺，景色奇秀，如幻如梦。

排云亭前，有两块巧石像一双靴子一样，放在一个小峰台上，这是“仙人”晒的“靴”。峡谷中有一块巨石，高高地站在云海里。云海是波翻浪涌的，看上去也在一上一下地动个不停。啊，“仙人”正在云海里踩高跷呢。

一座山峰上，有一块巧石很像一个仙女，前面紧挨着的一块巧石，像是平放着的古琴。

又一座山峰上，有一块巨石形似振臂而立的武松，他的脚下有一块顽石，形似老虎，头昂着，嘴巴张得大大的。武松打虎时，武松是在呐喊的，老虎是在吼叫的。但这里的“武松打虎”，此时无声胜有声。

不远处，有一座天然雕塑“仙女绣花”，“仙女”是一块婀娜多姿的巧石，“花”是石缝中长出来的一棵小松树。“仙女”绣花技术娴熟，“绣花”的时候还忙里偷闲地看一下前面的“武松打虎”，武松是多么健壮、英俊而又勇敢啊！

看到这里，我感到黄山的奇美景观主要在于奇峰、怪石、奇松、云海的有机结合。多种自然美在黄山汇聚，相互衬托，相得益彰，在特定情境下可以产生“一加三大于四”的效应，赋予了黄山以无穷的魅力，形成了黄山神奇的风采。峰或巍峨或险峻，石或浑厚或纤细，松奇异而苍劲，松得峰、石而刚，峰、石得松而灵。云起处，峰、石、松都变活欲仙，静景变成动景，动景中有静景，景观瞬息万变，或隐或现，忽浓忽淡，时实时虚，似真似幻，瑰奇幻怪，不可殚穷。

我飘到北海双剪峰上空，看到无数的白云被大风吹着，正从双剪峰的峰顶上朝两峰之间向下倾泻，激浪滚滚，壮阔，汹涌，奔流不息，虽然显得有点轻柔，但内在的暗流涌动的力量非常强大。我乍一看，它不就是黄河瀑布吗？怎么变成白色的了？

我在这里一边看，一边想。白天，黄山峰林山坡上的空气被加热，上升形成风；夜间，山坡上的空气冷却，流向较暖的谷底，又形成风。气候湿润时，从谷底上升的暖空气水汽丰富，上升过程中遇冷形成云，云海氤氲升起，顺着风向，翻过山岭，由于重力因素沿着山势跌落，下泻就形成了瀑布云。

有人在喊：“看‘猴子观海’去！”

我又飘到清凉台前，隔壑望去，一座独立山峰的峰顶是平的，峰顶下面是白茫茫的云海，峰顶上有一只猴子，正坐在那里观云海。

我问：“猴子，你什么时候来观云海的？”

猴子屁股是坐不住的，但这只猴子却一动不动地坐在那里。

我飘到它面前，啊，一只石猴。

这只猴子一观云海就是万年，我想请它谈谈黄山云海的奥秘。就在这时，我的手机响了，“云之舞”舞蹈团的导演要我立刻到玉屏楼去开会。

导演在会上说：“清代王灼的《黄山纪游》中，有一段是写在光明顶上观云海的。我读一下你们听听：‘移时雾散，流云弥漫四塞。东极日之所出，灏气布啬，杳冥鸿蒙，与天无际。天风乍卷，涛涌云奔，茫茫洋洋，震胸骇臆，前海天都、莲花、芙蓉、云门诸峰，拔出水上，浮青敛翠，若岛屿之耸峙；而后海冈峦，隐见长鲸、巨鲲、龙鼋，万怪惶惑，出没于惊涛骇浪之中。奇态诡状，呼吸百变，则演迤滉漾，数峰浮出海外，与风潮相上下，琼台翠阜，望之疑若即可。及再求之，而云虹缥缈，忽又反居水下。古称蓬莱、方丈、瀛洲，岂谓是邪！久之，雾复合，都无所辨。雾开，日光下射，所见愈益奇，如瀑练，如积雪，如流银之泻地，如振鹭之翔翥，如海舶之扬舲而出岛口，又如有大蜃嘘气为楼阁宫阙，天际隐露一发，如海外蕃夷诸国。人在峰顶，如操万斛之舟，乘风而坐于天上，瑰奇幻怪，不可殚穷。’”

“听了之后，觉得怎么样?”他问我。

“黄山云海真美啊！王灼把云海的聚、散、奔、涌、升、降、飘、逸变化明灭等，生动地描写出来了。”我说。

“他用的是语言文字，”导演说，“我们也要把黄山云海的自然美富有艺术魅力地表现出来，而且要着重表现黄山云海形与色瞬息万变的惊人的美，我们用什么呢？用翩翩的舞姿!”

黄山云海之惊人的美

经过排练，我们的演出开始了。

这一天的下半夜，在黎明前黑天鹅绒似的夜幕下，我们向狮子峰上的清凉台飘去。

我是东方天边的一朵云，同舞伴们组成深紫蓝色的云霭。

音乐声响起了。弦乐以持续音从低音逐步上升，定音鼓轻轻的、连续的震音浮动，竖琴轻弱的音响，这是在表现黄山被笼罩于黑夜的浓雾之中。

弦乐由低而高，引出木管的一阵不协和和弦，这是在表现山风中的松涛。

加上了弱音器的小号和中音双簧管，奏出了轻柔、悠长的乐音，这是在表现黑夜渐逝，浓雾渐散，微光隐露，黎明渐渐来临。

我和舞伴们组成的深紫蓝色的云霭上，慢慢地现出一条暗红色的光带，露出了一片曙光。

渐渐地，云霭变成淡紫蓝色，光带变成红橙色。这光带越来越鲜亮，它的上面又出现了几条黄橙色的明亮的光带，它的两边出现了色彩变幻的朝霞，周围的天空露出了清冷的晨曦。接着，红橙色的光带里，慢慢出现了一个紫红色的大圆圈。

蓦然，从天地交接处的峰尖上，现出了一个鲜红透亮的圆形光斑，它从紫红色的大圆圈里冲了出来。这圆形光斑，迅速上升、扩大，变成椭圆形大光斑，又迅速扩大，变成旭日的半边笑脸。转瞬间，向上飞似的从峰峦间跳出了一轮红日！

我和舞伴们组成的云霭姗姗移动，慢慢聚集，形成深灰色的云海，又变成银白色的云海。日出之后，就成了五彩缤纷的云海。

我领着舞伴们在这个彩色云海中，做着各种各样的舞蹈动作，时而轻柔舒缓，时而跳跃奔腾。

一阵风刮过来，我们乘着风飘到了玉屏楼前。

我第一个从山腰飘了出来。在我的后面，一朵朵、一团团白云，相互衔接着，一同盘旋在山腰间。

云越来越多，过了一会，就把许多峰顶都淹没了。渐渐的，云像海一样，涛涌波奔，茫茫洋洋。有的山峰，在白浪中偶露峰尖；有的山峰，忽隐忽现，若涌若没。朱砂峰被吞没了，桃花峰到了波涛底，耕云峰露出峰尖，正在耕云，鳌鱼峰在雪浪间像鳌鱼一样游动，后来就潜入云海下，正在仰泳的“玉屏睡佛”，也在云海上浮潜起来。只有莲花、天都诸峰，像岛屿一样耸峙着，与白浪相上下。

这时，响起了两支长笛奏出的短小的、带有推动感的乐音，这是在表现海浪的涌动。接着，响起了小提琴八度演奏的活泼快速的曲调，乐音充满了律动感，这是在引领我们嬉戏。

竦轻躯以鹤立，若将飞而未翔，凌波微步，我带领一些舞伴，时而做出蒙古舞的“碎抖肩”舞姿，时而做出苗族舞的“踩鼓”舞姿，时而做出傣族舞的“孔雀戏水”舞姿，时而做出安徽花鼓灯舞的“玩灯”舞姿，时而做出爱尔兰踢踏舞和西班牙弗拉门戈舞的舞姿。

我的另一些舞伴，身穿5米长绸的衣裙，通过闪、展、腾、挪和点、线运动的身体变化，在龙趋凤回的韵味中，表现娴静似弱柳、飞走如龙蛇的景象。

蓦然，一阵阵雾气，像乳白色的轻纱，飘忽而来，笼罩在云海之上。这雾，或疏或密，忽浓忽淡。过了一会，清风徐来，雾淡了，雾散了。日光下射，像是瀑练，又像是流银。云海时而如红装素裹，时而似白鹭展翅。

大风来了，气势雄伟的音乐声随之响起。云海中，白浪翻滚，奔腾离合。铜管乐以气势逼人的明亮音响，显示了云海的惊涛骇浪。

配合音乐，我体迅飞凫，飘忽若神，在一个“劈叉跳”之后，“空中转体五周半”，接着就连续地进行腾空翻跳。跳着，跳着，弦鼓声声响起，我就跳起了“胡旋舞”。我心应弦，手应鼓，披着彩巾，高举双袖，轻盈的身体快速地左旋右转，接着，将芭蕾舞“足尖转”的舞姿融入“胡旋舞”，单腿直立足尖连续旋转一圈又一圈，将“旋转”的舞姿表演到了旋转如风的地步。

大风过去了，小提琴奏起抒情的曲调，云海逐渐平静下来。我和舞伴们跳起了《长绸舞》。

天风乍卷，我又乘风向光明顶飘去。

一些游人站在光明顶上，向前看，有一层山景，向后看，也有一层山景。离他们不远的地方，又出现了第二层云雾。

我和舞伴们相继来到了光明顶峰顶下面的天空中。

古琴的演奏声响了起来，旋律在宽广的音域里轻轻地跳跃，表现高山上云雾缭绕的情景。

我和舞伴们滃然四合，像熔银散绵一样，形成了白茫茫的一片云海。

大风吹来，古琴运用多种技法进行演奏，以浑厚的音色，模拟波浪推涌、起伏滚动的声响。很快，琴声转入高音区，曲调高亢，节奏急促，多次出现八度大跳，加上切分音，乐音跌宕多姿，表现云海翻腾的气势。

古琴与琵琶合奏一段轻巧、飘逸的音调，表现浪花在海面嬉戏的情景之后，琵琶吟揉弹跳、滚拂轮扫，乐音由点成线，主奏出一连串顿挫有力、富有生气的短句，接着是情绪热烈的古琴、古筝与琵琶合奏，表现出云海的波涛不断拍击山峰的恢弘气势和壮观景象。

我与音乐紧密配合，轻盈旋转的舞姿如回风飘雪，嫣然前行的步伐如矫健游龙。我做出各种舞蹈动作，时而“足尖碎步”，时而“阿拉贝斯特”，时而“倒踢紫金冠”，时而“劈叉跳”，在空中转体五周半之后，我又“单腿直立空中一字马”快速旋转如同旋风……

风势渐小，我在跳“孔雀戏水”时，蓦然看到层层云雾的虚实递变，梦幻般地烘托出一圈大圆光，它就偃卧在我和舞伴们的身上，外晕三重，每重都是五彩斑斓的光晕。大圆光的正中，好像有一面明亮的镜子。

我听到有游人兴奋地说：“我在那面镜子里看到我的影子了！我举手、动脚，那影子都随着我的身体在动呢！”

我看到游人的身上镶嵌着一束天然的光环，周围映射出红、橙、黄、绿、青、蓝、紫的霞光。

这时，我隐隐约约地听到一种美妙的音乐，这音乐越来越清晰。我一边听着音乐，一边随着音乐跳着舞。这是一个高手在弹箜篌，美妙的音乐，有时像昆山玉碎一样清脆，有时像凤凰鸣叫一样婉约，有时像莲花滴露一样柔美，有时像香兰欢笑一样艳丽。

过了一会，又传来一种音色透明的音乐，有着由点成线的颗粒性与连贯性，我一听，是琵琶声。大弦嘈嘈如急雨，小弦切切如私语。嘈嘈切切错杂弹，大珠小珠落玉盘。

我一边听着，一边舞着，觉得缥缈如在梦境……

一轮圆日正在西下。

天空横列着一条条白色云彩。一眨眼，白云变得黄灿灿、亮晶晶，就像黄金一样。靠近落日处，那黄金是被火熔化着的，金光闪耀。旁边一片薄薄的层云上，金色的鱼鳞在闪闪发光。几朵白云飘来，落日便给它们也镶上一道道亮晶晶的金边。

我看着这美景，忽然想起在“高原明珠”滇池上空的所见——

我的周围，飘着柔软的云；远处，堆积着厚重的云，白的，灰的，淡黄的，淡紫的……有的云，轻如薄纱；有的云，重如水晶；有时，连绵不断的镶着银边的云层，在翻滚；有时，万里长空只有一朵云，在飘动；有些巨大的云团，像雄伟的高山；有些小朵的云，像朵朵洁白的莲花。

由于云状奇特，加上光与色的变幻，五百里滇池的景色也随之变化：有时，它是万顷晴波；有时，它是一池绿水；有时，池水一半浓绿，一半银白。滇池的岸边，水色也是斑斓的，这一片绿，倒映着水边大树的虬枝，那一片蓝，来自晴朗的天空，紫墨色的浪花正在荡漾，白云的倒影也在随风飘动。

雨后初晴时，一弯长虹倒映湖心。

夕阳西下时，天上“一张红锦夕阳斜”，映入水中，就像一幅锦绣上铺着一颗硕大的红玛瑙……

刚刚想到这里，一阵阵的风向西刮去，我们就顺着风向前飘，很快到了西海，到了排云亭下面的深壑幽谷。

我是飘进深谷的第一朵云。我穿着质如轻云、色如银的羽衣，体如清风动流波，高举两手白鸽翔，长袖拂面舞蓝天。我的后面，跟着一朵朵、一团团白云。

我先通过“舞袖”，在“掩袖”“拂袖”“飞袖”“扬袖”之间，结合戏曲中水袖的抖、扬、绕、搭、推、冲等袖技，尽显白云柔媚妙曼的形态美。接着，我做了一个“探海翻身”的动作，又连续做了几个腾空翻，在连续进行三次“双腿腾空一字马”之后，以“足尖弓箭步”站到了“仙人晒靴”的靴底上。在这里，我站在自己一只脚的脚尖上，保持身体的平衡，连续做了三个“皮鲁埃特旋转”。

我做了一个“倒踢紫金冠”的动作，以“飞燕”舞姿向“仙人踩高跷”飞去。我一只脚的脚尖站到正在云中“踩高跷”的“仙人”头上，另一条腿向前抬起，同身体成90度角，做了一个“阿蒂迪德”舞姿。接着，我单腿直立在“仙人”的头上，单脚脚尖360度旋转60秒之后，做着“足尖碎步”的动作，然后就进行许多舞蹈跳跃动作的变奏，翱翔于天空中。

我回头一看，云朵已经弥漫于群峰环抱的深谷上空，形成了一片云海。我的舞伴们，正在跳着《长绸舞》。

在半圆形落日红艳艳的光芒照耀下，这片云海被染上了胭脂一样的嫣红色。

这时，在仙女弹奏的琴声下，音乐鸟嘹亮清脆的花腔女高音，黄鹂婉转柔美的抒情性女中音，珠联璧合地组成二重唱，演唱起它们自己作曲、“诗仙”李白作词的《云之君》：“霓为衣兮风为马，云之君兮纷纷而来下。虎鼓瑟兮鸾回车，仙之人兮列如麻。”这美妙的音流，从绿树的云间，清泉一样自如地流淌。

在山风中，云朵时聚时散，云海忽浓忽淡。

风，一阵一阵地吹来。我跳起了爱尔兰“踢踏舞”，又跳起了西班牙“弗拉门戈舞”，舞步越来越快，最后快到令人炫目。然后，我跳起旋转如风的“胡旋舞”，来到“仙女弹琴”面前，一个“劈叉跳”站到了仙女的琴上，随即在琴弦上，跳起了《霓裳羽衣舞》，弹起了霓裳羽衣曲。我在琴弦上跳的每一个舞步，都是《霓裳羽衣舞》中的一个动作，每跳一个舞步，就弹出霓裳羽衣曲中的一个音符。我柔情绰态，亦舞亦乐，在我的脚弹奏的霓裳羽衣曲的乐音中，用肢体表演着霓裳羽衣舞的一个个舞姿。

风势渐渐减小。我顺着风，悠悠地飘着，轻轻地唱着，先是翩翩地跳着“飞燕”舞，后来做出或立、或蹲、或腾空、或立起脚尖如陀螺转动的舞姿。

风停了，我先是舞动“兰花指”，然后，一只手轻轻舒展，另一只手的拇指和食指尖端轻轻捏合，中指、无名指、小指自然翘立，手指、手腕、臂、肩、胸、腰有节奏、有层次地律动，用舞蹈家杨丽萍在《雀之灵》中模拟孔雀头的“翘三指”手形，显示云海中云朵微小的动势。

几片金光灿烂的彩霞，像剪碎的鹅毛一样飘到了我的身边，渐渐地同我融为一体。一束葡萄色的紫光，从我身上穿透过去，我成了一朵水晶般的彩云。

在仙女弹奏的琴声和音乐鸟、黄鹂的歌声中，我看到鱼肚白色的岚气，一层一层地从谷底相继而起，出入于灿烂辉煌的夕照之中，金光闪动不定。天空中，红霞朵朵，紫翠万状。

我心中充满愉悦，脸上带着微笑，在天空飘着，舞着，翩若惊鸿，婉如游龙，绚丽兮若花想之容貌，轻飏兮如霞想之衣裳……

三峡惊涛

小木船被一个浪头推向高处，紧接着像离弦之箭一样向下飞去，就这样划出一道弧线，冲了过去。巨浪被船头劈开，旋转着，合在一起，又激荡开来。江水还是像大锅里滚沸的开水一样，到处是泡沫，到处是浪花。小木船在湍急的水流中剧烈地震荡着，颤抖着，在一个又一个漩涡中向前行进。

长江是中国最大的河流。在长江上，有许多奇美的自然景观，最著名的是三峡惊涛。

20世纪60年代初，我曾从重庆乘船回芜湖，亲眼目睹了长江三峡山高峡深的雄奇，亲身体验了长江三峡滩险流激的惊险，目眩神移，魂惊魄动，留下了终生难忘的印象。

前两天，我乘着船，又来到了长江三峡。

现在，这里建造了震惊世界的伟大的长江三峡工程，已经“高峡出平湖”了！中国规模最大的水利枢纽工程的建造使三峡的航运更加畅通、便捷，世界上最大的水电站的建造极大地改善了人民的生活，促进了经济的发展。

江面风平浪静，江水缓缓流淌，航船畅行无阻。以往“惊涛拍岸，卷起千堆雪”的令人惊心动魄的景象，再也看不到了。那一个又一个的险滩，被永远封存在了滔滔江水之下。人们乘坐船只穿过险滩在汹涌的激流中艰难前行，船在一个个巨大的流水漩涡里团团旋转的情景，再也看不到了。

但大自然的高山流水依然存在，那壮美的景观依然让人悦目畅神，那雄伟的气势依然令人荡气回肠。

在回来的路上，我打开手机，反复地播放古琴乐曲《流水》。

这首《流水》所表现的流水，开始是点点滴滴，后来是浩浩荡荡，经历了由静到动，由缓而疾，从潺潺滴沥发展到沸腾澎湃的过程，体现了大自然中流水的生命韵律，再现了它们战胜艰难险阻的情景，借景抒情，蕴涵着深邃的意境。

又一遍重播开始了。旋律清新、活泼，表现了高山上流水淙淙、响彻空山的情景。接着，幽泉出山，乐音低回婉转，风发水涌，声响起伏有致，悠扬的音韵犹如行云流水。

听着，听着，我仿佛看到在唐古拉山脉主峰各拉丹东雪山冰川上，无数融水的涓涓细流，渐渐地生成冰上河、冰内河、冰下河，它们又渐渐地汇聚，水量越来越大，河床越来越宽、越来越深，生成了长江三源，再汇聚之后，就生成了波浪起伏的长江。

接下来，演奏者运用古琴的多种指法技巧，尤其是运用了大量的滚、拂、绰、注的手法，对激流奔腾的音响，对水石相撞的音响，都进行模拟性的描写，这些音响层叠进展，描绘了大自然中流水汹涌奔腾的动态景象。

听着，听着，我仿佛看到长江之水从世界屋脊青藏高原流来，纳百川千流，波翻浪滚，流到四川盆地东边时，被崇山峻岭挡住。百折不回的长江流水，一泻千里，穿山破岭，劈山成峡，造就了这条雄奇壮丽的大峡谷。

我想起了我亲眼目睹过的三峡惊涛。

蓦然，李白乘着一叶扁舟过三峡的情景，恍如浮现在我眼前。

我就乘着琴声的翅膀，在回忆中渗进想象，在想象中融入回忆，与李白同游长江三峡，“千里江陵一日还”。

我在长江岸边的白帝城游览。

四川奉节的这个古城，坐落在瞿塘峡口长江北岸的白帝山上，地势高峻，风景如画，古迹、文物很多。李白、杜甫等曾登临白帝城，留下大量诗篇。历史上，白帝城一直被视为东控荆楚、西扼巴蜀的兵家必争之地。它的附近，还有惊险万状的古代栈道、神秘莫测的悬棺、瞿塘峡口新石器时代母系社会的大溪文化遗址等。在游览中，我遥想着长江三峡形成的历史，感受着人类历史的震撼。

这天清晨，旭日初升，我站在耸立于彩云中的白帝城上往下看，长江两岸奇峰耸立，江面狭窄，江水湍急。两岸壁立的悬崖，成为一道天造地设的门，把江水紧紧地束住。

长江向东流经四川盆地时，先后接纳了岷江、沱江、嘉陵江、乌江等几条大的支流，已经浩浩荡荡的江水，水量又骤然增加。

在狭窄江面的两岸，耸立着两座雄伟的山峰，南岸是海拔1415米的白盐山，北岸是海拔1400米的赤甲山，拔地而起，高耸入云，像被斧劈刀削过一样。两山夹江对峙，呈现着欲合未合的形状，山岩上刻有“夔门天下雄”五个大字。

从这里逆水往上看，地势越来越高，顺水往下看，海拔越来越低，河流的强烈下切作用，造就了深邃而又狭窄的峡谷。

这里的江面，最宽处不到150米，最窄处只有几十米，扼住了长江的咽喉，水流量达每秒5万多立方米。汹涌澎湃的流水，“十万悬流万堆雪”似的猛然下切，飞快地奔涌着!

两岸雄伟的山峰，重重叠叠。岸边的陡壁上，纤夫背纤的身影，历历可见。

“哟嗬耶，嗬哟嗨，号子喊起来！腰杆往上挺，脚板要踩稳；岔路口，跟着走；之之拐，顺着摆……”

纤夫们头裹白帕，裸露胸膛，伛着身子，双手拉着肩上的纤绳，吼着高亢的川江号子，在陡壁的古纤道上，一步一步地向前跨着。

瞿塘峡口，有一堆巨大的黑色礁石“滟滪堆”（1959年整治川江航道时，滟滪堆被炸除）。它像一头巨兽横在江心，随着水位的变化而形态不一。在秋冬水枯时节，它显露于水面，形状像一头大象，顺流而下的船只可以顺势而过，但逆水而上的船只非常容易触礁。到了夏季洪水暴发的时节，一江激流直奔这堆巨礁，狂澜腾空而起，波浪滔天，漩涡飞转，十里之外都能听到像雷鸣一样的响声。

这时的滟滪堆大部分暗伏水中，汹涌澎湃的江水一冲进峡口，便直奔这堆巨礁而来。下行的船到了这里，在激流上像离弦的箭一样向前飞，稍差分厘，便撞到巨礁，船沉人亡。

千百年来，不知有多少船只在这里触礁沉没。所以民谣说："滟滪大如象，瞿塘不可上；滟滪大如马，瞿塘不可下。"而当滟滪堆露出水面的部分像水牛的背或像乌龟一样大小的时候，那就更加危险了。

我在白帝城上，看了一会滟滪堆后，就往下一直走到滟滪堆的下游。离巨礁已经有一段路了，但江水依然汹涌澎湃，涛如雷鸣，江面的水流还有一个又一个巨大的漩涡。

一位老人，在江边急匆匆地走着。我就跟在他的后面。

老人看到一条小木船停在江边，跨了上去，老船夫扶了他一把，让他坐了下来。

老人对老船夫说："我到当涂去。"

我喊了起来："带我一个！"

我快步走到船边，老船夫问我："你到哪里？"

"芜湖。"

"上来吧！"老船夫说。

"我们要同游三峡了！"等我坐好以后，先上船的那位老人，对我笑了笑。

他侧过脸，笑着对老船夫说："现在就开船，好吗？"

老船夫笑着点点头，"好嘞！"

这条船载着我们三个人，开始顺着激流向下冲去。

江水波高浪大，滚滚翻腾。我看到小木船随着激流冲进一个漩涡，出来之后，又冲进一个漩涡。船下的水急如箭，水上的船快如飞，一片哗哗哗的流水声。我看着这"高江急峡雷霆斗"的景象，觉得惊心动魄。

瞿塘峡两岸，在风箱峡、盔甲洞等多处悬崖峭壁上，有古代巴人将死者悬葬于岩穴的悬棺。把悬棺安置在悬崖峭壁的洞穴里，离地面数十米，离崖顶也有一二十米，“上不着天，下不着地”，两千多年前的人，是怎么做到的呢？

出了瞿塘峡，经过大宁河宽谷，小木船向巫峡开去。在这里回顾瞿塘峡，我再次感受到它“西控巴渝收万壑，东连荆楚压群山”的雄伟气势。

小木船在激流漩涡里前进，随时会有危险，我们顾不得谈话了，我一直关注地看着小木船和四周的高山、流水的情况。

峡谷中，常常浓雾弥漫，在雾气比较淡的时候，一束阳光像闪电一样落在江边峭壁上。过了一会，雾气淡了一些，阳光从天上垂照下来，雾气从江面滚涌上去，一片云蒸霞蔚的景象。

一座笔直的山峰，高高地耸立在峡口。它就是巫山十二峰的第一峰。小木船紧贴它的山脚，进入了巫峡的峡口。

船在巫峡的激流上向前飞着。

巫峡是由长江流水横切巫山主脉形成的，幽深曲折，风光秀丽。巫峡处处有景，景景相连，巫山十二峰是巫峡风光中的胜景。实际上巫山的秀峰岂止十二座，更有零零星星的无数山峰。

这时，明媚的阳光与白色的雾气同存于一峡，但不是像水乳交融一样地融为一体。峡谷里，一边是白晃晃的阳光，一边是白茫茫的雾气，四周是雄奇壮丽的山光水色，呈现出一种难得一见的奇妙景色。

峡谷越来越窄，前面两峰对峙，看上去像一扇小小的门，门外笼罩着浓雾，一片白茫茫。

我向江岸眺望，一座高大的山峰，树木茂密，山色苍翠。细看，峰顶上有一根人形石柱，高约10米，亭亭而立，好像一个鬓发上插着金簪银花的少女，披着薄纱，风姿绰约地站在云雾之中。“巫山十二郁苍苍，片石亭亭号女郎”，它就是充满神话色彩的神女峰。

我望着岸边，一座山峰高高地耸立着，另一座山峰比它更高。前面有一排山峰，后面还有一排又一排的山峰。那么多的山峰，层层叠叠，连天涌地，绵延不绝。山峰的走势，曲曲折折。

巫山十二峰耸立在我的面前。一眼看去，连峰去天不盈尺，枯松倒挂倚绝壁。它们的石灰岩山体，千姿百态，各具魅力。人们按照各个山峰的形态，给它们取了形象化的名字，神女峰、翠屏峰、登龙峰、飞凤峰、朝云峰、聚鹤峰……这些奇峰，不但各具独特的姿态，还各有动人的传说。它们高出江面千米以上，笔直地耸立在岸边，那么整齐，又那么险峻。江水奔腾着，冲到山崖上，砰的一声，卷起好几米高的雪浪。看着，看着，我又想起苏轼的诗："乱石穿空，惊涛拍岸，卷起千堆雪!"

山陡峡深，江窄水急。船随山势，在激流、漩涡中，忽而向前冲，忽而向左转，忽而向右弯，每一曲，每一折，都能让人看到一幅水墨山水。

素湍绿潭，回清倒影，悬泉瀑布，飞漱其间。突然，一座山峰的深灰色岩石，从高空垂直而下浸入江心；接着是一小片绿茸茸的草坂，躺在两座山峰之间；有的山峰上，闪亮的瀑布像银丝带一样蜿蜒地飘落下来；有的峭壁上，可以看到一条羊肠小道，还可以依稀辨出一层一层细小的石级。偶尔，也看到了江岸滑坡、泥石流的景象。

巫峡，是长江上一条迂回曲折的天然画廊，是三峡中最幽深、最秀丽的一段峡谷。船在弯弯曲曲的巫峡中穿行，时而大山当前，山塞疑无路，忽又峰回水转，湾回别有天。参差的江岸，映衬着巍峨的高山和湍急的流水。

我看看小木船前后左右的流水，说："我们一直在激流中行进啊!"

老人说："前面的险滩更多呢。"

"放心吧，我会把好舵的!"老船夫说。

一路上，我常常听到猿的叫声，有时隐隐约约，有时十分清晰，声音显得很凄清。

"这里的猿很多嘛。"我说。

"郦道元早就在《水经注》里说过，长江三峡中常有高猿长啸，属引凄异，空谷传响，哀转久绝，"老人说，"这里，可能几千年以来都生活着一群群的长臂猿呢。"

船行到巫山十二峰的一座峰时，从岸边山上的密林里，又传来高猿的长啸。虽然惊涛拍岸的响声很大，但清猿啾啾的叫声依然清晰可闻。

我向岸边山上的密林望去，影影绰绰地看到树冠层有动物在活动。仔细一看，有一只长臂猿，臂长超过身长两倍，用这长长的双臂在树枝间荡悠着，动作灵活而敏捷。

我喊了起来："看啊，一只猿！"

那只猿，回过头对我做了个怪脸，又叫了一声，就隐身到密林深处了。

老人坐在船上抬起头，笑了笑，对我说："在三峡中舟行，'两岸猿声啼不住'啊！"

这是李白写的一句诗，他脱口而出。

我说："如果爬上巫山，就可以更近地看到猿了。"

"我呀，'一生好入名山游'。'江行几千里，海月十五圆。始经瞿塘峡，遂步巫山巅。''日边攀垂萝，霞外依穹石。飞步凌绝顶，极目无纤烟。'景色真美啊！"

这也是李白的诗，他对李白的诗很熟嘛。

"那次，我近距离地看到了好几只猿，"他说，"它们头脑聪明，身体强壮，群居在高山密林中，靠长长的双臂在大树间攀援、跳跃，行动之快如同飞人。它们都在树冠层活动，我没有看到过它们下地行走。它们有自己的语言，那就是悠长的鸣叫。它们通过鸣叫，发布警报，协商行动，交流情感。看样子，它们的交流和繁衍，所依靠的重要途径就是鸣叫。"

"看到了它们鸣叫时的情景吗？"我问。

"看到了。我站在一棵大树的树干后面，离一个'三口之家'相当近。它们发觉了，妻子立刻带着孩子逃走，丈夫却向我靠近，带着我兜圈子，等到它的妻子和孩子远离了，它也加快速度，飞一样地离开了。我正惋惜没有仔细地看看它们，这时，不远处，有一只猿叫起来了，叫声高亢。接着，又有好几只猿的叫声混在一起，还有一只猿，在大树上激动地上下跳动。这一叫，持续了一顿饭的工夫。后来，天色晚了，'月色何悠悠，清猿响啾啾。辞山不忍听，挥策还孤舟。'"

这也是李白的诗，他对李白的诗，真熟！

我坐在船上，仔细地看了看他。他又瘦又黑，瘦削的脸上黑黝黝的，身上的衣裳都是旧的，看来，他饱经风霜日晒，生活得很艰苦。但他的言谈，他的举止，无处不显现出一种诗人气质，儒雅豪放，志气宏放。他的眼睛炯炯有神。他的手不粗壮，但很有力，右手的中指上，有一块老茧。如果不是写了几十年的毛笔字，并且笔力千钧，手指上怎么会有老茧呢？

我们乘坐的小木船，继续在激流中搏浪前进。

出巫峡东口，江面渐渐宽了一些。经过香溪宽谷，波浪又汹涌起来，把船推到了浪头上，我们坐在船上都摇摇晃晃的。

江水刚刚奔出巫峡，又冲进西陵峡了。

老船夫说："整个西陵峡由高山峡谷和险滩礁石组成，峡中有峡，大峡套小峡，滩中有滩，大滩含小滩。"

我刚刚"啊"了一声，我们的船就遇到了险滩。小木船一下子随着激流猛冲下去，一下子又绕着险滩迂回起来，浪花飞溅，也溅到我们身上，把我们的衣裳都打湿了。

等到船稍微平静了一些，老船夫告诉我："三峡中有无数险滩，泄滩、青滩、崆岭滩三个最大，它们都在西陵峡，而崆岭滩更是鬼门关。"

船进入了泄滩。泄滩北岸，泄溪汇入长江时，携带大量卵石、巨砾，日积月累，在溪口淤积成一片巨大的扇形沙石坝，占据了大半的河道宽度；泄滩南岸，有很多暗礁斜卧江心，江面狭窄，泡漩翻滚。

万马奔腾似的江水，在这里好像旋转不前了。我往下看，白浪翻滚，怒流触石，化成了一个又一个巨大的漩涡，向前看，江面上也是一个又一个巨大的漩涡。

我朝岸上望去，无数的山峰，一层又一层的，连绵不绝，就像无数匹马，大大小小，高高矮矮，跑着，跳着，"哒哒哒""哒哒哒"地朝我眼前奔来。

我听到老人说："杜甫的一句诗'群山万壑赴荆门'，一个'赴'字，把这里的山势写活了。”

他对杜甫的诗也很熟啊。

小木船沿着山崖进入一道峡谷，那峡谷就像一条又长又窄的小巷。我看看前面，只见险峻的山峰高耸入云。

我盯着岸边的山峰看着。一座山的悬崖峭壁上有一个大洞，里面露出一沓层次分明的岩石，那石头是一片一片的，看起来像一套书，俗称“武侯兵书”。还有一根上粗下尖的石柱，竖直地指向江中，看起来像一把宝剑，怪不得这里叫“兵书宝剑峡”呢。洞口，惊涛如雪，汹涌澎湃，巨石倾侧，横亘水面。

小木船离那个洞口渐渐地远了，我回头一看，雾气迷蒙，明灭掩映。接着，船进了崆岭峡。崆岭峡秀美、峻峭，山峰的崖壁上有许多石洞，有些崖壁还悬着一些巨石。

岸边壁立千仞的山峰，一直是连绵不断的，到这里，峰与峰的距离稍微大了一些。忽然，从峰与峰之间，射进了一道金灿灿的光柱。进入三峡以后，两岸山峰高耸蔽天，很难看到太阳。现在，我们沐浴在难得一见的阳光里，都欣喜得笑了起来。

黄牛山到了。几座高大的山峰交互掩蔽，如屏风扇一样，其中一座的石壁上有一大块黄色痕迹，像一头牛昂首北向，头角逼真，旁边有一大块黑色痕迹，像一个人戴着帽子在牵牛，构成的图像很是清晰。

我眼前的江面上，杂乱的礁石高低不平，像剑戟般密密地排列着。这一段水路，上上下下有十几个险滩，它们彼此离得很近，连成一体，有人把它们总称为“竹节滩”。险滩的流水异常湍急，怒流向礁石猛冲，立刻回旋起来，在滩上逆向交错，形成漩涡。江面上有一个又一个漩涡，就像烧开了的水在滚沸一样。

忽然，我看到，九道蜿蜒起伏的石梁好像九条巨龙，从长江北岸直奔江心。我用手指着问：“那是什么？”

“那是‘九龙奔江’，”老船夫说，“船只在那里失事沉没的，不计其数。”

老船夫掌着舵，沿着回旋的激流，小心翼翼地行驶，绕开巨礁，左弯右绕地向前进。

有峡谷必有险滩，有险滩必有跌水。青滩到了。江面陡然下降，江水猛然下切，巨大的跌水形成巨大的漩涡。

小木船，像过山车一样猛地跌入深水，四溅的浪花化作水滴，飞溅到人的脸上、身上，把衣裳打得透湿。

船被一个浪头推向高处，紧接着像离弦之箭一样向下飞去，就这样划出一道弧线，冲了过去。巨浪被船头劈开，旋转着，合在一起，又激荡开来。

青滩有上、中、下三个滩头，长约2500米，落差7米，是三峡中落差最大的险滩，其中，上滩的潜埂像一道门槛，形成落差达1.5米的跌水，把航道分成上、下两段。船过上滩跌水时，先要减速，一驶过跌水就要立即加速，否则船头就会栽进水里。我们的船过青滩时，是将船横着下去的，如果直着下去，礁石会把船拦腰折断。

过了青滩，江水还是像大锅里滚沸的开水一样，到处是泡沫，到处是浪花。小木船在湍急的水流中剧烈地震荡着，颤抖着，在一个又一个漩涡中向前行进。

船来到崆岭滩了，我向前一望，江心卧着一块巨大的礁石，名叫“大珠”，它长200多米，宽70米，高出水面15米，把河道劈成南北两槽：南槽乱石嶙峋，水流紊乱，江中有暗漩；北槽有明礁和暗礁组成的礁石群，卧于江中。江面上布满了灰色的礁石，左边一大堆，右边一大堆，前面一大堆，再前面又是一大堆。

有一条小木船，在我们坐的船前面不远处，正在前行。

忽然，那条船上响起了喊声：“进水了！船底被礁石划开了一道大口子。”

我一看，那条船上的两个人都跳进了水中，向岸边游去，那条小木船，在不断地下沉。

我们坐的船，仍然在左转右弯地向前冲着。

扇子峡到了。岸边的石壁上，有一块大石头突了出来，好像一只大蛤蟆朝着江面在张着大嘴。泉水从这个蛤蟆背后的山洞里出来，跳珠溅玉般地流到蛤蟆背上，流到蛤蟆嘴边，垂挂在蛤蟆的腮颊间，像水帘一样落入江中。

这一段江岸的两边排列着千峰万嶂，有的竞相高耸，有的独自屹立，有的崩裂得像要塌下来，有的似欲从高处往下坠，有的横向开裂，有的纵向劈开，有的凸出来，有的凹进去，千奇百怪。

西陵峡真正是大峡套小峡，峡中还有峡，频繁的地质灾害如滑坡、泥石流、坍塌等，导致这里险滩、礁石出奇的多，奔腾的流水更加湍急，来往船只航行其间，触礁沉船的事层出不穷，酿成了无数船毁人亡的悲剧。这使全长近200千米的长江三峡，成了中国历史上最凶险的一条河段。

我看到在一个险滩的岸边，有一堆白骨，堆积得像一座塔一样。老船夫告诉我们，堆积的是死难船夫的尸体。

老船夫说，行船靠人力和风力，力气和技术都很重要。三峡中，主要险滩有50个，各类险滩礁石共有300多处，在长江上击风搏浪数十年的船夫能把这些全都烂熟于心。但即便是老船夫，也有触礁遇险的。

就在这时，在西陵峡岸边的高山下，传来一串串号子声：“哎咿呀啊！哎哟！”“加把劲啊！哎哟！”

我一看，响亮的吼声来自一群纤夫，他们裸着背、赤着脚、身背纤绳，正在布满乱石的纤道上艰难地前行。

每一条上水的船都由好多的纤夫牵拉着，逆着激流，艰难地向前移动。

峡江上，浊浪排空，震耳欲聋，就在这时，一群群纤夫依然在江边乱石丛中的羊肠小道上背着纤绳，艰难地爬行着。

我看到，在险滩上有的纤夫把纤绳缠绕在突出的石头上。这样做是为了借力，也便于在拉牵绳子时稳住自己的身体。那些石头，日复一日，年复一年，已经被勒出了很深的痕迹，人们把它叫作“纤夫石”。

我问：“江边的石头地上，怎么布满了深浅不一的窝窝点点呀？”

“里面还有水吧？这个我晓得，是‘船夫泪石’，”老人说，“站在船上的船夫，拼命地用篙杆点在江边石头上撑船。篙杆头是铁制的菱形尖头，天长日久，就把石头戳成了这样，好像石头上滴着眼泪。这可以说就是船夫的眼泪和血汗滴成的啊！”

“可不是吗？”老船夫说。

我又看了看“纤夫石”和“船夫泪石”，这是纤夫和船夫们战胜艰难险阻在岩石上留下的印迹啊。我一边看着，一边感受着他们的智慧、力量和自强不息的精神。

我们坐在小木船上，经过了一个接一个的险滩、礁石，经历了高落差河床中汹涌激流的不断冲击，经历了一次又一次翻船沉没的危险，远远地看到前面的南津关了。

南津关是三峡东面尾端的天然门户。它地势险要，就像一个细瓶的瓶口，锁住了西来的滔滔江水，也是长江上、中游的分界点。

这时，我忽然看到不远处的江面上，有一叶扁舟，正在跟汹涌的漩涡搏斗着，逆流而上！我惊讶得“啊”了一声。

我定睛再看，那条小木船被风刮得倾斜了，浪花漫过了船头，船上的船夫，正在挥篙奋战，小木船在激流中横过来又竖过去，不停地颠簸，但还在无畏地前进着！

我看不清船夫脸上的表情和身体的每个动作，但看到他与艰难险阻奋勇拼搏的身姿，感受到他坚强刚毅、自胜者强的精神力量。

老人也在注视着这情景，他兴奋地说：“上一次，我们就是这样逆流而上到白帝城的。这一次，我们‘朝辞白帝彩云间，千里江陵一日还。两岸猿声啼不住，轻舟已过万重山！’”

我惊喜地对着老人看着，问：“您，就是诗仙李白啊！”

…………

忽然，我又听到了《流水》的琴声。啊，刚才我是乘着琴声的翅膀，在回忆与想象中，与李白同游了一趟长江三峡。

喀斯特秘境漫游

这里，河水清澈，蜿蜒在山峰和森林之间，时隐时现。山峰、流水、树林，相依相恋，融为一体。瀑布倾泻与河水流淌的声音，在山谷间回荡，时而清脆，时而轰鸣。水体的运动空间不断变换，常常不知去向了，又突然出现在眼前。水形、水声、水色，与喀斯特山峰和生长在石灰岩上的森林完美结合，形成了一个魅力无穷的喀斯特水上森林世界。

清晨，东方的天边刚露出一缕鱼肚白，我们六个同学就来到了武陵山大裂谷的一条江边。

这条江，在大山从中奔流而过，冲切出一段段峡谷。峡谷两侧，壁立千仞，或单面绝壁，或双面绝壁，或多面绝壁，有的绝壁形成了独特的造型，有形似蝴蝶的，有形似一颗心的。不远处一块绝壁上，修筑了一条“挂壁公路”，路上有几个“Z”字拐和“U”形弯，蜿蜒曲折地挂在绝壁上，上面还有车子正在行驶。

绿如蓝的江水，在绵延起伏的山中穿行，时而湍急，时而平缓。两岸青山高耸，从山顶到山脚，林茂竹修，植被苍翠。一眼望去，是层层叠叠的绿，是斑斑点点的彩。山体的石灰岩峭壁，虽然被茂密的植被覆盖，依然清晰可见。

远处，瀑布飞泻，近处，溪水流淌。一条条小溪从树林里蜿蜒而出。眼前，一股泉水从对面的山上奔流下来，中途被凸起的岩石截成几段，曲曲折折地流到下面又汇成一大股，飞流直下。

春路雨添花，花动一山春色。漫山遍野的杜鹃花，灿若云锦，粉色的、紫色的、黄色的小花，点缀其间，岩石间探出玫红色的独蒜兰。

山谷中，有阔叶林或针阔混交林，林中生长着挺拔的水杉、美丽的珙桐。水杉和珙桐都是中国著名的孑遗植物，是今天植物界的“活化石”。在第四纪冰川期，大部分地区的珙桐相继灭绝，只有中国南方一些地区幸存。现在，它正在开花，花瓣纯白，硕大的花朵，形状像展翅飞翔的白鸽，开起来成群成片，掩映在绿树之中，好像碧波上涌起层层白浪。

我们还看到了树龄几百年的紫薇树，高十多米，花色红白相间，朵大色艳。

一路上，我们都听到空山鸟语。树林里，鸟儿们自由自在地欢唱着，不时有几只鸟从树上飞起。我对面的山上，一只像彩虹一样艳丽的雄雉，正在鸣叫，鸣声婉转多变。鸣叫了一阵之后，它展开闪着金属光泽的翅膀，滑翔到草坡上觅食。

在“百啭千声随意移”的鸟鸣声中，瀑布与山泉进行着二重奏。在“山花红紫树高低”的鲜花四周，是翠绿、深绿与墨绿融为一体的绿叶。我们听着，看着，心旷神怡。

武陵山，是一条蜿蜒起伏、连绵不断的大山脉，地跨四川、湖北、湖南、贵州等多个省，腾跃、挪转的面积有10多万平方公里。

武陵山区，属于“中国南方喀斯特地貌”区域。这里，喀斯特地貌强烈发育，地表切割破碎，奇峰林立，沟壑纵横。石灰岩山峰，或孤峰独秀，亭亭玉立，或峰连成丛，错落有致。在重峦叠嶂中奔流的这条江上，峡谷两侧，石壁陡然高耸，谷底至峰顶的落差从几百米到一千多米。峰林、峰丛与峡谷绝壁相伴而生，峰岭雄奇，峡谷深秀。险峻的地势，使这里长期与世隔绝。

我们一边沿着江岸走着，一边观赏着地表的喀斯特地貌。我们这次是到喀斯特秘境来旅游的，同时做一些科学考察。我是这个小队的队长，另外五个人中，三个人有外号，一个叫“徐霞客”，一个叫“地理学课代表”，一个叫“生物学课代表”。

中国南方喀斯特，是世界上热带到亚热带喀斯特旖旎风光最杰出的代表，喀斯特地貌特征鲜明突出，景观类型具有无与伦比的多样性。

为什么要到一个不为世人所知的秘境来呢？

已经入选为世界自然遗产的“中国南方喀斯特”，其中重庆的天坑、溶洞等，以前不也是长期与世隔绝吗？1993年的一天，重庆市武隆县江口镇几个村民在芙蓉江边的山上放羊时，无意中发现了一个巨大的无名溶洞，洞中气象万千的地质景观引起了世界性的轰动，被誉为一座灿烂辉煌的地下艺术宫殿和内容丰富的洞穴科学博物馆。仅仅过了14年，2007年，武隆就作为“中国南方喀斯特”地貌中的代表之一，入选《世界自然遗产名录》。我们到这个喀斯特秘境来，正是想获得更大的惊喜。

阵阵微风，让花的馨香荡漾在空气中，与无数的负氧离子和水分子融合在了一起。这里，森林覆盖率达95%以上，“空气中的维生素”——负氧离子，每立方厘米有2万多个。空气中，还不时地有针叶林酝酿了一夜的松脂香。我们边走边进行深呼吸，让清新、芳香、甜美的空气沁入肺腑，愉悦的心情使我们的脚步都轻快了起来。

薄雾，从谷底的树梢升起，缓缓地在空中飘荡，轻轻地缠绕在山峰之间，有的丝丝扩散，有的片片聚集，转瞬间弥漫群山。在阳光的照射下，一些山头变成了神话世界里的“悬浮山”。

渐渐地，雾气越来越浓，险峻的山峰，葱翠的树木，在云雾中若隐若现。

我说：“这里是一幅水墨山水长卷呀！”

“我们就是在画中游嘛。”

雾大了，能见度小了。我们放慢了脚步，一边走，一边谈笑。因为兴致高，讲话的声音比较大，有时还哈哈大笑起来。

没想到，一阵高声谈笑，引来了一场雨。我们一个个穿上了随身带的塑料雨衣。

“声音能引来降雨？”

“这是因为有时这里的空气湿度饱和了，似乎用手都可以从空气中攥出水来。”

这里重峦叠嶂，溪涧幽深，植被茂盛，降雨充沛，昼夜温差大，而且比海拔低一些的地方气温也低了几度，因此，常常大雾缭绕。大雾形成之后，空气湿度达到饱和，地形闭塞，气流不畅，空气中的水分子受到比较大的声音影响之后，迅速凝聚在一起，不就形成降雨了吗？

雨，只下了一阵，就停了。

我们走着，走着，进入了一片针叶林。高大的云杉、冷杉矗立着，灌木和荆棘一丛连着一丛。好多云杉、冷杉高高的树枝上，垂挂着一条条、一片片的松萝。

“这些松萝，是不是想给云杉和冷杉穿上仙裳道衣呀？”

“松萝是地衣中的一类，地衣不是植物，而是真菌和藻类的共生体。松萝不像其他地衣一样呈壳状附着在树木、岩石上生长，而是垂挂在树枝上，直接从空气中吸收水分。”“生物学课代表”说。

在我们的身边，倒伏的大树随处可见，其中很多都是树干粗壮得直径达1米的，上面有些分叉的树枝。

“这些分叉的树枝，怎么这么粗壮呀？啊，树枝外面包裹着一层厚厚的东西，是苔藓。”

苔藓是一种小型的绿色植物，不开花，不结种子，以孢子形式繁殖，就像木耳和蘑菇一样。孢子一旦附在树皮上，在适宜的湿度和光照条件下，繁殖、生长，天长日久，就形成厚厚的一层。

前面有几棵高而直的树，叶片蛮大，羽状分裂。我走过去，对着它们看了又看，“这是什么树？”

“桫椤，”“生物学课代表”说，“桫椤是最具代表性的蕨类植物，曾经和恐龙一样繁盛于1亿多年前。恐龙灭绝了，桫椤幸存下来，成为远古植物的‘活化石’。”

在这里，也夹杂着阔叶树，如高山杜鹃。大簇大簇的高山杜鹃花朵，或洁白，或俏粉，或紫红，像云霞一样点缀在暗绿色的针叶林中。这里的杜鹃，有好多种类：峨眉银叶杜鹃、岷江杜鹃、绒毛杜鹃、多鳞杜鹃、团叶杜鹃、亮叶杜鹃、麻花杜鹃、喇叭杜鹃、黄花杜鹃等。杜鹃不仅使这里的自然景观更加美丽，而且是优良的水土保持植物，具有重要的生态价值。

我们走出森林，来到一个峡口时，雾气渐渐地消散。这里两岸的山势，很像双龟对卧。一路走来，这条江蜿蜒起伏，两岸大多呈“V”形，从峡谷顶部向底部收紧，九曲回肠；有的地方是“线”形峡谷，狭窄得像一条缝，水量滔天；有的地方是“箱”形峡谷，又长又宽又深，水色如碧，激流卷起浪花，白浪如雪。这里呈现的却是垂直的“H”形，江边悬崖的坡度接近直角，山高谷深，绝壁对峙，地势雄奇险峻。

一座山的脚下有铺满花瓣的一条小路，蜿蜒着向上伸展，我们走了上去。

小路的两旁，高山杜鹃绽放着紫色、粉红色等颜色的花朵，松树的针叶青翠欲滴，鸟儿们在树枝间穿飞着，鸣叫着。

我们往山上走着，四周是茂密的大树，还有低矮的蕨类和苔藓类植物。一条条山涧，曲折蜿蜒，有的叮叮咚咚地流，有的平静无声地淌，有的像是急管繁弦，有的像在浅吟低唱，演绎着一首首交响变奏曲。有些山涧的源头是山顶悬垂而下的一挂瀑布，它在奔流中不断地撞击着山岩，喷珠溅玉，随风飘来阵阵水雾。

我们跨过几条山涧，穿过一片树林，走到山腰，小路消失了，前面杂草丛生。两个同学，各执一把砍刀，左挥右砍，在杂草中开出了一条缝，几个人侧身走了过去。

穿越一片竹林之后，我们的爬升高度达到了海拔2000米，站到了一个悬崖上。

我在这里往下看，接近山顶的台地上，一片参天的古树扎根于岩石的缝隙之中，有许多树抱石、石抱树、树搭桥的奇景。

再往下看，阔叶林、针叶林、竹林，层次分明。海拔较低处，盛开的高山杜鹃如彩云般绚丽，海拔较高处，杜鹃花还在含苞待放。

仔细地看，在这里的暗针叶林中，分布着十几种杜鹃，有大叶金顶杜鹃、苞叶杜鹃、无柄杜鹃、皱皮杜鹃、紫花杜鹃、粉红杜鹃以及雪山杜鹃等，山顶上也有好多种杜鹃在翩然盛开。色彩绚丽的杜鹃花团，隐现在雾气氤氲的青山中。看着，看着，我想起了一句诗："杜鹃花发映山红，韶光觉正浓。"

远望，一座座青山高高耸立，在蓝天白云的映衬下显得分外雄奇秀美，最高的一座青山，一直被厚厚的云雾笼罩着。我们身后的云层也在慢慢地扩大，渐渐地增厚。

我们继续向前走，路上出现了好多巨大的冰砾石。我们上上下下地腾挪，刚从一块大冰砾石上下来，又爬上另一块大冰砾石。走了一阵之后，爬上一个山顶，前面又有一个更高的山顶。

一阵大风吹过，出现了一个奇观：以南北走向的山脊为中轴，山脊的西边，浓雾漫卷，云海翻腾；山脊的东边，晴空万里，艳阳高照。这种截然分明的"东明西暗"的天空，是很少见的。

过了一会，云开雾散，蓝天白云下，群山苍翠，沟壑幽深，崖悬壁峭，泉飞瀑流，林茂竹修，山花烂漫，又是一幅天然的图画。刚才云雾中的水墨山水，现在又变成艳阳下的青绿山水了。

我们正走着，走着，有个同学高声说道："停，停！"他指着一个高大的剑状石芽群，说："你们看，像不像云南石林？"

我说："嗯，都是由石灰岩形成的。同云南昆明附近的石林相比，这个石林更为尖峭多姿，植被覆盖率要高些，剑状石芽多掩映或突兀于绿树丛中，别有一番韵味。这是什么原因？"

"我也游过云南昆明附近的石林。云南石林位于云贵高原，而这里处在四川盆地西南缘向云贵高原过渡的山地，地形切割深，降水丰沛，溶蚀作用强烈一些。""地理学课代表"说。

又走了一阵，一座座豆腐块似的山拔地而起，山体为石灰岩，山顶几乎水平，四周绝壁直立，就像一面面长墙绵延一两百米。这是岩溶台地。

在这些岩溶台地之间，多为深切的峡谷。峡谷两侧发育岩墙，在流水的侵蚀下，岩墙上的岩石沿垂直裂隙崩塌，形成造型各异的岩柱。

峡谷的绝壁上有悬挂式洞瀑，这是地下水从崖壁上的洞口喷涌出来，悬挂在崖壁而形成的。瀑布水撞击着岩壁，声如雷鸣。

蓦然，大雾弥漫，白茫茫一片。

过了一会，浓雾渐渐散去，阳光从对面崖壁的顶端打下来，崖壁由青灰色变成橙红色，岩溶台地像空中楼阁矗立在我们眼前，峡谷里烟雨迷蒙，云雾缥缈，岩柱悬浮在半空中，景观就像是微缩的张家界峰林。

“地理学课代表”说：“这里离湘西很近。湘西普遍发育着岩溶台地地貌，我曾经在那里观看过八面山岩溶台地。”

我们继续往前走。

前面有一条河，河水碧绿，弯弯曲曲地流淌着。河的两岸，一座座墨绿色的石峰拔地而起，争奇竞秀，很多石峰都有一个刀劈一样的垂直面，远看，这些石峰好像从地里钻出的一根根竹笋。

靠近了看，这里是一块平原，一座座石峰，孤立于平原之上，石峰的周围环绕着清澈的水流，山水相依。

这些石峰是锥状和塔状的，有的高达几百米，有的只有两三百米高，大都岩石裸露，石骨峥峥。虽然岩石被含有硫酸根离子的水溶解，已溶蚀的物质变成溶液被水带走，仅有被植物的根系留存的一层土壤，但石峰上植被青翠。

再往前，景色同中有异了。同样是一座座石峰密集如簇，但石峰之间不是互相隔离的，而是有基座相连，好几座石峰组成一丛，山脚形成圆形或椭圆形的封闭的洼地。

“这里好像桂林山水啊！”一个同学对“徐霞客”笑着说，“你讲过桂林阳朔山水是‘碧莲玉笋世界’，讲得真形象啊。”

“那是明朝的徐霞客说的。”

大家都哈哈大笑起来。

“桂林山水正是峰林峰丛景观的代表。”“徐霞客”说。

峰林，是锥状和塔状喀斯特山峰的总称。如果这些山峰之间有基座相连，几个山峰成为一丛，中间圈起与外界隔绝的洼地，就叫峰丛洼地；如果这些山峰之间互相隔离，成为一片平原上残留着一个个孤峰的形态，而且地表通常发育有密集、弯曲的水系，就叫峰林平原。徐霞客说的“碧莲玉笋世界”，“碧莲”比喻峰丛，“玉笋”比喻峰林。

我们爬上一座孤山，坐下来休息。

桂林山水，我早就游过了。我情不自禁地回忆起游桂林阳朔时，所见到的群峰倒影山浮水的天然画卷。

桂林阳朔，那里山青、水秀、谷幽、洞奇、石巧，形成了世界罕见的无比旖旎的立体风景。那天，我游了象鼻山之后，兴趣盎然地看着游人乘着竹筏，轻轻地荡入诗意之境的漓江。人在竹筏上，掠过涟漪，被山峰俯瞰，让巨石环绕，与翠竹为伴，看清澈的水底一条条水草摇晃。我从桂林顺漓江而下，沿途美景次第而来：观音山、虎山、锣槌山、鲤鱼挂壁、九马画山、螺蛳山、美女照镜、鲤鱼山、碧莲峰……这里江流水最清，两岸青山水中生，分明看见青山顶，人在青山顶上行。

“在中国南方喀斯特地区，类似桂林阳朔山水这样的地貌，有很多吧?”一个同学问。

“多着呢。我去过云南东部的罗平，”“徐霞客”说，“那里的峰林，磅礴千里，由一座座或高或低、形态各异的小山组成。那些小山呀，看上去石塔倾斜而不栽倒，巨石悬空而不坠落，石柱断裂而不分离……它们以奇妙的引力、张力、合力，维系着破碎而又完整的峰林，让人惊叹不已。很多山峰都有名字，‘金鸡报晓’引吭高歌，‘峭壁仙子’仙风玉骨，‘双狮对戏’憨态可掬……每年春天，那里都有几十万亩油菜花漫山遍野地竞相怒放，金浪翻滚，蝶舞蜂飞，山峰、河流、村舍，全都融进了金黄色的花海，被吉尼斯世界纪录认定为‘世界最大的自然天成花园’。还有一个地方，就是贵州兴义万峰林，我没去过。哎，你们哪个去过?”

“我去过，万峰林由两万座山峰组成，”我说，“气势宏伟，整体造型完美，又可以分为几类各具特色的峰群。‘宝剑峰林’如同出鞘的宝剑挺拔险峻，‘罗汉峰林’排列均匀、高低相仿，‘群龙峰林’连绵逶迤，似群龙起伏，‘叠帽峰林’多由水平岩石组成，下部缓、中部陡、顶部平，像一顶顶毡帽被扣在田园之间。两万座密集而又奇特的山峰，与弯曲的河流、碧绿的田野、古朴的村寨融为一体，形成罕见的峰林田园风光。”

我们爬上了一座比较高的石峰。

前面，密集着几百座石峰，山体连绵，山顶耸起，好像一片浩瀚的海洋，波浪起伏。淡淡的雾霭从群峰间蒸腾而上，绵延到远方的峰丛间。

我往下一看，这里由两座主峰、三座次峰合围，像一口大铁锅，底部有一块圆形平地，田地和房屋坐落在平地上，四周梯田环绕。

仔细地看，发现洼地上有落水洞，地面的岩石有裂隙。我说：“这样，雨水就迅速渗漏到地下河里去了。怪不得这里的地面上没有层状水流，不像刚才看到的峰林平原上那样山水相依、山环水绕呢。”

“地理学课代表”说：“广西大化有世界最大最深的峰丛洼地，地层属于可溶性岩石组合。由于缺水、少土、交通闭塞，这个世界最大最深的峰丛洼地到现在还是被人们忽视的喀斯特地貌景观呢。”

到了前面，一块巨大的岩石中间裂开了，露出一条宽而平的石缝。我们一个接一个地跳了下去，把这石缝当作一条小路走起来。才走了十几米，眼前就只有倾斜将近90度的石壁了。几个人侧身下望，倒吸一口冷气，只见石壁像被斧砍刀削过似的，一直落到极深的谷底。

过了一会，我们一个个都趴在石壁上，手脚并用，有时抓住粗粗的藤蔓，有时抓住突起的岩石，后面的人紧跟前面的人，手抓同一块岩石或同一根藤蔓，脚踩同一个凸起处或洼陷处，屏住呼吸，慢慢地迂回着，一寸一寸地向下挪动。爬着，爬着，“徐霞客”的两只脚都找不到立足之处了，只好两手紧紧地抓住一根藤蔓，脸对着崖壁，在空中悬挂着。他用两只脚找呀找，找到了一个立足点，继续往下挪动。

爬过了这段石壁，我们到了一个马蹄形的翠谷里。这个翠谷，实际上是一个天坑，很像天马飞来踏下的一个蹄印。翠谷两边，远山环抱，近处，茂密的松杉肩并肩，根连根。

我们从这个翠谷走到一块高高的绿色草甸上。

一棵巨大的银杏树，树干擎天，树冠像一把巨大的绿伞撑出一方阴凉。我们坐在树荫下，休息休息。

这里，芳草如茵，溪水流淌，古树参天，紫红的高山杜鹃和洁白的珙桐花竞相绽放。云影掠过之处，草色在灰绿和青绿之间游移，阳光普照时，所有的草叶都闪着金光。稍远处，一只满身红艳绿丽的野雉，“咕咕……嘎嘎……”地叫着，摇曳着长长的尾羽，飞到小溪边饮水。

我看到一个向阳的山坡上，开满了绿绒蒿，花色有的嫩黄，有的天蓝，有的鲜红，一丛一丛的，在山风中飘摇。这里的太阳光照强烈，有强紫外线照射，花朵为了避免灼伤，累积了更多的胡萝卜素、花青素等，这使它们显得分外艳丽。

对面的一座山上，一挂瀑布从山顶的云间飞流直下，遇到两块高高凸起的巨大岩石，分为三挂，形成一个大大的“川”字。这条声如雷鸣的川字瀑，落差20多米，宽30多米，水流汹涌，珠飞玉溅。

休息了一会，我们继续向前走。

走着，走着，我们看到前面有一片森林。

森林是地球的基因库、碳贮库、蓄水库和能源库，维护全球气候平衡，调节地表水循环，起到保护土壤、防风固沙、保持水土、调节气候的重要作用。如果没有森林，地球上70%的淡水将白白地流入大海，空气中的二氧化碳将大大增加，大量生物将不复存在。森林不仅是地球生态安全的基础，还是人类可持续发展的基础，森林产出的木材，是永续利用的绿色自然资源。森林对人们的保健养生，也有很大的益处。我一看到森林，一走进这个天然的大“氧吧”，愉悦之情就油然而生。

我们走到这片森林面前了。我看到，在一大片石灰岩的岩石上，生长着茂密的水上森林。

这里有一条河面很宽的河，两岸都有许多高大的树木，有些树的树干弯曲地伸向水面，枝叶不停地在戏水，无数的树根伸进了河水里。

再一看，河床上突起一块又一块巨大的岩石，河水中竟然也生长着许多树叶青翠的乔木和灌木，其中有不少参天大树。碧绿的水在树林中流淌，林中的树用自己的根紧紧地抱住岩石，不被河水冲走。一些大树倒在水中、倒在岩石上，依然枝繁叶茂，生机勃勃。

“你们看啊，水在石上淌，树在水中生！”

“河水中长出树林，这样的奇景，我还没见过呢！”

我们都情不自禁地停下了脚步。

这里，河水清澈，蜿蜒在山峰和森林之间，时隐时现。山峰、流水、树林，相依相恋，融为一体。瀑布倾泻与河水流淌的声音，在山谷间回荡，时而清脆，时而轰鸣。水体的运动空间不断变换，常常不知去向了，又突然出现在眼前。水形、水声、水色，与喀斯特山峰和生长在石灰岩上的森林完美结合，形成了一个魅力无穷的喀斯特水上森林世界。

我仔细地看，林中好多树的根都伸进了石缝，顺势将岩石挤裂，看上去好像“石包树”。还有好多树的根，攀越岩石，延伸到很远，寻找适合自己生长的地方，形成了“树包石”。有些树根伸进河底，竟然将巨大的岩石掀翻了过来。

这里的树木多在百岁以上，根系裸露在水中，紧紧地抱着巨石，溪水冲击着它们，它们依然在水中傲然挺立，枝繁叶茂，郁郁葱葱，有些还对抱成荫。

在很多喀斯特地貌那里，石峰上不着泥土，仅由灌木和杂草装点山顶，接近沟壑的溪畔，才有树林。在这里，大自然破例了，树林在岩石堆里扎下了根，盘根错节，纵横交错，不断地用越来越强大的根须，编织出无数看不见的网，把岩石裹住，让落叶和泥土在这网里积累下来，保持着水分和营养，支持树林继续生长、扩张，而流水就在这些树林的岩石上流淌，形成了一个岛屿状的喀斯特水上森林地貌区域。

我们都在用自己的脚和眼睛，获取着第一手见闻。

这里有无数的树木，都是在岩石堆里生长出来的，这些岩石旁边，甚至岩石上面，都是水，不是河水，就是溪水。适合在山顶、洼地、湿地生长的植物，各安其位，茁壮成长，枝繁叶茂。

我走到河流旁边，靠近一棵大树，看到粗壮的树干上有一只体色鲜艳的小动物，正在向上爬着。是什么呀？蜥蜴！它的体色真漂亮啊。

在这里待了好一会了，我们走来走去，看着，听着，深呼吸着，依依不舍地离去，让这喀斯特水上森林地貌的美景深深地刻在我们的脑海里。

继续向前走，远远地就看到一座高高耸立的天生桥，横跨在一个峡谷上，天生桥的下面有一个巨大的天坑。

走近了看，这座天生桥有100多米高，拱孔跨度10米到30米，桥身呈暗绿色，桥的洞壁和顶部，布满了窝穴、溶孔、流痕等溶蚀形态，洞壁还发育有雾泉、珍珠泉、一线泉、三叠泉等悬挂泉，水花随风飘洒。

我望着这座飞架在空中的天然石桥，问："这天生桥是怎样形成的呀？"

"我猜想，这是好多年前，一条河流潜入地下洞穴变成伏流，后来地壳抬升，地下水位下降，洞穴又不断扩大，就形成深切的峡谷状洞穴通道。再后来，洞穴的顶部不断坍塌，贯穿地表的部分，形成峡谷和天坑，残留的洞穴顶板，就成为天生桥的桥面。""地理学课代表"说。

我望着桥下巨大的天坑，坑口漆黑的，弥漫着寒气。再朝下望，幽暗的光线使整个天坑显得深不见底。这是一个四周围合起来的桶状的石灰岩大坑，坑壁陡峭得如刀削斧砍过一样，上面飞泉挂瀑，藤萝垂丝，时有小鸟从里面飞出来。

我们通过绳索速降，在半空中悬吊了几分钟，下到了40多米深的坑底。

从坑口到坑底，可以看到石芽、溶坑、溶痕等喀斯特地貌发育初期的微地貌。

坑底，一片静谧。我们站在坑底观天，白云在坑口浮荡。从坑口照进坑内的光束，使坑里显得光怪陆离。坑底和坑壁有原生态的钟乳石和石笋，琳琅满目，千奇百怪。坑底有深潭，坑壁有飞瀑。天坑底部生长着茂密的原始森林，草深苔绿，偶尔有小生物蹦出来。

"看啊，一条白化蜈蚣！""生物学课代表"喊了起来。

我站在地平面以下40多米深的天坑底部，忽然想起喀斯特景观的分类问题。喀斯特景观，指地壳上可溶性岩石在水的作用下形成的各种各样的形态。溶洞、地下河、地下湖、溶洞中的钟乳石和石笋等，是喀斯特景观的地下形态。峰林、峰丛、石林、天生桥等，是喀斯特景观的地表形态。这天坑，属于地下形态还是地表形态呢？

从天坑的底部回到地面上以后，我们在峡谷中沿着一条溪流往下走。走着，走着，两侧的山峰越来越高，峭壁越来越陡，峡谷越来越窄。这里是一条狭长深邃的嶂谷，最窄处只能一个人侧着身子小心地通过，头顶的天空被两侧的峭壁挤成了一条线，我们走到了大地裂开的一道缝隙前。

“地缝也是喀斯特景观中的一种，”“地理学课代表”对这里观察了一番之后说，“这里原来是一段地下河，由于顶部坍塌，形成了地缝。”

我们走进了这条地缝。

地缝的通道，险峻幽深，两侧怪石嶙峋。地缝里，光线很暗，有的地方漆黑，但温暖湿润，植被茂盛，有很多奇花异果，空气中弥漫着一阵一阵的清香。

地缝蜿蜒曲折，我们慢慢地在里面走着，走过了一个又一个珍珠一样的小湖。串起这些“珍珠”的是流水。清冽的流水，在地缝的岩石间奔腾跌宕，有的在岩石下潜流，有的在我们的脚边急奔，有的从黑黝黝的石洞狭缝中流出，飞流直下，溅起雪白的浪花，有的沿着岩层裂缝缓缓流淌，汇聚于石潭，像翡翠一样温润碧绿……

这条地缝有好几米深。地缝深处的岩壁上，也有绿色植物，它们吸收透过一线天投射下来的阳光，顽强地生长着。我们走在这里，有时就看到小动物在活动，还有落水淅淅沥沥地从上面滴落。

走着，走着，一个同学问：“我们祖国大地上的地表喀斯特地貌，主要就是以桂林山水为代表的中国南方喀斯特，分布于广西、贵州、云南、四川、湖南、湖北等地，其他地区没有什么了吧？”

“在青藏高原东缘的横断山区，存在一种另类的地表喀斯特——地面上有大规模的钙华堆积地貌。”“地理学课代表”说。

“就是钙华滩、钙华池、钙华瀑、钙华堰塞湖这些景观吗?”我问。

“对呀。”

“我在九寨沟、黄龙看见过的。”

“九寨沟、黄龙就是它们的代表。1992年，九寨沟、黄龙被列为世界自然遗产。此外，岷山主峰、海拔5588米的雪宝顶旁边的神仙池、牟尼沟，海拔7556米的贡嘎山旁边的亚拢沟、玉龙溪，海拔5396米的哈巴雪山旁边的白水台等地都有钙华堆积景观。”

“我游九寨沟、黄龙之后，对那里的钙华堆积景观是感到奇异，但印象最深刻的是那里的水景，那么纯净的蓝色，有的水色竟然是五彩缤纷的。现在才知道，九寨沟、黄龙的景观，还代表了我国另一种重要的地表喀斯特地貌。”

我的脑海里又浮现出九寨沟、黄龙的自然美景。

九寨沟地处青藏高原向四川盆地的过渡地带，海拔从2000米左右至4000多米。四周耸峙着十几座巍峨的雪山，密集的断裂把地形切割成阶梯状下降的断块，谷地狭长幽深，呈梯级分布着114个海子（当地人称湖泊为“海子”）。

这里，石灰岩大面积分布，地下水溶蚀石灰岩后，成为饱含碳酸钙的喀斯特泉。这种泉水在山谷中溢出，水中的碳酸钙重新沉淀，形成钙华，在地面堆积，造就出地表大规模的钙华地貌。

九寨沟的钙华瀑、钙华滩、钙华湖，像珠联玉串一样地相连，逶迤50多千米，水光浮翠，倒映林岚，灵动而又柔情的水，兼具形态美、色彩美、声音美和动静结合之美，形成了以高原钙华瀑、钙华滩、钙华湖等水景为主的奇特景观。

规模巨大的树正群海，由二三十个大小不同的海子组成，呈梯田状，前后绵延近14千米，上下高差近百米。海子周围是密林。海子里的水，翻堤而下，在密林中穿流、涌出，流到巨大的岩石旁边，一泻而落，在坡岗的阶梯上，叠出一级又一级层面，形成气势磅礴的钙华叠瀑，呈现悬流、银练、珠帘等景象，落下之后流到岩石下树林后，又形成了钙华滩。

古木虬枝的万景滩、珠玉乱溅的珍珠滩等，这些钙华滩的流水，在滩流中蹦蹦跳跳，在阳光下闪闪发光，紧贴着乳黄色斜坡滑行，或淙淙细流，如浅吟低唱，或惊雷喷雪，如急管繁弦。

…………

回忆到这里，我看到夕阳正在西下。

我们走出了“一线天”，在一座山的山脚下，沿着一条清溪往前走。

忽然，这条清溪流着流着，钻进地上的一个孔洞，又在前面露出地面，翻着身，打着滚，在夕阳的余晖中眨了眨眼，再一次不声不响地流进一个孔洞里去了。

暮色苍茫时，我们走进一个小山村，几个人商量之后，决定在这里的村民家住上一晚。

在一户村民家里，一个村民说：“我们村里有过‘飞来湖’的。”

“‘飞来’的湖？”

“嗯。这里地势低洼，但十几年前我们村并没有湖。后来，雨水不断地积，渐渐地形成了湖。去年的一天，突然，‘轰’的一声，这个湖的水面出现了一个个漩涡，湖水很快地下降，几天之后，湖水全部消失，露出了湖底，里面是鱼虾，直到今天都没有湖了。这个湖，说来就来了，说走就走了。”

“原来那个湖底的地面上，有没有孔洞和裂隙？”“徐霞客”问。

一个村民说，原来那个湖的湖岸，还有一个横向的暗洞。

“还有更奇怪的事呢，”另一个村民说，“前年，我们村一头水牛在这个湖边吃草，后来，这头水牛不见了，第二天，邻村人把这头水牛牵了回来。他们说，他们村的几个妇女正在他们村的湖边洗衣裳时，忽然看见湖水里冒出一头不知哪来的水牛，吓得不轻！原来，我们村的那个湖，同他们村的那个湖，有一条地下河道相通。我们村的那个湖消失之后，他们村的那个湖，竟然也消失了。”

“徐霞客”说：“我猜想，这里很可能有一个地下洞穴系统。我们不是早就准备去一个无名溶洞，一边进行旅游，一边进行科学考察、探索未知吗？你们看，是不是就进这个洞?”

“向困难挑战，去探索未知，会激起我们的斗志，振奋我们的精神，让我们的身心状态都变得更好。我赞成进这个洞。”我说。

“赞成!”另外四个同学异口同声地说。

“那我们就明天做准备，把必要的探洞装备运来。”我说，“后天早晨，进洞!”

地心探幽

洞顶和洞壁在头灯的照射下，显出一片迷人的浅蓝色，细看，遍布着形状各异的奇石：纤维状的细如发丝，结晶状的像堆砌的宝石，絮状的如飞舞的羽毛……既有石笋、石钟乳，也有石膏晶簇、晶花，有的晶体甚至不受地心引力的束缚，自由地向四周卷曲生长，形成了“卷曲石”。有些卷曲石的中心是空的，非常轻，在洞内自然风的作用下，能朝各个方向偏移。我看着，看着，产生了幻觉，它们好像都活了起来，是一个个小精灵，在演绎着一个个童话故事。

还是黎明前的黑夜，我已睡醒。今天要进入无名溶洞了，我以前游过好几个溶洞呢。想到这里，我恍如听到了溶洞滴水“滴—滴”的声音。

安徽广德太极洞是我游的第一个溶洞。

“你觉得这个洞里，最奇妙的是什么？”朋友问我。

“洞口那尊3米多高的白色岩石，就像神话传说中的太上老君一样，银须飘洒，合掌默诵，伫立在空溟之中。洞里的‘仙人对弈’，一方昂首挺胸，似志得意满，另一方低头蹙眉，似苦苦寻思。它们简直就是天然的雕塑。这大概是最奇妙的了。”

他笑笑，点点头，又摇摇头，说：“这些天然雕塑的确是奇石，但它们的成因，比它们本身的造型更加奇妙——它们是滴水成石。”

我一听，非常惊讶，“滴水能‘穿’石，这个我知道。滴水还能‘成’石？”

之后，我游了江苏宜兴三洞。

善卷洞口耸立着一座7米多高的砥柱峰——其实它是石笋，进入洞中，满眼都是钟乳石和石笋。钟乳石从洞顶悬垂下来，不但姿势多样，而且有青、白、黄、绛等种种色彩。洞口的左右两壁，各挺立着一块巨大的岩石，这边的一块形似长鼻托垂的大象，那边的一块貌如卷毛斜披的雄狮，它们都是石笋。

我听说“狮象大场”的下面一层还有一个瀑洞，洞外有一个6米高的石陡坎，大雨之后，水如飞瀑。我慢慢地下去，进入瀑洞里，只见钟乳石形成的奇景更多，有葡萄、香蕉、鲜藕、萝卜等，还有展翅的白鹤，一棵遮天盖地的“通天石松”，也是多姿多彩。

宜兴的另外两个溶洞，一个叫灵谷洞，里面又有两个洞，各具特色：一个洞顶悬满了钟乳石，其形如人，如树，如飞禽走兽；另一个洞底长满了石笋，有100多根，就像破土的春笋一样。

“钟乳石和石笋是溶洞滴水生成的。”朋友的话我犹记在心。我去接洞顶滴下的水滴，仔细地看，清澈透明，并无杂质掺在里面。“这么清的滴水，是怎么生成7米多高的砥柱峰的呢?”

在游桂林阳朔的溶洞之前，我读了《徐霞客游记》。我惊奇得不得了：雪洞中，“石柱参差，高下白如羊脂”；杨梅洞中，“产石，圆如弹丸，而凹面有猬纹”；龙洞中，池水澄澈，“水底白石龙一条，首顶横脊而尾拖池之中，鳞甲宛然挨崖侧”；荔枝洞中，“有小石块如弹丸，而痕多磊落，其色玄黄，形如荔枝”；另一洞中，“有丸石如珠，洁白圆整，散布满坡坂间”；上岩洞中，“垂石如距：有垂至地下离一线者，有中悬四旁忽卷者，有柱立轮囷其中者，有爪攫分出其岐者”；有的洞中，“玉乳倒垂，骈耸夭矫缤纷”，“石柱或耸而为台，或垂而为龛，攒合透映，真神仙窟宅，雕镂所不能就者也”；有的洞则是“两崖石色有垂溜成白者，以火烛之，以手摩之，石不润而燥，纹甚细而晶。土人言，二月间，石发润而纹愈皎茁，谓之‘开花’，洞名‘石花’以此”。七星岩，是一个长长的大山洞，洞中的钟乳石和石笋千奇百怪，其规模之大、形态之奇瑰，世所罕见。徐霞客所记述的七星岩中的“石鲤鱼”“花瓶插竹”“弈棋”“八仙”“弄球之狮”“卷鼻之象”“长颈盎背之骆驼”，我都一一地对景久观。

我还在鄂西南游了长达59.8千米的腾龙洞。它的旱洞洞口，高72米，宽64米，可容十几辆卡车并列通行，可供直升机在里面起降。洞穴内部，有七座“大山”，九个“大厅”。腾龙洞的水洞中，有一条被深锁于地下的江水，洞道中有惊涛骇浪，江水从洞中流出不久，就进入了恩施大峡谷。

我正在回想这些，“徐霞客”他们几个走来了。

“天蒙蒙亮了，进洞吧。”

“好！”

我们在洞口，把特制的衣服穿上，特制的衣服在膝盖和肘等部位做了加厚处理，以利于攀爬。头盔是人人都要戴的，每个人还必须带上包括头灯在内的至少三个灯具。此外，还带了卫星导航仪、防水照相机、摄像机、浮潜设备、小型充气皮艇等。

我们一个接着一个慢慢地从洞口走了进去，穿过黑暗的地下河道，来到了邻村的原来那个湖的湖底。

那个湖的东西两岸各有一个横向的洞，我们又到了对面的洞前。

在洞口，“地理学课代表”将一个白色小圆盆固定在洞壁上。这是一个自动数据记录仪，它会在以后的时间里测量温度、湿度、二氧化碳含量、气压等。

我在洞口看到，在朝阳的照耀下，石灰岩岩壁上一串串铃铛状的小蓝花，正在风中翩翩起舞。

进洞之后，不一会就看到洞里有许多钟乳石和石笋。从洞顶往下悬挂的是钟乳石，它们是由溶洞滴水在洞顶沉积而成的。从洞底向上生长的是石笋，它们是洞顶滴水落在洞底之后，水分蒸发，二氧化碳逸去，水滴里所含的碳酸钙慢慢沉积，年复一年、一点一点地积累而成的。这些钟乳石和石笋，千姿百态，我们看得眼花缭乱。

岩溶洞穴是地下水通过溶蚀与侵蚀作用，在漫长的时间里，对厚厚的石灰岩层逐渐地进行雕刻而形成的，有着复杂的管道和结构。走在最后的一个人在走过的路上做着路标，防止原路返回时迷路。

“徐霞客”给石柱、石塔、石幔、石帷，还有石珍珠、石蘑菇、石禽、石兽等都拍了照。我也拍了一些。

一条钟乳石瀑布通体洁白如雪，绵延不绝的水流从上面掠过，形成长长的一道水帘。

在一大片洞壁上长满了石花，朵朵相连，有的大，有的小，有的高，有的低，我看着，看着，好像看到石花正在悄悄地生长。

我们走着，走着，见洞里越来越黑，就开始使用照明设备。打开头灯往前一照，洞里时而开阔，时而窄小。洞道中，几盏头灯在闪闪烁烁地向前移动。

向前走了一段之后，洞里的通道就很窄了，而且有十几厘米深的水浸着，洞顶还不断地在降低。我们不得不肚皮贴着水，贴着地，手脚并用，蚕行寸进。

走这一段路时，我们不断地听到脚底的地下有流水声，却看不见水流。

这一带的地质构造很特殊，使得江水忽而在地上奔流，忽而潜入地下。我们脚底的地下就有一条暗河，被锁在地下的流水，左冲右突，洞穴的空间狭小，流水的声音有时就格外响亮。

我国的地下水占到全国水资源总量的三分之一，全国将近70%的人口饮用的是地下水。

洞顶渐渐地高了，我们能站起身来向前走了。走到前面，洞道曲曲折折，才走了一小段就又要转弯。光子能在宇宙中沿着不受阻碍的直线穿越数十亿千米，却不能转弯。我们头灯上的光线，到了洞壁就止住了。但照明灯光到了哪里，哪里就会显现各种各样的钟乳石和石笋，它们被水润得晶莹剔透，在灯光的照映下显得璀璨夺目。

前方的地面上有一大团绿油油的东西，把路挡住了。走近一看，是几条蛇，蜷成一团，正在蠕动。我低头看了一下，惊叫起来：“蛇的身体有人的手臂那么粗！”我一个趔趄，身体一歪，倒在了一堆乱石旁边。“生物学课代表”举着强光手电照来一道光，我一看地面，吓得浑身冷汗，离我不到50厘米处，一口竖井，正张着黑洞洞的大嘴呢!

洞里一片漆黑，一片寂静，除了正在回荡的脚步声，只有我们几个人的呼吸声，甚至自己的心跳声也可以听到。

我用强光手电照石壁的高处时，“滴”的一声，一个钟乳石尖上的一滴水，滴到了我的脸上，紧接着，又有一个钟乳石尖上的水滴，滴到了我的额头上。

接着，我们进了一个比较小的洞。这个洞，洞顶满满地悬挂着钟乳石，其形如人，如花，如飞禽走兽，如藤萝蔓挂。

出了这个小洞，进入另一个小洞。这里，洞底长满了石笋，有的像破土的春笋，有的像参差的石柱。

我们来到了一个宽敞的洞厅。

这个洞厅的顶，离洞底有5米多。从洞顶向下，悬挂着许多尖棒状的石钟乳。从洞底向上，生长着许多棒状的石笋。

洞厅里，有三根石柱把洞顶和洞底连接了起来：左侧石柱，由洞顶滴水沉积物向下生长，触及到洞底地面；中间的细石柱和右侧石柱，由洞顶向下生长的钟乳石与从洞底向上生长的石笋连接而成。

我仔细地观察洞顶，那上面密集地分布着许多箭杆状和标尖状的钟乳石，还长了好多像纤细的玻璃管一样的东西。

“这些细玻璃管一样的东西，是什么呀?”我问。

“是‘鹅管’，它是钟乳石的雏形，即钟乳石发育的最初形态。当地表水沿着洞穴裂隙下渗到达洞顶时，由于温度、压力等条件的变化，水分蒸发，溶解于水中的碳酸钙产生沉积，这样的沉积历经千万年，从洞顶向下慢慢地生长，形成空心管状结构的鹅管。”

我又仔细地看了一下，这些“鹅管”有的是白色，有的是鲜艳的玫瑰红，有的色彩灰暗。

走过这个洞厅，穿过一道狭窄的石缝，沿着一道斜坡，我们下到了这个溶洞的第二层。

我惊讶地看到，阴暗潮湿的岩壁上生长着鲜花。它们都开着小小的花朵，有的粉红，有的暗黄，有的紫色，还有奇异的花形、秀美的叶纹呢。

在这里，奇形怪状的钟乳石也是随处可见。石花可以乱真，石猴惟妙惟肖，石碗、石锅晶莹剔透。洞壁上有一块石盾，形状像古代兵器盾牌，是由洞壁裂缝中渗透出来的水沉积而成的。流水沉积在洞壁上形成的一片薄片状的沉积物，又很像一面正在招展的旗子，这是透亮的石旗。

这个洞的洞顶，有一处塌下来了，落下的巨石堆积如山。后来，山上又覆盖了许多岩溶堆积物。堆积物的顶端，坐着一个“佛”，好像是在讲经，旁边的石台上，站着众多“罗汉”，好像是在听他讲经。这些“罗汉”，有的手捧经卷，有的托腮思考，有的问询于邻，是一座座天然的雕塑。

在洞底的地面上，一块又高又大的石笋耸立在那里，我越看越觉得它好像一座观音塑像。

还有很多石笋，形态也很奇特，有的是火箭状的，有的是树桩状的，有的是烽火台状的，还有的是煎蛋状的，等等。

我说：“这些石笋造型各异，观赏价值很高啊。”

“科研价值也高!”“地理学课代表”说，“石笋的奇特形态，是在特殊的条件下生成的。如贵州织金洞里的著名石笋‘霸王盔’，它的下半部分是圆圆的帽状石笋，上半部分是一根杆状石笋，合起来就像古代士兵的头盔。它是怎样形成的呢？早期，滴水量大，碳酸钙含量高，水滴呈线状下流，沉积速度快，形成帽状石笋。后期，滴水量小，碳酸钙含量减少，下滴速度减慢，又形成杆状石笋。洞顶滴落的水量、速率的变化会带来石笋形状上的变化，所以，从石笋的不同形态中，对洞穴的滴水量、碳酸钙浓度、温度等因素进行解读，可以了解洞穴发育的历史和气候变化的历史。”

“这么说来，石笋、钟乳石里面，保存着很多的科学数据?”

“徐霞客”告诉我，洞穴的形成，与该地区的地质变动、水文变化以及其他自然历史变迁密不可分。洞穴内，微环境稳定而且特殊，空气、土壤、岩石中保留着独一无二的气候与地质环境信息，这些信息是外部环境难以保存的。通过同位素测定法，能发现这个洞穴形成于什么时期，它的形成速度与全球长期气候波动有直接关联。洞内收集的土壤微生物样本，可供研究几十万年前的古微生物群落。从洞穴沉积物中提取信息，通过分析，可以进行岩溶发育史、气候变化、环境变迁、生物进化等重大科学课题的研究。现在，对洞穴的研究，已经成为一门科学——洞穴学，包含洞穴水文地质、洞穴形成与演化、洞穴气候、洞穴生物、洞穴开发等。

到了前面，我看到一根松球状的石笋，说："奇怪！"

"怎么奇怪了？"

"这根石笋是透明的！"

"它是卷曲石嘛。'鹅管'周边的枝杈，仿佛不受重力控制似的横向生长，就成了卷曲石，这是毛细水沉积的结果。这块卷曲石不算大，贵州织金洞里有一棵'银雨树'，那才高大呢，'树'高17米，'树'身银光闪亮，晶莹剔透，'叶片'晶莹而有光泽……"

"它也是卷曲石？"

"是飞溅水和毛细水共同作用而形成的晶体。"

有个同学举着强光手电照亮一片石林，配合其他同学拍照。强光穿过石林后，投射在灰白色的石壁上，显现出了一圈螺旋形的纹路。"生物学课代表"看到后，喊了起来："化石！"

他走到近处仔细地看着这些纹路，说："这可能是鹦鹉螺化石。鹦鹉螺是5亿年前的海洋生物。这样看来，这个洞，5亿年前是一片汪洋大海呀。"

我正想看看这块化石上的纹路，又听到一个同学在喊："快来看，幽帘虫！"

我走到近处一看，在洞壁的一处，有几十条洁白的细丝条条下垂，成为一道丝帘，细丝上悬缀着一颗颗晶莹剔透的"珍珠"。这"珠帘"的主人，是一条小小的幽帘虫，"珍珠"是它分泌的一滴滴黏液。不一会，两只小虫被丝网黏住，幽帘虫立即把小虫卷入口中。

继续往前，淙淙的水声依稀可闻。之后，我们进了一个开阔的洞厅，在强光手电的光照下，一个地下湖出现在我们面前。

这个地下湖，湖面呈椭圆形，最宽处约40米，最窄处约20米。在我们的左前方，离湖面3米多高的地方，有一个直径约20厘米的小洞，流水从洞中直下，形成一挂小小的瀑布，水声淙淙。

我们带来的小型充气皮艇，派上用场了。几个人泛舟地下湖，湖水的平静被打破，轻轻的划水声在近乎密封的溶洞中回荡。

溶洞的顶部，不时有滴水从尖尖的钟乳石尖上滑落，滴入湖面，听起来有时像弹钢琴的声音，有时像弹古筝的声音，悦耳动听。

我正在欣赏这天籁之音的时候，两个同学在用强光手电不停地照着湖水。

忽然，我看到一条鱼在湖水里游动，惊奇地喊了起来："鱼，白色透明的！"

"生物学课代表"用一张网把这条鱼捉住了，我也凑过去观看。

洞穴里面是漆黑的，动物要在这里生存，必须有一套特殊的适应机制。这是一条盲鱼，眼睛已经演化成一对眼点，视神经没有了。洞穴的特殊生态环境，使它产生了一系列生理性状变化，具有了独特的生理特征。它的体色发生了退化，呈现出乳白色，身体透明，在灯光照射下，可以看到它的血管、鱼刺，甚至内脏都隐约可见。尽管视觉功能退化，但嗅觉、触觉很发达，它的长触须，使它能感觉到黑暗中的障碍物，这样，它还是有很强的认路能力，可以感受的刺激十分广泛，在水下依然行动敏捷。

我们从皮艇里上到湖岸之后，看到了地下河。这条地下河，水流不大，寒冷、清澈，流水激石的声音清脆悦耳。河水两边是流水搬运留下来的沉积卵石，大多像鸡蛋一样大。

到了前面，我们看到地下水不断地漫流着，在水洼边缘处形成田埂状的沉积，层层叠叠，堤坝曲线优美，分割出一块块"田地"，大的有十几平方米，小的只有一两平方米，水满其中，清亮而灵动。

我说："这很像山区的梯田啊。"

"这叫'边石坝'，""徐霞客"告诉我，"边石坝有两种，一种像山区的梯田，层层叠叠；另一种像平原地区的田，在一个平面上。边石坝是溶洞中常见的景观。”

听了他的话，我想起《徐霞客游记》中有这样一段：“仙田成畦，塍界层层，水满其中，不流不涸”。以前我读了这段并不理解，现在才读懂了。

在这里，我们还看到了地下河留下的一处奇观：石臼。它是水流携带的砂石磨蚀岩层而形成的。

忽然，一个同学高兴地喊了起来：“我捡到了一颗牙齿！”

我们全都围了过去。

“这是人类牙齿的化石。”

“回去以后，请考古学家认定一下，是不是古人类牙齿的化石。”

“这一地区，最早的人类出现在什么时候啊？”

大家本来都累了，现在又精神振奋起来，边谈边笑地继续往前走。

来到了地下河的出口，它像一个不规则的喇叭。地下水沿着岩层裂缝对岩石不断溶蚀，逐渐拓宽，形成了这个出口。

我们出来一看，这里有一个天坑，坑口接近圆形，开口很小，坑的内部空间大，像一个没有盖子的茶壶。坑底正对坑口的部分是一个水潭，潭边有低矮的灌木和杂草生长。在天坑底部，从坑口和坑壁上崩塌的物质，堆积成了一座小丘。地下河出口对面的坑壁上，也开着一个口子，过去一看，里面也是地下河的河道。

晚上，我们在刚刚搭起的临时帐篷外面围绕着捡到的那颗牙齿，谈得兴高采烈。

“在夏商周时代，这里是古代巴人活动的区域。这颗牙齿，可能是古代巴人的牙齿呢，那就有两三千年历史了！”

“离这里不远，就是长江三峡地区。三峡地区巫山县南的崇山峻岭深处，有个龙洞，洞外有个龙骨坡。20世纪60年代，人们在洞里洞外挖出了许多白骨头，说是‘龙骨’，可以入药，止血消肿，好多人去挖，背到外面卖，八分钱一斤。考古专家经过研究后说，这些‘龙骨’是巨猿化石和一些已经灭绝的古代动物乳齿象、剑齿虎、爪蹄兽的化石。1986年，考古队在洞外的龙骨坡发掘出三颗牙齿，认定是200万年前的古人类化石。后来，在1997年、2003年、2011年，考古队又进行了几次发掘，得出的结论是：早在近250万年前，这一地区就有古人类生活居住，他们是中国最早的人类。”

“我们捡到的这颗牙齿不要说是近250万年前的了，就是几十万年前的，也可以说是国宝呢！”

第二天，我们回到茶壶形天坑的底部，从另一个口子沿着地下河的河道再次进入溶洞，继续往前进。

洞道很狭窄，洞顶有的地方很低，最低处仅容一人手脚并用地爬行通过。头顶上，时常悬着尖利的钟乳石，脚下突然出现的裂缝和竖井，能瞬间将人吞噬。

我们向前慢慢地走着，常听到有“呼啦呼啦”的声音。忽然，我的脸被什么东西扑地撞了一下。我用手电一照，是蝙蝠。蝙蝠有一种发射和接收类似电波信号的功能，在黑暗中飞行一般是不会撞上障碍的，但我竟然被蝙蝠撞了两下。我用手电又照了一下，洞顶上挂满了蝙蝠。

“生物学课代表”说，很多洞穴生物都生活在靠近洞口处，蝙蝠就是这样。蝙蝠是洞穴生态系统中的重要营养提供者。许多蝙蝠在洞外捕食，然后聚集在洞内休息。它们的排泄物不断从空中落下来，滋养了地表植物、昆虫等。

在这里，我们看到一具人类的头骨已经钙化了。这个人以前是个探险者，还是失足坠落的遇难者呢？

又走了一会，我们看到一根人类的骨骼已经被不断生长的钟乳石包裹起来了。头骨和身体的骨骼不在一处，可能是流水搬运过来的吧。

穿过狭窄的洞道，前面豁然开朗，一看，一个洞里呈现出一片光怪陆离的景象。

洞顶和洞壁在头灯的照射下，显出一片迷人的浅蓝色，细看，遍布着形状各异的奇石：纤维状的细如发丝，结晶状的像堆砌的宝石，絮状的如飞舞的羽毛……既有石笋、石钟乳，也有石膏晶簇、晶花，有的晶体甚至不受地心引力的束缚，自由地向四周卷曲生长，形成了“卷曲石”。有些卷曲石的中心是空的，非常轻，在洞内自然风的作用下，能朝各个方向偏移。

这些奇石，洁白无瑕，银光闪烁，玲珑剔透，布满了整个洞壁，整体地看，就像朵朵盛开的莲花，一排排地，从下到上，一直长到洞顶，有的花瓣，还泛出荧荧的青光。

我们慢慢地在这里走着，看着这些针状、片状、絮状、晶花状、晶球状、柱状等各种形态的奇石。

我看着，看着，产生了幻觉，它们好像都活了起来，是一个个小精灵，在演绎着一个个童话故事。

“地理学课代表”说，含有硫酸根离子的水流沿着裂缝或岩面流动，在蒸发、毛细管等多重作用下，经过了亿万年的时间，才形成这样的景观。这里的石膏又是同天青石相生相伴的。石膏是硫酸盐沉积物，天青石是一种非金属稀有矿产。

我说：“这个洞穴，不是石灰岩体的吧？”

“看来，这是一个发育在白云岩中的洞，里面含有膏岩，膏岩可以形成石膏。在白云岩地层中，最近一些年来不断发现巨大的喀斯特溶洞，如贵州绥阳双河洞穴系统等。”

“贵州绥阳双河洞，不但是中国而且是亚洲第一长洞，它是一个巨大的洞穴系统，”我问，“形成一个洞穴系统，需要哪些条件？”

“喀斯特溶洞的形成，需要两个基本条件：一是具有透水性的可溶性岩石，二是含有二氧化碳或其他酸类的水。酸性的地表水沿着岩石的裂隙渗入地下，沿途溶蚀岩石四壁，逐渐扩大成为大的裂隙，甚至落水洞。地表的水流由此直接流入地下，直达潜水面，并转为横向的水平流动，加强沿途对岩石的溶蚀与侵蚀作用，造成部分岩石崩塌、脱落，形成各式各样的洞穴。横向与竖向的多个洞穴的通道，组合成一个整体，就成为洞穴系统。”

我想起来，1993年，重庆武隆芙蓉江边几个放羊的村民，不经意间发现的那个洞，就是一个巨大的洞穴系统。贵州双河洞是比武隆芙蓉洞更大的洞穴系统，经过了前后31年的探测，才探明了它现在的长度。

“那里的山体经过亿万年的侵蚀，形成了许多大大小小的溶洞，山中有洞，洞中有山，洞中有洞，洞洞相连，这才形成洞穴系统。”

穿过这个石膏洞之后，我们沿着一条洞道向前，这条洞道呈倾斜向下的缓降形态。

前面有一个水潭，潭水在强光手电的照射下发出绿幽幽的光。在这里，有个同学发现了洞穴蝌蚪，它通体透明，心脏的跳动都能看到。还有个同学发现了一只盲灶马，它的头上长着很长的触须，就像两根天线在收集着洞里的信号。“生物学课代表”捕到了一条肉红色的盲鱼，身体是半透明的。

前面，又是一个洞穴大厅。

这里，洞壁的高度快要到40米了，洞厅将近200米长，80米宽。洞口的左右两壁，各挺立着一块岩石。这边的一块，形似长鼻垂地的大象，那边的一块，貌如卷毛邪披的雄狮，都是石笋。

洞壁就矗立在我的身旁，它像拔地而起的高楼，洞壁上展现的纹理很有韵律感，就像抽象画一样。从洞顶到洞壁，再到洞底，布满了沉积物，目前世界上所有的钟乳石和石笋的沉积类型几乎无所不有，呈现的是“清明上河图”式的地下喀斯特地貌景观。

突然看到如此奇妙瑰丽的巨大洞厅，大家几乎惊得发呆。很快，我们的科学考察开始了。

一根又细又长的石笋，高高地耸立着。一测量，它的最细处只有10厘米，高度是12米。按每年生长1厘米的速度计算，这根石笋已经12万岁。

在12万年的漫长岁月里，洞顶滴水一直没有发生比较大的变化，同时，洞底的底壳岩层也一直处于比较稳定的状态，这才形成这根12米高的细长石笋。

一块巨大的钟乳石，好像原子弹爆炸后冉冉升起的蘑菇云。

洞厅里，耸立着十几座石塔，每一座都熠熠闪光，有的呈现金黄色，有的呈现银白色。这些金塔、银塔之间，遍布着各种各样的洞穴沉积物，前面有石竹、石藤、石鼓、石柱，后面有五彩缤纷的“宫灯”，左边有冰清玉洁的“帷幔”，右边有晶莹绯红的“鸡血石”……看得人眼花缭乱，目眩神迷。

“徐霞客”说：“是不是‘芝麻开门’了，我们走进了阿里巴巴和四十大盗的藏宝洞?”

这时，一个同学的手不经意间碰到了一根石笋，它竟然发出了古琴演奏的声音。

“我发现了一台石琴!”他兴奋地说。

洞顶有一个天窗，阳光可以直射洞底。天窗周围有一串串水珠在滴落，在阳光照耀下，像是在撒着一颗颗珍珠。

尤其奇妙的是，只要在这里弄出一点响声，立刻就被扩散为优美的音乐，婉转回环，在洞厅里不息地回荡。就这一点而言，它可以说是自然天成的维也纳“金色大厅”了。

离开这个自然天成的维也纳“金色大厅”，前进了1000多米后，洞顶不断降低，我们走着，走着，不小心就会碰到洞顶垂下来的灰白色岩石。

前面有一个竖井。

“徐霞客”说：“我们还没有下过竖井呢。我下去看一下。”

“地理学课代表”跟着他下去了。

下竖井，我们使用的是单绳技术，通过手脚并用操作上升器、下降器等器械组合，在一根绳索上，上升或下降。

他们两个下降到10米深处时，我听到他们在喊：“这里有积雪!”

下降到20米深处时，我听到井下传来他们的声音：“井壁上出现了冰体!”

下降到50米深处时，我听到井下深处传上来的喊声：“井壁上出现了冰钟乳，很大，很重！”

“生物学课代表”按捺不住好奇心，同另一个同学也下去了。

过了一会，下面传来“生物学课代表”的声音。

“我们下降到30米深处了，我看到竖井出现了一道台阶，台阶上冰层断面呈现分层现象，一层冰、一层冻土相间排列。井壁上，开始出现冰钟乳，不过都比较小。”

又过了一会，下面传来另一个同学的声音。

“我们下降到50米深处了，我看到了又一道台阶，巨大的冰钟乳，可能有1吨重，挂在井壁上。从断面上看，冰钟乳呈现淡淡的蓝色，有清晰的类似树木年轮的纹理。石钟乳是年复一年的碳酸钙的沉积，冰钟乳是年复一年的冰体的冻结。”

接着，传来“生物学课代表”的声音：“下降到60米深处时，我看到下面有一根巨大的冰笋耸立着，冰笋的上部尖端，对着冰钟乳的底部尖端。队友估计，这根冰笋的储冰量，足足有100吨。下降到70米深处时，到了井底。仔细地看井底，还有一些比较小的冰笋。”

“徐霞客”从井底返回井口时，我听到一个同学在说：“井口处的温度是7摄氏度，40米深处是零下2摄氏度左右，60米以下直到井底，稳定在零下5摄氏度左右。”

“我们下的这个竖井，无疑是个竖井形冰洞，”“徐霞客”说，“冰洞在高寒地区是常见的。在北纬30度附近这样纬度比较低的地带看到冰洞，堪称奇观。北纬30度贯穿的地带，出现过许多奇异甚至神秘的现象，它真是一条奇特的纬线。”

从这个竖井形冰洞上到原来的洞穴通道之后，我们坐下来休息，大家闲谈起来。

“啊呀，我随身带的干粮所剩无几了。”

“我觉得好累啊。”

我想，我们正站在神龙见首不见尾的地方。我们已经有了新的发现，还有很多未知召唤我们进一步去发现，这是我们持续探幽的动力。

想到这里，我说："我们这一次，就到此为止吧。下一次的科考旅游，从这个竖井形冰洞的洞口出发，怎么样？"

大家都赞成。

我们寻找进洞时沿途做的路标，沿着原路，慢慢地返回。

路过自然天成的维也纳"金色大厅"时，一个同学走着，走着，说："洞穴大厅里，空气多么清洁，里面的负离子浓度也很高，气温宜人而且相当稳定。我父亲患有支气管哮喘病，如果能在这里生活一段时间，肯定对他的治疗有好处。"

"徐霞客"笑着说："那你就开一个'洞穴医院'，用于慢性呼吸道疾病的治疗。"

"生物学课代表"说："这并不是异想天开。现在，利用洞穴的性能进行疾病的治疗和康复，在医学上已见端倪。实践已经证明，洞穴疗法对多种慢性呼吸道疾病都有疗效。"

一路走着，谈着，我们又到了一个洞口，回到了地面上。

当天晚上睡在村民家的床上，"滴—滴—滴"的溶洞滴水声还恍如在我的耳边响着，喀斯特秘境的种种景观仿佛还历历在目。

喀斯特地貌区域，处处呈现着流水溶蚀的节奏和韵律。溶洞滴水，就是这种节奏和韵律中的重要音符。

"泰山之溜穿石"。溜者，小水滴之谓也。

喀斯特溶洞滴水，却能"成"石。

滴水成石的速度各个溶洞不一样，有的溶洞中的钟乳石和石笋，生长速度比较慢，1万年只长1米。1989年，探险队在贵州发现了一个巨大的溶洞，里面有一根36米高的巨大的石笋，科学家计算，它有36万岁。有的生长速度比较快，如长江三峡地区的雪玉洞里的钟乳石和石笋，现在还在以每100年33毫米的速度快速生长。

喀斯特地貌的溶洞滴水，一滴一滴地滴，没有丝毫的懈怠和浮躁，千年万年如一日地坚持不懈，就像庐山仙人洞“一滴泉”边石栏上刻的那副对联的上联说的那样：“山高水滴千秋不断”，这才生成了钟乳石和石笋。

然而，并不是所有山洞的滴水都能“成”石的。

浙江雁荡山的山体是流纹岩，属于岩浆岩。熔岩在喷出、流动和冷凝的过程中，产生各种熔洞，这是岩浆岩熔洞。这种熔洞的滴水，就不能“成”石。

石灰岩溶洞滴水，里面含有碳酸钙。岩浆岩熔洞滴水，里面不含碳酸钙。打个比方，前者肚子里有“真才实学”，后者“空空如也”。

石灰岩溶洞滴水之所以“成”石，奥秘何在？

溶洞滴水是一个过程，幽洞奇石是这个过程的结果。

在这个过程中，每一滴水都有碳酸钙含量。它持续不断地滴，其中的碳酸钙就一点一点地沉积，慢慢地往上越长越高（石笋）或往下越长越长（钟乳石）。

溶洞滴水，锲而不舍，持之以恒，有一个很长的过程。在这个过程中，它勇于坚持。溶洞滴水千秋不断，生成奇石千姿万态。

在石灰岩溶洞滴水的过程中，某个时刻所显现的钟乳石和石笋的景观，都是含有碳酸钙的溶洞滴水厚积薄发的创新性作品，是这个过程的某一阶段的结果。如果想要这个结果，必须首先有这个过程。如果想要更新、更好的结果，就必须把这个过程，继续努力地坚持下去。

我想，我们做一件事，即使有可能得不到最好的结果，也一定要努力做好这个过程。只有一丝不苟地坚持努力做好过程，才能得到最好的结果。做一件事，最重要也最困难的，就是努力做好它的过程。

我又想到了人世间和大自然的很多成果。我发现，溶洞滴水的过程及其结果，可以看作世界上一切成果和成就的一个缩影。

于是，我从溶洞探幽中，领悟了一条人生哲理：大自然的一切成果和人世间的一切成就，从某种意义上说，都是“滴水成石”。

三游天门山

望天门山

李　白

天门中断楚江开，碧水东流至此回。
两岸青山相对出，孤帆一片日边来。

在天门山长江大桥上

2100年的一天，我乘坐无人驾驶的旅游直升机来到了芜湖的长江岸边。

走出机舱，抬头一看，大江东去，不尽长江滚滚流，江面宽阔，江中船只来来往往。江岸，矗立着一排排、一幢幢高层楼房，绵延不断，每幢都有几十层，直插蓝天。公园里，绿草如茵，鲜花盛开，玉兰花、樱花、海棠花等，姹紫嫣红，空气里荡漾着鲜花的馨香。仔细地看，可以看到长江北上、青弋江西流，在长江与青弋江汇合处，岸上有一座古色古香的宝塔中江塔，宝塔下面有游人正在用手机拍照，宝塔的旁边耸立着一座现代样式的高大的鱼形建筑……登上高台阶，向前面望去，可以看到宽阔的江面上飞架着好几座气势恢宏的长江大桥，向后面望，也看到好几座，每座芜湖长江大桥上，都是车来车往。

坐进旅游车，我问："芜湖现在总共有几座长江大桥？"

导游兼司机微笑着说："10座，包括天门山长江大桥在内。"

旅游车沿着长江岸边，缓缓地开向天门山。我正在兴趣盎然地欣赏沿途的自然风光与人文景观，天门山到了。

天门山是由东梁山和西梁山组成的。现在，这两座山上已经有一桥飞架了，这是芜湖第10座长江大桥。我一看，这是一座两塔三跨悬索桥，东、西梁山上，各建了一座桥塔，形成三跨，即江面上一跨，江面的两边又各有一跨，悬索桥由桥塔、悬索、吊杆、桥面等组成，桥面超薄，是钢架结构，材料是最新型的高科技合金钢，上面有双向8车道，中间6个车道分别供汽车、电动车、自行车行驶，汽车道上行驶的大多数是新能源汽车，有些是无人驾驶的汽车，两边是步行道，有很多游人正在步行，欣赏着长江和江岸的景色。整个桥都涂成绿色，与天门山上茂密的树林浑然一体。

我们的旅游车也上了天门山长江大桥。我从车上下来，在大桥上漫步。

我环顾四周，最醒目的是天门山森林公园，东、西梁山是一片郁郁葱葱的森林。再一看，还有一个很大的高科技园。

我这次来，带了两款高科技产品，一款是“环境扫描智能收音望远镜”，另一款是“时空转换全真幻像机”。

“环境扫描智能收音望远镜”能运用人工智能技术，对自己四周大范围、远距离的社会环境与生态环境进行扫描，从中捕捉所需要的声音和图像。它还具有激光透视的效果，比X光透视效果更强，能透过墙壁清晰地看到房屋内的情景，能透过一座山看到山后面的情景，同时还能清晰地听到声音。

我拿出“环境扫描智能收音望远镜”，对着天门山森林公园看。啊，天门山森林公园里还有花园、果园、动物园呢。

我仔细地看花园，有牡丹花园、荷花园、菊花园、腊梅花园这样的在特定季节开花的花园，也有一年四季都有鲜花盛开的花园，现在，玉兰花、樱花正在盛开，满园春色，姹紫嫣红。

我仔细地看果园，有苹果园、梨园、枇杷园、橘园、猕猴桃园、葡萄园等，现在，有的品种快要成熟了。

我仔细地看动物园，地上跑的、走的、爬的，天上高飞的、低飞的，水中游的、潜的，各种各样的动物，数量非常多。最引起我注意的是长臂猿。东、西梁山上的森林里都有长臂猿，有的正在叫着。一只小游船从天门山西边的江面上顺流而下，两岸猿声啼不住，轻舟已过天门山。

天门山森林公园里面还有游乐园，里面有许多娱乐项目，有许多卖小吃的。无论是森林里、花园里、果园里、动物园里，还是游乐园里，游人都很多，不仅有黄皮肤黑头发的，还有好多白皮肤黄头发的，黑皮肤白牙齿的，他们说着世界上各种各样的语言。

天门山高科技园是长江三角洲地区规模最大的一个智能机器人生产基地，里面正在生产着各种各样的智能机器人。

我这次主要是来进行历史文化旅游的，想目睹“诗仙”李白年轻时的风采，还想亲临古代鸠兹长岸水战的战场。今日的天门山，我下次再来好好地游一游吧，现在，我要到一千多年前的唐朝的天门山去了。

我拿出“时空转换全真幻像机”，这是人工智能的最新产品，跟笔记本电脑一般大。你用手指头在某个特定的键上按一下，就会立刻进行神奇的“时空转换”，显现出某个特定历史时空的“全真幻象”。

这里说的“时空转换”，是时间和空间都进行了转换。时间转换好懂，历史时期不同嘛。空间也经过了转换，不是指地理位置，地理位置还是天门山，也不是指地形地势，天门山的地形地势从古至今是有变化，但它的变化非常缓慢，主要指转换成了特定历史时期的人们的社会生活情境和生态环境。

如果你站在2100年的天门山前，想目睹唐朝大诗人李白25岁游天门山时的风采，在这台机器上某个特定的键上一按，你的面前就是唐朝时的天门山，你看到的就是唐朝的人们和他们的社会生活情境。

“时空转换全真幻像机”显现出来的形象，不是平面的绘画，不是立体的雕塑，不是电影电视的影像，也不是演员表演的戏剧，那些特定历史时空的人们及其社会生活情境与生态环境都是“全真幻象”。

这种“全真幻象”是一种既虚幻又真实的形象，它实际上是我们这些游人心理时空中的形象，这不是虚幻的吗？然而，我们看了，不但觉得具有历史的真实性，与考古发掘出来的文物，与史籍的记载都是相符合的，而且有着物理时空的真实性，觉得身临其境，目见其人，耳闻其声，还能触摸它，并闻到它的气味。

你近距离地看，能看到他脸上的表情和眼神的变化，能看到他的一举手一投足，能感受到他的呼吸，还能看到他脑海里呈现的图像，并将他的脑电波图谱进行解密，第一时间洞察他的心理活动，知道他在想什么。这都是还原了历史上真人的原生态。而我们这些游人明明是真实存在于物理时空的人，是具体可感的，对他们来说，却是隐身人，他们不能感知到我们的存在。

“时空转换全真幻像机”使历史上的真人在我们这些游人面前显现出了真实的具体可感的然而实际上是虚幻的形象，又使现实生活中的我们这些游人，在他们面前成了虚幻的然而实际上是真实的形象。它使原本虚幻的形象，真实化并且具体可感化了，使原本真实的并且具体可感的形象，虚幻化了。

目睹李白望天门山

我按了“时空转换全真幻象机”上的一个特定的键，转瞬间，725年，也就是唐玄宗开元十三年时的天门山就出现在我的面前。

我慢慢地走到了长江岸边。

晨雾弥漫。在时浓时淡的雾气中，我隐隐约约地看到长江自西向东流来，到了这里，向北流去。

长江东岸有一座东梁山，它的对岸有一座西梁山，两座山面对着面，好像是多少万年前，汹涌奔腾的江水流到这里，以雷霆万钧之力劈山破岭，形成了江面上一个自然天成的“门”，江水从这个“天门”滚滚流出，奔流到海。天门山山势陡峭，如刀劈斧砍，两座山隔江对峙，紧紧地夹住一条大江，江水滚滚流淌，两座山中的东梁山尤为陡峭，巍然矗立，突兀江中，使江水折转北去。这种地形，真的是奇异独特。

放眼望去，草木叠翠，鸟语花香，两岸森林密布，古木参天。

我站在长江东岸水边的一片草地上，我的身后是茂密的森林。江面和草地形成的两条平行线，把我面前的空间切割为三个平行列置的长方形。

在我的右前方，一棵树干粗壮的青檀树高高地耸立着，茂密的枝叶在晨风的吹拂下微微向左倾斜；在我的左前方，一棵修长柔弱的小树，也顺着风势向左微微弯曲，与大树相呼应。这两棵树，从整体到局部，都是弯度不大的曲线构成的各种三角形。平行线和曲线，长方形和三角形，交错而又呼应，形成了庄重而又灵动的构架。

青檀树的特点是“三耐一发达”：耐干旱，耐水淹，耐贫瘠，根系发达。那棵青檀树生长在一大块石灰岩上，它的根在岩石的缝隙盘旋伸展，向着岩石的下面深深地扎了进去。它不是生长在泥土中的，而是破石而生的，却长得如此茁壮、如此高大，青枝绿叶，生机盎然。

忽然，我发现那棵青檀树还有独特之处。它粗壮的树干在离地面两米高处一分为三，三根分支树干都倾斜地往上生长，每一根都长出很多枝叶。在三根分支树干的正中又有一根树干，笔直地往上生长，长得跟大树的顶一样高，却不是从那粗壮的树干分支出来的。

我走到那棵青檀树面前的一块大石头前，站上去朝下一看，粗壮的树干是空心的，三根分支树干正中长着的一根树干，是老树干空心处的根，从地面往上长出来的，它扎根于岩石的缝隙，四周都是老树干，它的根又深，就长得笔直，越长越高。

我看着这棵青檀树，惊叹它的生命力之强大。

我回到原来站的地方，环顾四周。

这两棵树之间，是一个穹窿似的空间。这个穹窿似的空间，在银灰色和橄榄绿为主的色调中，展现了梦幻般的柔美景色。

晨雾越来越淡，看得见江水里倒映着的山和树了。柔和明媚的晨光，照射在江面上，与雾气交融成一片半透明的薄纱，朦朦胧胧。树的枝叶高高地伸在空中，枝叶上的露珠，在晨光的照耀下闪闪发光。从枝叶间透过的晨光，洒在鲜花烂漫的绿草地上，闪闪烁烁。

过这个功能看到这个英俊的青年，头上戴着一顶高冠，腰间佩戴着一把宝剑。我仔细地看他的脸，两只眼睛特别明亮，炯炯有神，脸上神采飞扬，精神抖擞，浑身散发着青春的朝气，活力四射，又别具一种潇洒的风度和豪放的气质。

我一边看，一边想：他可能是李白啊。

小舟行在江中，他站在舟上。他一会儿抬头望着前面隔江对峙的天门山，一会儿低头望着夹在两座山中间的长江水，一会儿又闭起眼睛默默沉思。

过了一会，他又望望前面的天门山，看看眼前的长江水。之后，他平视着前方，伸出右臂，手指着天门山，吟诵道："天门中断楚江开，碧水东流至此回。"接着，仰起头，"两岸青山相对出，孤帆一片日边来。"声音抑扬顿挫，充盈着乐观豪迈的感情。

我又惊又喜：他就是李白！

我仔细地看着李白脸上的表情和眼神，听着他吟诗的声音。看到他的眼睛不仅特别明亮，炯炯有神，而且能见到一个博大深邃的心灵。我看到，他的脑海里有着一篇又一篇闪闪发光的诗篇。我又看看他的手，他的中指和食指上有茧，这是因握笔二十年摩擦而生的硬皮。他的手之所以能挥翰散霞，不正是因为他下了"铁杵成针"的功夫吗？

我看着小舟顺流而下，李白在舟上和一个朋友谈笑风生。我站在岸边一直看着他，直到孤帆远影碧空尽，唯见长江天际流。

我在想，巴山蜀水养育的这位25岁的青年诗人，现在正志气高昂地仗剑远游，后来，皇帝一连下三道诏书请他进入宫廷翰林院，"以七宝床赐食，御手调羹"，请他作诗，增加宫廷生活的乐趣，但他难酬报国雄心，又到各地漫游，登临山水、游历名胜，感受民间疾苦，创作描绘、歌颂祖国山河和反映当时社会真实面貌的诗篇。晚年，为拯救江山，惨遭流放之苦，仍不减傲岸风骨。他一生创作了大量的光辉灿烂的诗篇，成为中国和世界文学史上永垂不朽的伟大诗人！

亲临“鸠兹长岸水战”的战场

这次，我主要是到古战场观看两千多年前的“鸠兹长岸水战”的。

春秋战国时期是中国历史上社会大动荡的时期，诸侯国之间的征伐持续了500多年。

这期间，吴国与楚国在鸠兹境内先后发生过多次战争，其中，长岸之战是中国水战史上最早有战斗过程记载的战例，是中国古代第一次大规模编队舟师作战，标志着中国古代战争形式和战术运用的重大进展。

中国历史上第一部叙事详细的编年体史书《左传》中关于鸠兹长岸水战是这样记载的：

“（昭公）十七年冬，吴伐楚。阳匄为令尹，卜战，不吉。司马子鱼曰：‘我得上流，何故不吉。且楚故，司马令龟，我请改卜。’令曰：‘鲂也，以其属死之，楚师继之，尚大克之！吉。’战于长岸，子鱼先死，楚师继之，大败吴师，获其乘舟‘余皇’。使随人与后至者守之，环而堑之，及泉，盈其隧炭，陈以待命。吴公子光请于其众，曰：‘丧先王之乘舟，岂唯光之罪，众亦有焉。请藉取之以救死。’众许之。使长鬣者三人潜伏于舟侧，曰：‘我呼余皇，则对，师夜从之。’三呼，皆迭对。楚人从而杀之。楚师乱，吴人大败之，取‘余皇’以归。”

不难看出，这场水战，一波三折，极富故事性。

但是，百闻不如一见呀。我身临其境，亲眼观看多好呢。

当然，在来这里之前，我有一些知识储备。我已经知道，春秋时期居于长江中游的楚国，同居于长江下游的吴国，为争夺霸权、争夺土地发生了多次战争，在鸠兹境内发生过的战争，有公元前570年的“鸠兹衡山之战”（衡山，即横山，在今安徽当涂县境内），公元前537年的“鸠兹鹊岸之战”（鹊岸，在今芜湖市所辖无为县长江沿岸一带）。

当时，长江下游一个地处中江的地方，以春秋原始聚落居民点为基础，建了一座治所性质的古城堡，名为“鸠兹邑”。这一带，江河纵横，湖泊众多，草木茂盛，飞鸟云集，“关关雎鸠，在河之洲”。原始居民火耕水耨，饭稻羹鱼，放火烧草，灌水淹死杂草，湿润土壤，直播稻种，以稻米和鱼为食物。鸠兹在春秋战国时期，先属吴国，继而属越国，后来属楚国。

那时的“长岸”，辖属于鸠兹邑，就是今天的芜湖市鸠江区境内的天门山。

公元前549年，楚国舟师（时人称水军为舟师）向吴国境内进攻，因吴国设防甚严，无功而返。

时隔24年之后，吴王僚当吴王的第二年，他命吴公子（先秦时称诸侯的儿子为公子）光，率舟师伐楚，楚平王就命令尹（令尹，官名，相当于后来的丞相）阳匄和司马（司马，官名，相当于大将军）子鱼（公子鲂），率舟师大举反攻。这一次的吴、楚两国水战，主战场就在鸠兹长岸。

我在“时空转换全真幻象机”的特定的键上按了一下，我脚下站的地方还是天门山，时间已转换到了公元前525年冬天了。

在柔和的阳光下，一阵刺骨的寒风迎面吹来，幸好我身上穿的是自动调控的空调服，不觉得冷。

大地上，一片白茫茫的积雪。初晴之日，看红装素裹，分外妖娆。但我立刻就注意到，江面上有很多战船，船上有很多吴国水军的官兵正在练兵。

这里是吴国舟师的一个营地。营地上的官兵接到吴王要攻打楚国的命令了，练起兵来比平时更加认真。

水战的载体是战船。两千多年前，中国内河水军的战船是怎样的呢？

我仔细地看着江面上这些吴国水军的战船。

最引人注目的是长达20多米的“大翼船”，细看，长约23米，宽约3.5米，船身狭长，分为上下两层，下层坐着划桨手，他们在船的两侧划桨，上层是作战的士兵，船上总共装载了100多人。这种船虽大，速度却很快，机动性也很好。古代的船通常靠风力推进，但战时无论什么风向都必须前进，风向不顺，就靠人力划桨，战船大，划桨手就多。我看到船上的近80

个划桨手划桨时，保持着一定的节奏和间距，表现了高度的纪律性和相互协作能力。

又一艘船来到了我的面前，船形与大翼船一样，但只有十几米长，宽不到3米，船上装载的总人数约70人。这是“中翼船”。

几艘船体坚固的船，船头装有青铜撞角，从我面前直冲而过。这是“突冒船”，专门用于撞击敌方战船的。它通过高速行驶，可以从侧面撞翻敌船，也可以选择切入角折断敌船的船桨使之失去动力。

忽然，八艘体积小、重量轻的小型战船，正在编成“前二、中三、后三”的队形，向我这里迅速驶来，再一看，它们是在为一艘大翼船开路。这些小型战船是“桥船”，速度极快，机动性非常强，既能用于高速冲阵以掩护大型战船，也能独立作战。

我顶着西北风往前走，长江上风浪很大，江面上的船都在颠簸，大船也在摇晃。就在这些颠簸、摇晃的船上，士兵们在练刺杀，刀光剑影，喊杀声阵阵。有一些士兵，在练习空手搏击，有时用拳击、有时用摔跤、有时用擒拿，来制服对手。还有些士兵，在练习专门用于水战的长钩矛，用来钩住敌船。

我仔细地看了一下，士兵分两种，一种是“甲士”，他们身穿铠甲，是部队中的精锐，另一种是“徒卒”，他们只是一般的士兵。在刺杀训练中，他们手持长戈，力图准确地刺入敌方身体的要害部位，如颈部、腋窝、肘内侧、腹股沟、大腿内侧等。这样的刺杀，在实战时往往就能一击致命。

一些将领也在练刺杀。看着他们手握的青铜剑，我想起了我国青铜剑的制造早在商周时期就开始了，春秋战国时期发展到了高峰。春秋青铜剑，主要成分是铜和锡。含锡量高的青铜，硬度高。铸剑工匠将硬度低、比较软的青铜铸成剑脊，以避免折断，在剑刃部位嵌合上硬度高的青铜，用比较硬的刃保证剑的杀伤力。青铜剑在实战中，首要功能是穿透对方的铠甲，刺杀敌人，此外还能用于劈、砍、划、拉等。

我还想起，考古工作者在今芜湖境内的古墓中发掘出一把青铜剑，剑身铸有铭文，古文字学专家辨认其为：“吴王光自作用剑”。“吴王光”，就是吴王阖闾，“光”是他的名字。这无疑是一把春秋时期吴越铸造的名贵青铜剑。当时，吴越有很多铸剑高手，吴国的干将、莫邪夫妇就以善铸剑闻名于世。他们铸造的名贵青铜剑，据《越绝书》记载，“扬其华，捽如芙蓉始出……观其光，深深如水溢于塘；观其断，严严如琐石；观其才，焕焕如冰释”。这把“吴王光自作用剑”，正是这样。

用现代科技X光照射和静电加速器检测这把剑，发现剑刃含80.3％的铜和18.8％的锡，剑身含83.1％的铜和15.2％的锡。这表明，这是一把复合剑，剑刃和剑身的金属成分不同，是先分别铸造，然后熔合在一起的。这把剑铸造中的这种复合金属工艺，世界上其他国家到近代才开始使用，中国在两千多年前就有了。

大战在即。吴国士兵们加紧练兵，作为主将的公子光这时在干什么呢？

我朝吴军主将的帷帐走去，看见帐外一个人正在舞剑。剑越舞越快，到后来，只看到一团团白光滚来滚去。过了一会，他手持宝剑站在那里不动，看着他前面的一棵树。忽然，一道白光闪过，他手中的宝剑像流星一样飞了出去，“嗤”的一声，剑身深深地插进了树干。他走过去，把剑拔出来，佩戴在腰间，走进了他的帷帐。

他就是公子光。

他一个人在帷帐里面，拿出一个埙，这是中国古代用陶土烧制的一种吹奏乐器，吹了起来。

我有点惊讶，这个时候了还吹埙。吹得还很好听呢，曲调婉约，声音柔美。

我对着他看了好一会。这位公子年轻英俊，满脸朝气，眼里透出刚毅的神情，腰间佩戴的闪闪发光的青铜宝剑，更使他英姿飒爽，再一看，他眼睛里又透出沉思的神情，身上还有一种儒雅的气质。

公子光的副将带着几个部将走进了帷帐，“我们在帐外面听到你吹埙的声音，真好听！吹的是什么曲子呀？”

“是一首民歌，‘关关雎鸠，在河之洲’。”公子光说。

“再给我们吹一遍嘛。”

“好的，不过要在打胜这场仗之后。现在，我们开会了，”停顿了一下，公子光又说，“楚国总是攻打我们。现在，我们的战船增多了，又创造了舟师编队作战的形式，吴王要我们去打一打楚国，显一显我们吴国舟师的实力，扬一扬我们吴国的国威和军威！你们觉得怎么样？”

众将领摩拳擦掌，齐声说：“好！”

“你们看，我们能不能取胜呢？”公子光问。

“横山之战，我们吴军反败为胜；鹊岸之战，我们吴军大获全胜；上次的水战，楚军攻打我们，无功而返。都是我们赢了！这次，我们的力量比以前强大了，难道会输吗？”

一个部将说：“那几次都是楚军来攻打我们，这次是我们的舟师去攻打他们的舟师。我认为，不仅要考虑一下双方力量的对比、军队的人数、战船的多少，还要考虑地势上的有利和不利因素，是顺流而下还是逆流而上，等等。”

“那你的意思是说，我们这次会输？”

“我的意思是要考虑得全面一些。”

“我看，你就是不敢打这一仗！”

“不是！我……”

公子光抬起右臂，挥了挥手，说：“好了，好了，我来讲两句。他的意思的确是要我们考虑得全面一些。这是对的。”他微微一笑，接着说：“我问你们，我们用什么打仗？”

“用手拿着武器打呀。我们是舟师，还要有战船。”

“还要用什么？”

“还要有粮草。”

公子光笑了笑，说：“还要用心！必须用心，在心里想出计谋来。我们既要敢于打败强大之敌，有勇，又要善于打败强大之敌，有谋。要善于打败强大之敌，就要把各方面情况考虑全面一些，审时度势，因利乘便，根据具体情况灵活地行动，把敌人的有利条件变成是我们的有利条件，而把我们的不利条件变成是敌人的不利条件，这样我们就一定会取得最后的胜利！”

“怎样把敌人的有利条件变成是我们的有利条件，而把我们的不利条件变成是敌人的不利条件呢？”

“这就要用心想，想出计谋来嘛。”

众将领听了，连连点头。

“明天，我们就要出发了！今天，各个编队都必须让士兵们把武器、战船、船桨、木筏、钩子、叉子等都准备好，还要带领士兵们吃饱喝足，睡个好觉。”公子光说。

众将领一个个笑嘻嘻地走出帷帐之后，公子光独自在帷帐里踱来踱去，满脸是沉思的表情。

我看到他的脑海里呈现着这样的图像：东、西梁山上，站满了吴国手持弓箭的士兵，正在向着山下江面上的楚军战船万箭齐发；从天门山西门口外开来的吴军战船，正在向着楚军战船迎头痛击；天门山北边的江面上，大批吴军战船正在追击往西逃跑的楚军战船……

“时空转换全真幻象机”对他脑海里呈现的图像进行解密，揭示了他埋藏心底的作战意图：“关起‘天门’来打狗！”

啊，他的作战意图是这样的，如能实现，必胜无疑。战况的发展千变万化，这个作战意图不是没有可能实现，但是也有可能仅仅是一厢情愿、凭空想象的设想啊。

此刻，楚军的情况是怎样的呢？

我走出公子光的帷帐，站到一个高处，拿起“环境扫描智能收音望远镜”向西望去，看到楚国的将领们正在进行战前占卜。

令尹阳匄让占卜官卜战，占卜的卦象显示：“不吉”。

司马子鱼（公子鲂）一听，瞪着眼珠问占卜官：“他们逆流而上来进攻我们。我们在上游，我们的战船那么多，浩浩荡荡地顺流而下，势如破竹！我们的力量比他们强，地势又明明对我们有利，为什么说‘不吉’？”

停了一下，他说：“我们楚国的惯例是战前卜战由‘司马令龟’。我请求重新占卜。”

占卜官重新占卜以后，卦象显示：“吉”。

司马子鱼说：“鲂（生活在淡水中的一种鱼，外形像鳊鱼）是长江主流鱼种，在自己的水域里是主人。鲂，也是公子鲂的名字。如果公子鲂带领部属拼死向前冲，楚国的大军紧紧跟上，奋勇杀敌，一定可以大获全胜!”

他意气风发地站在众将领面前，声音洪亮地说：“我是楚国的司马，我视死如归！我一定身先士卒，带领部属冲在最前面！你们，”他用左手指了指站在他左前方的将领，“你们，”他放下左臂，用右手指了指站在他右前方的将领，“你们，”他又用右手指了指站在他正前方的将领，“愿意带着士兵们紧跟着我，以死相拼，奋勇杀敌，去夺取胜利吗?”

众将领斗志高昂，举起拳头高呼：

“愿意!”

“愿意!”

“愿意!”

第二天拂晓，在时浓时淡的晨雾中，一艘高耸在江面的巨大的楼船，由北向南驶来，到了离天门山不远的地方，停在了长江东岸的水边。

楼船上面有重楼式建筑，外观好像高耸的楼宇，长32米，宽4.5米，船的周围有厚重的木板防护，船头装有青铜撞角，总共可以装载二百多人，其中有近180人是划桨手，分三层坐在船的两侧划桨。这种船，具有强大的防护能力，也具有强大的战斗力，是巨型战船，也可以运载大量士兵和武器装备以及给养物资，还可以当作水上移动要塞，用来阻击敌军。

这艘楼船名为“余皇”号，是吴国最大的一艘楼船，是吴国水军主将指挥水上作战的旗舰，也是吴王的御用“王舟”。

“余皇”号一靠岸，公子光就从船的楼上下来，走到了岸上，公子光的副将快步迎了上去。

公子光对他的副将说：“按原定计划办。首先，派第一编队（这是一个中翼船编队），早饭后出发。半个时辰之后，派第二、第三编队（这是两个吴军的战船又不断地向他们冲上去，同楚军士兵厮杀。

司马子鱼眼看着“余皇”号在安全地撤退，气得咬牙切齿。

过了一会，“余皇”号在吴军其他战船的掩护下，开进了天门山的西门口，接着，从天门山的东门口开出去了，又继续往前开。

吴军的战船，且战且退，挡住了楚军战船针对“余皇”号的攻势，也使楚军楼船前进的速度大大减慢。

楚军战船由纵队行驶，改为纵横结合的结集前行，所有的划桨手全都拼命划桨，让战船冲得更快。

吴军战船的四个编队守在天门山的西门口，左冲右突地阻挡楚军楼船进入。

楚军战船的猛攻终于奏效了，一些中型和小型战船冲进了天门山的西门口。司马子鱼乘坐的楼船，跟在后面，也冲到了天门山西面的江面上，快到天门山的西门口了。

司马子鱼头戴头盔，身穿铠甲，手持寒光四射的青铜宝剑，威风凛凛地站在高大的楼船上，两眼凝视着“余皇”号。

楚军十多艘大大小小的战船，冲进天门山的东门口了。司马子鱼的楼船紧跟其后，司马子鱼站到了船头上，他的后面紧跟着楚军的大批战船。

楚军的大批战船，从三个方向朝着“余皇”号包围过去了。

这时，潜伏在东、西梁山上的吴军的神箭手，排列成雁行阵，都把箭头瞄准了司马子鱼。尖锐锋利的青铜箭头是具有相当大的杀伤力的。司马子鱼刚刚站到船头，就有好几支箭向他飞来，当、当、当、当地射到他身穿的铠甲上。他看到有一支箭迎面向他飞来，把头一偏，躲了过去。就在他昂起头来，又一次举着宝剑高喊“冲”的时候，从东梁山上飞来一支箭，正好射中他的咽喉，鲜血往外直喷。司马子鱼倒在船上了，两眼直直地瞪着天上的太阳，只见那太阳慢慢地变成黑色的了，他瞪着那黑色的太阳，他的手里还紧紧地握着他那把青铜宝剑……

“冲呀！”大批楚军士兵呐喊着，跳过“余皇”号的船帮，冲到了吴军的“余皇”号上。但他们上上下下地跑，找不到一个吴军士兵，“余皇”号这时是一艘空船，到处空空荡荡。

江面上，激战还在继续。又有一些插着“吴”字旗的桥船被撞翻了，一艘插着“吴”字旗的大翼船也被撞坏了，吴军的其他战船，纷纷转身撤退。

残阳如血的红光，照着江面上落水的士兵和被撞翻的战船，长江的流水中，夹着一缕缕鲜血，漂着一具具尸体。

楚军的官兵们站在“余皇”号上，亢奋地高呼：“‘余皇’号是我们的了！”

“杀死吴军主将！活捉吴国国王！”

暮色苍茫时，楚军主将令尹阳匄乘坐另一艘楼船，来到了天门山。他派了重兵在“余皇”号船上看守这艘船，又派兵环绕“余皇”号挖一道深沟，然后用木炭灰将深沟填满，把这艘巨型战船的水上通道堰塞，确保万无一失。他亲自巡视士兵们挖沟，要他们把沟挖得再深一些，一直挖到看得见泉水，又亲自检查船上和船的四周的防卫情况，这才回到楼船上，等待楚平王下达新的命令。

皎洁的月光像流水一样从天上泻下来。在月光下，我登上了又高又大的“余皇”号，看到船上的楚国士兵有的在站岗，有的在巡逻。船上，一层一层地架设着木板，有那么多的船桨伸到水里，每一支桨都那么长、那么大。我上上下下地走了走。现在，这艘大船是楚军的战利品了，但丝毫没有受到损坏，公子光是主动把它让给楚军的，楚军还要把它开到楚国去，让楚平王乘坐一下呢。公子光为什么要主动撤退？这就把下面的一场既斗智又斗勇的更加激烈的战斗，埋伏在这里了！

公子光这时在干什么呢？我用“环境扫描智能收音望远镜”一望，在稍远处吴军一艘大翼船的库房里，正在开着军事会议。

公子光对面前的众将领说：“‘余皇’号是吴国先王的乘舟，是吴国水军的旗舰战船，被楚军夺走，我有不可推卸的罪责，你们也脸上无光呀。我决心要把它夺回来！我要求大家同我一起，拼死把‘余皇’号夺回来，军官兵了，“余皇”号上，又高高地飘起了“吴”字旗。

我站在“余皇”号最高层楼阁的窗口前，目睹了眼前的这场激战。

忽然，我听到楼阁门口有脚步声，回头一看，是公子光走进来了。他走到那个宝座前，坐了上去。

公子光的副将，站在楼阁的门口，抬着头凝视着不远处的江面，手里拿着一根长长的木棍，上面捆着三个火把，都还没有点燃。

这时，是黎明前的黑夜。

过了一会，副将说：“前面的火把点燃了，是三个火把！”

公子光从宝座上跳了起来，右手按住腰间佩戴的青铜宝剑，快步走到门口，朝着前面看了一下，斩钉截铁地说：“总攻开始！点燃火把！”

我朝窗外看去，北边不远处的江面上，三个火把正在熊熊燃烧，在火把的光照下，江面上船影幢幢。

紧接着，“余皇”号上的三个火把也熊熊燃烧起来了，火苗往上直窜。

“余皇”号上的吴军官兵，留了一部分守卫吴军的这艘旗舰船，其余的纷纷跳到突冒船或桥船上，同吴军的一艘大翼船、两艘中翼船一阵，向着楚军旗舰冲去，响起了一阵阵的喊杀声。

吴军的三艘大船一艘接着一艘，从楚军旗舰船的一侧紧贴着擦边而过，吴军士兵用斧头把楚军旗舰船这一侧的划桨全都砍断了。在双方战船接舷时，十几个吴军士兵将各人拎在手中的布袋解开来，把里面的干黄豆“哗啦啦”地撒到了楚军旗舰船上，往前跑的楚军官兵踩在圆滚滚、硬邦邦的黄豆上，脚步前滑，站立不稳，纷纷摔倒。吴军战船上的重装备士兵在弓箭手掩护下，一个个跃上楚军旗舰船。一个身手矫捷的吴军士兵最先跳了上去，看到一个身穿铠甲的楚军将领摔倒后，仰面朝天，两腿分开，就立刻弯下腰，用手里的长刀，一刀刺进他的腹股沟，然后把刀插进了他的肚子里，随即捡起地上的一把剑，刺进了他的咽喉。跳上去的其他吴军官兵纷纷踩着倒在船上的楚军官兵的身体，迎着跑过来的楚军士兵奋力砍杀，接着又手持武器在船上到处寻找楚军主将。楚军主将令尹阳匄在楚军官兵的掩护下，急匆匆地跳上一只小船，逃走了。

北边不远处的江面上，也传来了一阵阵的喊杀声。

东边的天空，露出了鱼肚白。

北边江面上的喊杀声，越来越近，越来越大。

我依稀看到，北边江面上的战船一片混乱，船上刀光剑影，血肉横飞。楚军的战船在向南撤退，吴军的战船在后面追赶。

天蒙蒙亮了。

楚军的战船继续向南撤退，快到天门山的东门口了，吴军的战船在后面穷追不舍。

在楚军的战船正好撤退到天门山的东门口时，东、西梁山上突然从树林里、草丛中站起了一层一层的吴军弓箭手，他们都排成雁行阵，向着楚军战船上的楚军官兵万箭齐发。

楚军的战船继续撤退，到了天门山的西门口时，西门口外的江面上，杀声四起，一百多艘插着“吴”字旗的小型战船，箭一样地从四面八方包抄过来。

大批吴军突冒船和桥船，向着楚军战船直冲，楚军的好几艘中翼船和大翼船被撞翻了。

从北边江面上开过来的吴军战船编队，这时来到了天门山的门口，从后面猛攻楚军战船。

正当楚军战船在天门山的江面上遭到吴军战船的前后夹击时，长江两岸的地面上，又各来了一支吴军的步兵方阵。他们在两岸分散开来，一个个手拿长戈或弓箭，站在岸边，有的用长戈去刺落水的和落水后往岸上跑的楚军士兵，有的用箭去射楚军战船上的楚军官兵。

战争中的最大伤亡和战果，往往不是在有组织的对抗中，而是在有组织的战斗被破坏之后。在有组织的战斗被破坏之后，楚军遭到重创，楚军主将令尹阳匄带着一部分楚军大型和中型战船，在一批小型战船的掩护下，拼命地向西突围。这时，二十几只吴军小型战船冲向密集的楚军战船，吴军士兵一个个朝楚军战船上投掷装着酒的小木桶，一个又一个小木桶掉下来以后散成碎木片，桶里装的酒在船上到处流淌，几个吴军士兵立刻将点燃的火把投到船上，楚军战船上很快就燃起了熊熊烈火……

鸠兹长岸水战以吴军舟师反败为胜结束。

我站在东梁山上，看着公子光满脸笑容地登上了高耸在江面的“余皇”号，船上的划桨手奋力划起了桨，在这艘高大的楼船后面，紧紧地跟着大批的吴军战船，每艘船都挂上了风帆，船上的旗帜在风中招展，浩浩荡荡的战船编队在顺流而下，向着吴国的都城进发。

看着，看着，我回顾起鸠兹长岸水战的情景：

吴军舟师进攻楚军，战斗打响后，却敌前示弱，在敌强我弱、地形又对我不利的情况下，不与敌人硬拼，船多人众的楚军，立即以凌厉的攻势进行反攻。吴军在且战且退中引诱楚军深入吴国境内，一直来到地形地势对我有利而对敌不利的天门山，又不同敌人拼消耗，而是保存实力，主动从自己的旗舰“余皇”号上撤退，让楚军夺走。

战争的第一阶段，吴军是失败了。但是，吴军审时度势，因利乘便，根据具体情况灵活地采取行动，变化战术，把敌人的有利条件变成了自己的有利条件，把自己的不利条件变成了敌人的不利条件，为反攻得胜做好了准备。

战争的第二阶段，战况发生逆转。楚军还陶醉在已经取得的胜利之中，吴军经过密谋，发动夜袭，智取“余皇”号，失败中先取小胜。吴军利用天门山的地利，设下伏兵，布下天罗地网，这时，乘胜发起总攻，“关起‘天门’来打狗”，山上山下，江面上前后左右，从四面八方围攻楚军战船，楚军损失惨重，吴军大获全胜。

楚军在长岸之战最后的惨败，并不是不可避免的。由于楚军主将司马子鱼主要凭“勇”指挥作战，率领大军一味猛攻，很少使用谋略，自己中计阵亡了，楚军最后也由胜转败了。

吴军主将公子光不但凭“勇”而且靠“智”指挥作战，在长岸之战中，把血腥搏杀变成一种智慧的较量，最后反败为胜。怪不得他后来当了吴王以后，能慧眼识英才，将一个“辟隐深居”在吴国“世人莫知其能”的齐国人孙武，重用为吴国的将军呢。孙武运用计谋指挥作战，帮助吴王阖闾“西破强楚”“北威齐晋”，他的兵书《孙子兵法》更是为中国传统文化中以智谋为代表的兵学文化奠定了基础。中国历史上有记载的兵书达4000多部，孙武的《孙子兵法》被世界公认为最出色的一部。

我再一看，群帆远影碧空尽，唯见长江天际流。

我拿起“环境扫描智能收音望远镜”远望，看到公子光正站在“余皇”号的船头，面对着吴军的一些官兵，又拿出他的埙，吹了起来：“关关雎鸠，在河之洲。窈窕淑女，君子好逑……”曲调婉约，乐音柔美。

我想起公子光在鸠兹长岸之战的十年之后，当了吴王，是为吴王阖闾，他和“窈窕淑女”生的一个儿子，后来也当了吴王，就是吴王夫差。在夫差在位的第十一年（公元前485年），吴国舟师数百艘战船，驶出长江口，沿着东海海岸，不远千里突袭北方齐国的山东半岛，在黄海的琅琊台海域，与齐国舟师的数百艘战船，进行了中国历史上也是东亚和太平洋地区历史上第一场大规模海战。这场海战，对后世研究古代水战战术、水战武器装备和舰船发展具有极其重要的意义。

这时，我忽然又想起，我国在黄海的琅玡台建造了一个“人造太阳”，即一座可控热核聚变反应堆，现在正在为这个“人造太阳”安装“心脏”。核聚变能，是人类最理想的能源，我国又建造了一个新的“人造太阳”，这是多么令人高兴啊！

我在“时空转换全真幻象机”上按了一下按钮，转瞬间又回到了2100年长江岸边的天门山。

我在天门山下走着走着，心里想，两千多年前的古战场，如今成为当代高科技园区了。这可不可以看作是人类经过几千年无数的战争之后，正在走向持久和平的一个象征呢？人民都希望今后不再有战争，渴望持久的和平啊。

穿着婚纱上月球

地球是我们的摇篮，但我们不能永远待在摇篮里。

——俄罗斯物理学家、火箭科学家齐奥尔科夫斯基

飞向月球

月亮升起来了，我来到湖边一棵高大的桂花树旁，站在绿草地上一块大石头前。

桂花树上，正绽放着无数的小白花，它们亲密地挨在一起，簇拥成一个个花团，散放着幽幽的香气。这棵树上有无数的花团，里里外外、上上下下地开在繁枝茂叶之间。我看了一会，感到赏心悦目，又走近了闻一闻，让它们幽幽的香气印在我的记忆里。

在桂花的幽香中，我回忆着他的相貌。他在去月球之前，昨天晚上就是在这里，与我共同度过一段甜蜜时光的。

我和他小时候就在一起玩了。他比我大三岁，我一直喊他“哥”，他喊我“兰兰”。童年时，有一次我怀里抱着一个穿红裙子的布娃娃，我对他说：“我当她‘妈妈’，你当她‘爸爸’吧。”他笑着点点头，“嗯”了一声。我们俩一年一年地长大，我喜欢唱歌，他喜欢看书，但在一起，还是有说不完的话。后来，我学声乐，他学航天，我对航天有了兴趣，而他对音乐也有了兴趣，渐渐的，我们俩进一步发展为恋爱关系。今年，他从航空航

天大学博士研究生毕业三年了，我在音乐学院博士研究生毕业之后就同他订了婚，约定明年春节结婚。

订婚后，我们俩来往更加频繁，关系更加亲密，无话不谈。有一次，他告诉我，中国和其他几个国家合作建造的地球上第一部太空电梯正在加紧动工。

“啊，那多好呀！太空电梯造好之后，地球上的人走进去，按一下‘上升’按钮，助推器火箭从发射台发射后，就会被迅速送入轨道，直达38.44万千米之上，轻轻松松地到达月球；月球上的人走进去，按一下‘下降’按钮，就可以直达地球。”

我要他给我科普有关太空电梯的知识，他就告诉我，这是人类的一个梦想，19世纪80年代，俄罗斯物理学家齐奥尔科夫斯基把这个梦想变成了科学的幻想。齐奥尔科夫斯基想埃菲尔铁塔可以建成，如果工程师能够建造更加庞大的结构，为什么不继续往外太空延伸，再建一个呢？他利用物理原理证明，如果塔足够长，那么离心力就足以使塔保持直立而无须外力。就像绳子上的球因为旋转不会掉到地板上一样，地球自转的离心力也可以保证太空电梯不会倒塌。但是，后来一些科学家研究，太空电梯线缆上的张力可能会达到1000亿帕斯卡，这超过了钢的断裂点——20亿帕斯卡，钢缆会断裂，太空电梯会掉下来。建造太空电梯的想法，就遭到了一些人的取笑。

他说：“进入21世纪之后，科学家就认为太空电梯将是纳米技术的一种革命性应用。现在，是用纯碳纳米管这种神奇的材料制造太空电梯线缆。”

“碳纳米管怎么神奇呢？”

“碳纳米管是把石墨烯卷成长的管子。石墨烯是碳原子组成的单分子层紧密结合形成的超薄、超轻、超耐用的薄片，它是透明的且没有重量，比钢要硬200倍，还能导电。因此，碳纳米管强度非常大，不会断裂，坚不可摧。这样，问题不是在基础物理学上，而是出现在工程学上了。我们能不能制造出足够长的碳纳米管，一直延伸到太空中呢？它的难度太大了。面临这个巨大的工程问题，科学家不断地进行研究，不断地进行探索，终于把问题解决了。目前，工程进展得相当快。”

还有一次，他给我讲古代一个白衣人在月球上采矿的故事，这是唐朝志怪著作《酉阳杂俎》中记载的。《酉阳杂俎》第一卷中写的是，唐朝两个读书人游嵩山，遇到一个白衣人，白衣人对他们说，“月乃七宝合成”（月球是由好多种宝贵的矿石组成的），“月势如丸，其影，日烁其凸处也”（月球的地势像丸子一样，上面的影子是太阳照在其凸出的地表造成的）。白衣人还说，“常有八万二千户修之，予即一数”（有八万二千户人家在月球上挖掘宝石，我就是其中之一）。他给这两个读书人展示了挖掘宝石的工具，分享了太空食品，说：“食此，虽不足长生，可一生无疾耳。”之后，这位月球上的白衣人就“嗖”地一下不见了。

前些天，他告诉我，他接到通知参加一项训练，登上了一架能够模拟失重的飞机，在垂直升起后突然关闭引擎大约半分钟，然后落下，飞机里的人就像被扔到空中的石头，经历自由落体运动，当飞机重新启动引擎后，人会落到地板上。这个过程重复了几个小时。

我问:“为什么要参加这项训练呢?”

他轻声说：“可能有重要任务。”

昨天中午，他打电话对我说，“今晚在湖畔见面，我要给你一个天大的惊喜!”

昨天晚上，我到了湖边，等了一会之后，一看手机，八点零一分了。

绿色的草地上，洒着银色的月光。我站到大石头上，环顾四周，没有看到他的身影，也没有听到他的声音。

“说好了八点钟到的呀，你已经迟到一分钟了，”我心里想，“我要让你着急一会，再给你一个惊喜。”

前面不远处，有个小树林。我快步走了进去，躲在一棵大树后面，还把手机调到静音。我看到他来了，急急忙忙地走着，走到湖边那棵高大的桂花树旁，站到绿草地上那块大石头前，环顾四周，过了一会，站到大石头上，又环顾四周，看样子有点着急，就拿出手机打电话。

我快步绕到他身后，双手轻轻地蒙住他的眼睛。“兰兰已经来了啊。”

他一边说，一边轻轻地分开我的手，迅速地转过身，对我笑着。

我问："什么'天大的惊喜'呀?"

"我被派到月球上出差，明天动身。"

我一听，愣了一下，但立刻就反应过来了。"出差到月球上去！好呀，好呀!"我笑着，连声说。

"太空电梯的建造，已经进入收尾阶段了。为了加快施工进度，派了一些科技人员带领一群智能机器人到月球上去，让这些智能机器人加强施工力量。预计地球上这第一部太空电梯，在明年春节期间可以正式运行。"

我一听，更高兴，笑着，跳着，蹦着，"那我们俩坐太空电梯到月球上去旅游结婚，好吗?"

他看我这么高兴，把我抱在怀里，吻着我的嘴唇，喃喃地说："好，好，我们俩到太空旅游，在月球上旅游结婚。"

"坐太空电梯到太空旅游，在月球上旅游结婚!"我高兴地念叨着。

"婚纱，我们俩已经一同去看了好几款了，由你选定吧，"他一边说，一边又在我的脸蛋上轻轻地吻了一下，"就这样定了。你等我回来吧。"

"嗯。"我也在他的脸蛋上，轻轻地吻了一下。

今天，他坐上火箭运载的宇宙飞船，点火后火箭底部迸发出巨大的橙色火焰，引擎发出撼动大地的怒吼声，宇宙飞船就以近三万千米的时速，冲破地球的大气层了。

现在，他正在太空中。我把手机握在手里，准备随时接他打来的视频通话。

忽然，我又想起昨天晚上我们在这里的情景。他把我抱在怀里，吻着我的嘴唇。想着，想着，我情不自禁地唱了起来：

轻轻的一个吻，
已经打动我的心，
深深的一段情，
叫我思念到如今。

现在，我要唱得让他听到，就对着天空中的月亮唱，越唱，声音越高:

我的情不变，
我的爱不变，
月亮代表我的心。

我的手机响了，我一看，是他打来的视频通话。

“兰兰，你好！现在我在宇宙飞船上，我讲话的声音，你听得清楚吗？”他欣喜地笑着对我说。

“听得很清楚。”我欣喜地笑着对他说。

“刚才，我听到一阵歌声，婉转入云霄，声遏行云，仔细一听，是你唱的《月亮代表我的心》，是吧？”

“是呀。人家想你嘛。”

“我在太空，也在想你哟！”他又笑了起来。

“哥，你适应太空中的生活吗？现在怎么样？”

“开始不适应。从地球上一进入太空就感受不到引力了，也就是失重。身体无法固定，只能飘着。人随时都会感觉身体里的内脏、血液往上飘，还会像重感冒一样感觉鼻塞。太空没有重力环境，不能躺在床上睡觉，要悬在半空中睡。失重会使人产生头和四肢以及躯干分离的幻觉，还会因为醒了以后发现身体下面没有任何支撑的东西，而有一种身体坠落的感觉。漂浮在半空中睡着了，遇到墙壁时，像排球似的，被弹来弹去。失去了重量的水，不会往下流。用普通的杯子喝水，即使把杯子倒过来，也喝不到水，要用带吸管的塑料杯。因为生活空间狭小，眼睛焦距的调试，也没有在地球上那么自然……不过，我正在渐渐地适应。我们的飞船，正在绕地球轨道飞行，我觉得就像是划着一只小船，行进在浩瀚的太平洋上，周围不时地卷起十几米高的巨浪。”

“渐渐地适应了，那就好。你看到地球上的景色了吗？”

“我在飞船的穹顶舱里，透过窗子，多次俯瞰过地球上的景色。我印象最深刻的是这样一幅画面：地出！”

“地出？”

“就是地球在月球上升起。以前在地球上，我看过无数次日出。这次，在太空中，我看到了在月球的弧形地平线上，徐徐升起了一个绚丽的蓝色星球，我仔细地看，是地球！我看到，充满生命的蓝色地球，如同太阳一样升起来了，悬挂在茫茫宇宙中，贴近月球的地平线。我那时的心情，十分激动。之后，我看到在蓝色的地球上，珠穆朗玛峰像一座金字塔，耸立在喜马拉雅山的千秋冰雪上。从这‘世界屋脊’上，一条白色的水流，一泻万里，流进了一片蓝色的海洋，这是长江。在长江下游的南边，黄山，像一朵菊花正在灿烂地绽放。它的北边，中国的万里长城就像系在地球上的一根丝带。这是我们伟大祖国的锦绣河山啊！我还看到，大片的海水中间有小岛，这是巴哈马群岛。海水是充满活力的深蓝色，岛上是光亮的青绿色，阳光照在浅滩和礁石上，泛起片片金光。多么迷人的景色呀！我还看到翠绿的南美雨林，斑驳的非洲荒野，闪烁的城市灯火，铺陈在我的面前，就像天国乐园一样美丽。”

“我真羡慕你呀，看到了这样的美景！哎，你亲身经历了太空的环境，对地球上的人来说，它是非常恶劣的吧？”

“嗯。太空没有大气层调节温度，气温变化是极端的。我们的飞船在地球的这一侧飞行时，气温达到100多摄氏度，而飞到地球的另一侧时，气温又降到零下100多摄氏度。因为缺少了大气层和范艾伦辐射带这样的天然屏障，太空中还有各种各样的有害射线。登陆到月球上以后，自然环境同样恶劣。人站在月球表面，身体朝向太阳的一面，温度会高到100多摄氏度，背向太阳的一面，温度会低到零下100多摄氏度。月球上空气稀薄，主要由氦气、氖气等气体组成。地球上的人如果穿着平时穿的衣服到月球，一上去，就会死于体液沸腾和缺氧。”

“你穿着太空服嘛。”

“是的，它配备着生命维持系统，具备这样几个功能：提供氧气及恒定气压，控制温度，保证活动自由，支持电力通信，防止太阳辐射，能把人的身体同太空的恶劣环境隔离开来，给人提供一个与地面相当的环境。太空服有舱内穿的和舱外穿的两种。人在太空出舱活动时，必须穿舱外太空服，它的活动性能和耐太空环境性能比舱内太空服更好，连靠近手指的地方都装备了电子加热器，相当于一个独立的小型宇宙飞船。人穿上它又充满气之后，看起来像是个棉花糖宝宝。”

“讲讲你在太空中日常生活的情况吧。”

“我的居住舱很小，刚好能放下睡袋和我随身带的衣物。睡醒时，裹在睡袋里，我就打开笔记本电脑，查看时间表。现在我越来越能了解自己睡醒时，身体在什么地方，但是仍然经常搞不清身体的朝向。醒来时，会觉得自己的身体上下颠倒了，在黑暗而且失重的情况下，只能猜测身体在这个小空间中的方向。开灯时，会产生一种视错觉，好像整个房间在快速旋转，在我面前重新排列，但我知道，这实际上是大脑在根据新的感官输入调整认知。”

“听说地球上的人在太空中，既坐不稳，又站不住，还走不好路？”

“人在地球上生活的常态，在太空中是无法继续保持了。太空服是由特殊的材料制成，而且是充气膨胀的，手套也一样，每动一下都像是用力按在网球上。肩膀和胳膊也被困在航天服里，想做弯曲的动作很困难。比如穿袜子，就有难度。没有重力帮我弯腰，我只能发挥身体的力量和柔韧性，把双腿拉到胸前，伸出双手来穿，即使这样有时还很难穿上去。幸好我穿的太空服上有很多大大小小的口袋，当我没法把东西放下时，就要用到它们。”

“你说你现在在穹顶舱里。刚才，你是怎样从居住舱进入到穹顶舱的？”

“我打开居住舱的门，手上拿着笔记本电脑，用脚往后推墙，让自己飘出来，这才进到穹顶舱里。”

“你现在还在遥望地球上的景色吗？”

“啊呀，我现在倒挂在穹顶舱里了。我要调整一下自己身体的朝向。”

我在视频中看到，他的身体正在一会儿朝上，一会儿朝下，一会儿朝左，一会儿朝右……

“你调整好没有？”

“调整好了。现在，我听到了音乐的声音。这音乐从太空中传来，我戴着耳机，收听到的。”

“太空中传来什么音乐了？”

“是中国的古琴音乐。我正在听的这一段，演奏者运用古琴的多种指法技巧，尤其是运用了大量的滚、拂、绰、注的手法，对连续不断的流水的声响，对波涛起伏翻滚的声响，进行了模拟性的演奏。这些音响的层叠进展，生动地描绘了激流奔腾、惊涛拍岸、水石相撞、漩涡转动等流水的动态景象，听着，听着，我仿佛坐危舟，过三峡，目眩神移，惊心动魄。这首曲子我很熟悉，是中国的古琴曲《流水》。”

“这首曲子的乐音，怎么在太空中回荡起来了呢？”

“我想起来了，1977年8月和9月，美国宇航局相继成功发射了旅行者一号和二号，这是两个无人外太阳系空间探测器。旅行者一号，已经成为人类首个进入星际空间的探测器了。科学家在这两个探测器上都放了‘金唱片’，即表面镀金的唱盘，它能在太空‘活’10亿岁都不止。金唱片上刻录了来自地球的声音和图像资料，目的是准确地反映地球上生命的多样性以及地球上的文明。其内容，包括用55种人类语言录制的问候语（包括4种中国语言：普通话、闽南语、粤语、吴语），115幅影像（包括中国的长城），90分钟音乐（其中有中国古典音乐、贝多芬的交响曲等），还有地球上的海浪拍岸声、风声、闪电声以及鸟、鲸等动物发出的声音。所有这些都是为了向外星人表达地球上人类的问候，希望有外星人获得这些信息。金唱片上，就刻有中国古琴曲《流水》的录音。”

“原来是这样。下一步，你们要准备登月了吧？”

“在登月之前，我们要先到中国载人空间站去访问一下。中国载人空间站建成以后，多次接受了载人飞船和货运飞船的访问。那里有科学家，正在验证太空电梯建造和运营的相关关键技术，我们就是去了解这方面的最新情况，以便更好地施工。然后，我们才飞入月球轨道，进行极具危险性的空降和高难度的着陆。”

“最大的挑战，可能就是在月球表面‘软着陆’。”

“谁说不是呢。着陆时，登陆器跑得太快，就会一头撞上月球，发生爆炸，器毁人亡；太慢，又会同月球擦肩而过，那我们就一去不复返，永远迷失在太空中了。”

“你们是怎么准备的呢？”

“我们的月球登陆器，尺寸接近一台小冰箱，从运载火箭脱离时，它的重量约600千克，其中三分之二是飞行燃料。航天员告诉我，准备让它以超高浓度的过氧化氢点火飞离，像一颗射出的子弹一样高速飞向月球，进入月球轨道之后，在逆向推进的辅助下垂直降落，靠着剩下的一点燃料，在推进火箭的帮助下，在月球表面上来个‘三级跳远’，这样来实现‘软着陆’。啊，航天员开始准备登月了，我要去协助他做一些事。”

“祝你们‘软着陆’成功！”

“到时候我们再进行视频通话吧。再见！”

月球上的所见所闻

视频结束了，但我仍然把手机握在手里。

看到了他熟悉的笑脸，听到了他熟悉的声音，知道了他一切都好，我放心了。我沿着昨天晚上我和他散步时走的路，慢慢地走着，想着我将要同他坐太空电梯到月球上去旅游结婚的事，觉得心里有一大块蜜糖正在融化着。

我来到桂花树旁的大石头上，坐了下来。我微笑着，抬头看着天上的月亮，之后，低头看着月亮在湖水中的倒影。我轻轻地哼起了《月亮代表我的心》这首歌。

忽然，我想起他刚才说的话：“发生爆炸，器毁人亡”，“一去不复返，永远迷失在太空中”。我的心情有些不安起来。

我从大石头上站起来，抬头看看天上的月亮，向着桂花树走了几步，在浓郁的桂花香气中，做了几次深呼吸，又走了走，看看月亮在湖水中的倒影。

正在我心情焦急的时候，我的手机又响了，我又看到了他的笑脸，听到了他的声音。

“兰兰。”

“哎，哥，你们‘软着陆’成功了吧？”

“成功了！”

“太好了！太空旅游万岁！登上月球后，你最先看到的是什么？”

“是我们‘软着陆’的那块遍布陨石坑的地面，我脚下踩的是细碎的颗粒，像粉末一样。我以弹跳式的步伐在月球表面行走，踢起了月球的一点尘土。放眼望去，月球的表面是一片壮观的荒漠，有着一种奇异的荒凉孤寂之美。我细看，月球上是有不同颜色的。月球本身不发光，靠反射太阳光，我们才看到它。在地球上看到的月亮，是银白色或橘黄色。站在月球上看，有些月海是浅蓝色的，有些山脉是深褐色的。”

“啊，月球的颜色不是单一的色调呀。”

“我看到中国的‘玉兔号’月球探测车了，中国是世界上第三个在月球上拥有探测车的国家。我参观了嫦娥三号着陆器，参观了‘玉兔号’月球车上配备的雷达等设备。这辆‘玉兔号’月球探测车已经探测了月球地下的一个又一个地层，并且搜集了火山活动的证据。我告诉你啊，我在月球上做了一个科学实验呢。”

“啊呀，你飞到月球上做科学实验了！做了什么实验？”

“上中学时，不是学了伽利略提出的自由落体定律吗？——在没有空气阻力的情况下，任何重量的物体都会以同样的速度坠落。这次，我事先准备了一根鹅毛，一把铁锤，铁锤的重量是鹅毛的1000多倍。‘软着陆’之后，我下了宇宙飞船，走到一个地方，做了这个实验。”

“实验的结果是怎样的呢？”

“我左手拿着鹅毛，右手拿着铁锤，两只手同时放开，这两个物体，正如伽利略所说的那样，同时落地！我在月球上还巧遇了《酉阳杂俎》里的那个白衣人！”

“你们谈了些什么？”

“他告诉我，中国古代神话中的‘神仙’，其实就是航天员的化身，古代把航天科技看成‘成仙术’，称航天为‘升仙’。《淮南子》里的嫦娥，服用了王母娘娘的长生不老药，身体骤然变轻，升入太空，到达月球。这实际上就是借用外力，克服地心的引力，飞到月球。《博物志》中的‘飞车’，《拾遗记》中的‘巨槎’，《洞天集》中的‘仙槎’，可以看作是宇宙飞船。他说，中国古人的幻想，已经成为现实。他是唐朝时来到月球的，那时月球上人很少，显得很荒凉，连嫦娥都后悔偷吃灵药奔上月球。现在，月球上有几百万人了。现在月球上的城市，是百业兴旺，高楼林立，像花园一样美丽。”

“你对他讲了些什么呢？”

“我说，我惊叹古代中国人的神奇想象和科学思维，更惊叹的是，当代地球人，通过创新性思维和创造性劳动，使月球成了人类的居住地，这块荒凉孤寂的不毛之地上，正在建设高度的物质文明和高度的精神文明。”

“嗯，是这样。现在，你正在干什么？”

“我正在观看航天员操纵月球探测车。这辆探测车，主要部件是用极轻的、高强度的碳纤维制成的，配备有能测知障碍物的红外线感应器、太阳能电池阵列、能测量月球磁场的磁强计等，上面还有一个体形小的智能机器人，可以悬垂进入很深的裂隙和洞穴，搜集关键数据，考察这些地点。现在，航天员正在有条不紊地发出一系列电脑指令，探测车滴答作响地在月球表面艰险的地貌上行驶，秒速稳定在几厘米，正确地感应环境，绕开路上的险境，不然的话，稍微大点儿的一块岩石、一条沟，都可能破坏整个任务。航天员利用在技术微缩化方面的进展，重新对月球表面进行探索、拍摄、测绘等，精细程度远远超过早期月球车通过拍照和土壤化验所得到的信息。他正在向地球传送数据、视频和图片。我马上还要做一件很重要的事。”

“什么事？”

“展开太阳能电池板收集能量。月球上的一天，相当于地球上的一个月，月球上的任何地方都是两周白天接着两周黑夜。我们需要大块的电池来储存那两周‘白天’收集的能量，以便在接下来的‘黑夜’中使用。”

“你还将要干什么呢？”

“我准备利用我的休息时间，去参观两个工厂和一个农场。这两个工厂都是地球上的人类运用智能机器人技术，开发利用月球上的资源的。其中一个，正在开发水资源。”

“月球上零下100多摄氏度，有水资源吗？”

“啊，一位科学家在招呼我了。我们几个人约好了，花一天的时间参观三个地方。明天，我们再谈吧，再见！”

第二天晚上月亮升起以后，我来到了湖边的桂花树旁。

我的手机响了，他的笑脸又出现在视频里。

“兰兰，我参观过了，大开眼界、大有收获呀！”

“快跟我讲讲吧。”

“我们先去的是开发水资源的那个工厂。”

“月球上的水资源是什么呀？”

“月球的火山沉积物中有证据显示，月球岩浆中含有水分。但是眼下，月球上的水，还只是以冰冻水的形式存在于月球两极。”

“啊，是冰。”

“月球两极，有大量的冰。现在，已经运用智能机器人技术，将一些冰，转换成燃料和氧气了。首先通过加热，让冰化成水，然后把水分解成氢和氧。这样就让月球上的冰冻水，可以供生活在月球上的人类饮用，可以灌溉农作物；分解成氢和氧之后，氧气可以供生活在月球上的人类呼吸，氢气可以驱动飞船。”

“另一个工厂呢？”

“是开发氦-3的。氦-3是氦的同位素，原子核只有1个中子。它是一种气体，地球上是稀有的，在月球土壤中含量极为丰富，过去的40多亿年里，月球上积攒了超过100万吨的氦-3。它是核聚变反应的潜在上等燃料。核聚变，是两个质量较小的原子核发生聚合作用，最终生成一个质量更重的原子核。核聚变的结果是释放出巨大的能量。核聚变发电，是科学家孜孜以求的目标。用氦-3作核聚变发电燃料，高效、清洁、安全、廉价。现在，地球上的人类已经运用智能机器人技术，在月球上建造起工厂，正在开发氦-3。”

“月球上氦-3的储藏量那么大，开采出来之后，能输送一些到地球上来进行核聚变发电就好了。”

“我这次访问中国载人空间站时得知，科学家正在研究用太空输气管，把月球上开采出来的氦-3输送到地球上。这项巨大的工程，简称‘月气地输’工程。制造太空输气管的核心技术，是让气体被光子‘夹’带着同时向前飞奔的激光技术。我还告诉你啊，月球上一个工厂，正在月球赤道上安装太阳能板，准备安装成太阳能电池带，为地球提供可持续的发展能源。”

“这样看来，生活在月球上的人类用电是不成问题的。地球上实现能源多元化之后，也不会有能源危机了，前景一片大好啊。你说，还要去参观一个农场？”

“既有水，又有电，还有从地球上运来的种子以及智能机器人等等，那不就可以模拟地球上的温室，在月球上建造农场了吗？这次我们到月球农场参观，我觉得就是在进行生态旅游。”

“农作物长势喜人啰。”

“岂止是农作物长势喜人？那里是一个‘人工闭合生态系统’：植物不但为人提供食物，还通过光合作用产生氧气供人呼吸，通过蒸腾作用获得纯净水供人饮用；植物中人不吃的部分，用来饲养动物，动物为人提供优质蛋白和更合理的氨基酸配比；生活垃圾呢，被送进微生物降解环节，使它变成二氧化碳，重新被植物利用从而进行光合作用继续生长……这不就形成物质的闭合循环了吗？还有，那里还用电和二氧化碳合成蛋白质。用这个方法生产蛋白质，比植物光合作用效率高10倍。将这种合成蛋白质与植物蛋白质混合起来制造的食品和饲料，营养价值非常高。”

“太空的农作物，是不是转基因食品呀？”

“不是。从地球上带到月球上的种子，在太空的强辐射环境中，基因排序发生很大的变化，但是，并没有外来基因导入，不是转基因。研究表明，太空食品是非常安全的食品。”

“月球农场里，种植了哪些农作物?”

“地球上的水稻种子在月球上会在6个月的全生命周期内萌发、抽穗、开花、结籽，有相机和温度计全程记录。现在，太空水稻，一亩已经能产800多公斤。太空南瓜，一个已经有200多公斤。太空西红柿，一株已经能结一万多个果实了。”

“产量高得惊人啊!”

“月球上种植有这样的优势：不会患植物疾病，不会受害虫侵扰，不会遇到灾害性天气，因为能精准控制温度、湿度和光照嘛。这个农场采用的是精准农业技术。他们的管理对象，不仅是整块农田，而且是每株作物。是结合智能机器人技术、传感技术、成像技术和数据分析软件等各种技术，针对每株作物，制定种植方案，再根据收到的信息，定量地给需要的作物浇水、施肥等。他们引入月球表面自然光线，实现月面原位资源利用，让植物接受月球的光照环境。他们生产的农作物，不仅能耐高温、耐冻，能抗辐射、抗干扰，而且产量高、品质好，微量元素和维生素含量高，口感也好。”

“记得买点什么带回来啊。”

“回地球时，我准备买一些太空玫瑰花送给你。太空玫瑰花，不但花朵比地球上的玫瑰花大十几倍，而且，在一株上开出的花，有的是绿色的，有的是蓝色的，有的是黑色的，当然还有红色的、黄色的、紫色的、白色的等，五颜六色的，有的一朵玫瑰花上就有红橙黄绿青蓝紫色，七色缤纷。”

“真神奇!”

“我们一走进农场，他们就给我们一人一块糖。好甜呐，这是人造树叶的产品呢。”

“那就是通过人工光合作用生产出来的啰?”

“对呀。地球上大自然中植物的树叶，利用太阳能把二氧化碳转化为糖类物质，它们吸收的光能中，仅有1%用于生产葡萄糖。进行人工光合作用的人造树叶，它们转化的效率可以达到10%。参观之后，我们在月球农场里吃了一餐饭。大米饭，三菜一汤，一人一杯桂花酒。这些都不是从地球上带来的，是月球农场里生产的。月球农场用从地球上带来的干酵母，通过微生物反应器，开展发酵和其他流程，酿造出了月球桂花酒。这桂花酒口感好极了，比地球上的桂花酒香百倍！月球农场的人告诉我们，桂花酒的酿造中，酵母的发酵是关键，发酵过程中的温度、压力、时间，决定了桂花酒的口感，人与智能机器人相结合，可以酿造出口感最好的桂花酒。"

"听你这样一讲，我好像都闻到酒香了！哪三菜一汤?"

"西红柿炒鸡蛋，土豆烧牛肉，炒青菜，还有一锅热气腾腾、香味扑鼻的鸡汤。在月球上，一般情况下，土豆是主食，我们这次去，他们把土豆当作菜来招待我们。而牛肉是月球农场里的人造牛肉。你猜，我们吃的菜，是用什么油炒的?"

"橄榄油吧，在食用油中，数它品质最好了呗。"

"我们吃的，比橄榄油品质更好，是月球农场生产的太空牡丹油！回地球前，我要买一些太空牡丹油和太空灵芝、太空虫草、太空人参，带给我们的爸爸妈妈和爷爷奶奶。"

"千万不能忘记啊!"

"嗯。有一个工厂是地球人运用智能机器人技术，开发月球上的金、铂、钛这些贵重金属的。月球上稀有金属的储藏量比地球上现存的多得多，多造一些这样的工厂，那就财源滚滚啦。还有一个工厂，是将月球表面的尘土同水混合，制成像水泥一样的建筑材料，用来造房子的。我也想抽空去参观这两个厂。"

"你一定要集中精力，先把自己的本职工作干好。这两个厂，等我们旅游结婚时再去参观，也不迟嘛。"

"好的。现在，随着地球上的人类越来越多地生活到月球上，鸡、兔、猪、狗等动物，农作物和花草树木这些植物，还有一些鸟，也生存在月球上了。我在月球上的桂花树下，照了一张相呢，过一会儿，我从微信里传给你。”

“以后，我要到月球上的桂花树下唱歌，传送到地球上，让地球上的人都能听到我在太空的歌声，看到我在太空的风采。”

“那当然啰。我的兰兰将会成为宇宙著名的女高音歌唱家！兰兰，只要你锲而不舍，这个梦想会成真的!”

“嗯。我一定努力!”

“这次出差到月球是带一群智能机器人到月球，让它们参加太空电梯的建造。我带来的机器人，招呼我去一下。它们有一些是能交流、能思维、能办事的智能机器人啊。”

“你去忙吧。”

“忙完了之后，我们再通话。”

“兰兰!”

“哎!”

“我同智能机器人交流过了，该办的事办好了，我们俩再谈一会。”

“好。你把月球上智能机器人工作的情况，跟我讲讲吧。”

“月球上随处可见智能机器人。就讲这次我到月球农场参观吧。在农场大门口，经过‘人脸识别智能系统’辨认之后，就有一个美女出来接待。她同时跟两三个人打招呼，同每个人握手时，都是笑容可掬，她还同参观者们对话，回答他们的问题，给参观者指路，给参观者端茶倒水。她二十多岁，穿着绣满红花的白色连衣裙，个子不高不矮，身体不胖不瘦，鹅蛋形的脸庞非常漂亮，两个大眼睛水灵灵的，皮肤白嫩细腻，身材苗条又略显丰满，讲话的声音悦耳动听，举止文雅，彬彬有礼，聪明活泼，在她嫣然一笑时，嘴边露出两个小酒窝，好迷人哟。她伸出手来同我握手，她的手心有隐隐的汗湿感……”

“要你讲讲智能机器人，你怎么老是讲漂亮姑娘呀?”

“这个漂亮姑娘就是智能机器人嘛。她的脸上是露出微笑，但没有极其细微的表情变化，眼睛眨起来有一种机械感。再看看她的皮肤，是硅胶制成的，同真人的皮肤非常相似，有弹性，而且更细腻，却没有真人皮肤上的毛细孔和小毛发。我这才看出她是一个人形智能机器人。来参观的人，争着同她说话，笑着同她合影。我问她：‘你叫什么名字？’她又嫣然一笑，‘我叫嫦娥。’我笑着说：‘和中国古代神话中的人物同名嘛。’”

“真有趣！”

“走进农场大门之后，一个导游来到我们面前。她是一个衣着朴素的中年女子，始终面带笑容，言谈举止温文尔雅。她先带着我们看全息投影，那上面正在播放这个农场建场以来农业科研和农业生产一体化的成果。

我看了全息投影之后，说：“啊，你们农场的屋顶上，也转化成了绿色空间，种植了好多东西哟。”

她笑着说：“我们不仅有大面积的地面农场，而且有9000多平方米的空中农场，也就是屋顶农场。农场的屋顶上，一开始就设计为绿色空间，现在，主要种植的是蔬菜和果树，也有的是种植草药或棉花。这样不但可以提供食物，还可以降低热岛效应。”

“月球上也种了棉花？”

“早在2019年，月球上就长出地球上的棉花了。2019年1月3日，中国的嫦娥四号在月球南极艾特肯盆地冯·卡门环形山着陆，成为第一个在月球背面成功软着陆的探测器。十几天以后，嫦娥四号的月面生物科普实验，就公布了第一株在月面上生长出的植物嫩芽照片：在进入零下180摄氏度的月夜前一周，棉花种子萌芽并生长。现在，我们农场种植的棉花，不仅有白色的，还有红橙黄绿青蓝紫等多种色彩，都是天然的色彩，非常鲜艳，而且不会褪色。”

“令人震惊呀！主要种植了哪些蔬菜和果树？”

“蔬菜，有西红柿、西兰花、青菜、菠菜、辣椒、南瓜、黄瓜，好多呢；果树、有苹果树、梨子树，桃子树、橘子树，也很多。地球上热带、亚热带、温带和寒带的，大自然生存环境中各个季节的蔬菜和果树，我们这里都种植了一些。”

“还种植了草药？”

“是的，种植了三七、黄芪、当归、黄精、何首乌等草药，还有诺贝尔奖获得者屠呦呦研究了几十年的青蒿。”

接着，她带我们到各处去参观，每一处都既是生产的场地，又是科研的场所。每到一处，她都给我们作详细具体的讲解，不厌其烦地回答我们的提问。我笑着对她说：“你的学识很渊博啊，哪个大学毕业的？”她笑着说：“我是博士研究生嘛，学识还会不渊博？”紧接着，“嘿嘿嘿”地笑起来，“跟你开个玩笑呢。我没有进过正规学校上一天学，我一诞生，学识就是这么渊博。”我惊异地说：“你是超天才？”她说：“我是被人类造出来的。”我说：“你是智能机器人啊。”她笑着点点头。现在，月球上很多的智能机器人都配备了语音识别技术，以及分析表情和声调的情绪识别技术，具有记忆和辨别能力，还有众多的类人功能，能积极主动地做出反应，用表情、动作、语音，同人类进行交流。

“你们在农场吃的饭菜，是不是智能机器人做的呢？”

“饭菜是‘吴刚’做的，它也是一个智能机器人。它既会做中国式餐饮，又会做欧美式餐饮。”我们结束参观，走到农场大门口时，接待员嫦娥又来接待我们。我笑着问她：“你这位嫦娥，会不会跳舞？”她嫣然一笑，说：“会呀。”马上以敦煌壁画中画的“反弹琵琶”的舞姿跳了起来。跳着跳着，她身上穿的衣裳变了颜色，原来白色的衣裙变成了艳红色的，衣服上原来红色的花朵变成了金黄色，过了一会，又变成了渐变绿色百褶纱裙，裙子上的花朵变成了翠绿色，接着就跳起了杨贵妃跳过的一段霓裳羽衣舞。我称赞她道：“集舞蹈与魔术于一身，多才多艺呀！”

“这样看来，这个农场里，农作物种植和管理的具体事务，也一定有很多智能机器人在做啰？”

“正是这样。这个农场里同我参观的那两个工厂一样，所有的体力劳动和一些简单的脑力劳动都是智能机器人在完成。”

“你刚才不是讲了开发氦-3的那个工厂吗？智能机器人是怎样在月球上进行露天开采的呢？”

“它有两个滚轮式的铲斗，向着相反的方向旋转，互相为对方提供摩擦并能在严寒、大风、火焰炙烤等极其恶劣的环境中工作。第四种微型智能机器人形状像象鼻子，能灵活地弯曲并具有一定的负载能力，无损地握取柱、球状等形状各异大小不同的物体。还有一种微型智能机器人，可以转换人脑发出的电脉冲，来控制机器人的手臂的动作的。”

“这样看来，月球上实现智能机器人化了呀。”

“现在，月球上最重要、最高级、最有创造性的工作，是由人来做的；其他烦琐的、初级的、创造性不大的工作都让智能机器人完成。智能机器人像发电厂发的电一样，以润物细无声的方式，浸润在人的生活和生产的方方面面。而且，月球上智能机器人化的程度比地球上还要高呢。”

“是呀，地球上，人比智能机器人多得多；月球上，人比智能机器人少得多嘛。”

“月球上的人同智能机器人的关系非常密切，这体现在两个方面：相伴，又相融。我刚才讲的只是相伴这一方面。相融这一方面呢，指的是月球上有各种各样‘人机相融’的人，人的生物体内植入了微型智能机器人，与人融为一体了。就说月球上的太空电梯施工指挥部吧，里面有一位科学家，是中国人，他的头上从脑后翘起一根天线，绕过他的头发，伸到前面，终止于眉间，末端带着光纤传感器。这不是他头上戴的一件电子设备，而是他大脑的附属物。他的头部植入了一个微型智能机器人，因此，他不但有了夜视能力，而且有可以穿墙的听力，还能‘听’到色彩。月球农场里有一位农学家，他是冠心病患者，在自己身体的血管里注入了一个纳米机器人，比人的一根头发丝还要细得多。这个纳米机器人，通过光感应在他的血管里上下左右游走，遇到血管栓塞部分，就释放药物，溶解血管里的粥样斑块。我也想植入一个呢，我想在头部植入一个具有超强的信息储存功能的微型智能机器人，使自己具有超强的记忆力。”

“我也要在体内植入微型智能机器人，使我也具有超强的记忆力，穿墙的听力，夜视的能力。”

“好嘛。等我回到地球之后再细细地谈吧。”

“哥，月球上的人也像地球上的人一样，大部分定居在城市里吗？”

“绝大部分都定居在大型居民点，也就是城市里。月球上的城市，房屋都是摩天大楼，一般都有几百层，最高的有1000多米。每座大楼，都大大地扩展楼房结构体的表面积，既纵向又横向地向空中延伸。纵向地看，从大楼底部到顶部，建造着多层多个空中花园、空中菜园以及空中养鸟园、空中养蜂园等；横向地看，摩天大楼之间，有蜘蛛网状的空中道路，而且是一层又一层的。环楼路，环绕在多座摩天大楼之外，把这些摩天大楼连接在一起，也是一层又一层的。智能汽车和智能自行车就在空中不同的高度层行驶着，那上面也有人行道。还有，每一座摩天大楼，在每一层上都安装了设备，可以在白天收集到大量的太阳能，将它转化为电能储存起来，方便楼房的供电。连一些道路，都能发电。”

“道路怎么发电呀？”

“道路上铺的是特殊的地砖，并且安装了设备，把收集到的动能和太阳能，转化为电能，存储起来，给道路上的路灯供电。”

“对呀，人走路时每一脚的踩踏，汽车、自行车行驶时车轮的滚动，都能形成动能，这样城市的道路上就能收集到大量的动能啊。你说月球上的城市里有空中养蜂园？”

“其实，就是在空中花园里多安装三套系统：第一套系统为蜜蜂提供益生菌和必需的营养物质；第二套系统通过化学方式，杀死蜂螨，保护蜜蜂；第三套系统通过监控设备，实时掌握蜜蜂的运动情况。”

“月球上的城市，绿化怎么样？”

“有很多花草树木。花园，不仅地面上有很多，而且有一层又一层的空中花园。花园里，蜜蜂嗡嗡地飞，蝴蝶翩翩地舞，鲜花姹紫嫣红，还有从喜马拉雅山引种来的雪莲花，从阿尔卑斯山引种来的雪绒花。我在一个空中花园里闻到了一种极其馥郁的香气，一看，这里长着几棵从夏威夷群岛引种来的依兰。依兰被称为‘香水树’，从它的花朵里提取的精油是制香水的重要原料。我还看到，花园里种了一些草，碧绿碧绿的，高1米多，长得又健壮又肥嫩，轻轻一掐，就掐出了汁水。你猜是什么草？”

“猜不出来。”

“是青蒿，屠呦呦研究了几十年的青蒿。这种草，适应性极强，生命力极强，也种到月球上了。”

“树木呢，种类多吗?”

“有桂花树、银杏树、香樟树、枫树、苹果树、梨树，好多呢。种植得最多的是三种：胡杨、黄山松、新西兰松。”

“胡杨，在地球上是沙漠中的神树，抗热、抗寒、抗旱、抗风、抗瘠，有惊人的生命力，号称‘生而千年不死，死而千年不倒，倒而千年不朽’，在月球上种植的确很适合。”

“黄山松也很适合。它也耐瘠薄、耐干旱、抗飞雪，生命力极其顽强，而且四季常青。”

“胡杨树叶的颜色，随四季不同，春夏绿色，深秋金黄，冬季是红艳艳的。”

“那是地球上的。月球上的胡杨，在同一时间里，有的翠绿，有的金黄，有的红艳艳。它们是在一个个高大的高度透明的玻璃房子里面生长的，每个玻璃房子里设置的温度和湿度不一样。每一棵胡杨树上，都挂着一个输液袋，袋里装的是水和植物生长所需要的养分。”

“月球上的胡杨树，也是千姿百态吗?”

“可不是吗?或如虎踞龙盘，或如鲲鹏展翅，或如烈马扬蹄，或如金蛇狂舞，还有的，像历经风霜的老人安详地躺在那里……”

“新西兰松是怎样的一种树?”

“新西兰松不但耐贫瘠，而且生长速度非常快。它的人工林每公顷每年可吸收20吨二氧化碳，并将其转化为木材。它的树叶、树皮可为土壤增加养分，起到改善土壤的作用。你猜，月球上的人，是怎样使这种树在月球上茁壮生长的?”

“人造湿润温和的气候呗。造又高又大的温室，控制适宜的温度和湿度，在树干上挂输液袋。”

“兰兰，我告诉你，月球上不但已经出现了‘长寿之城’，更使我吃惊的是，那里的‘长寿之城’中，每十万人中有20个以上是百岁老人，超过地球上‘长寿之乡’的标准了。”

“恐怕里面有什么奥秘吧?”

“除了月球上的人注意营造宜居而且有助于长寿的生态环境，普遍讲究科学的生活方式和培养自己良好的心理素质之外，的确还有奥秘。第一个是，月球上的医疗，以健康为中心，实施个体化的健康维护和精确诊疗。医生非常重视‘治未病’，把维护健康的主战场移到了医院之外，在医院治病时，对疾病的认识深入到基因层面，在检测病人的基因组、血液中的蛋白质组、代谢组、体内微生物组的基础上，为病人量身定制最佳治疗方案，个体化地进行精准的靶向治疗。而地球上呢？现在还有不少地方的医疗，依旧把维护健康的主战场放在医院里面，以疾病为中心，实施传统的临床医学，以相同的药物和方法，治疗患有相同疾病的病人，对疾病的认识也没有深入到基因层面。第二个奥秘是，月球上‘长寿之城’中的人，很多都编辑了ApoE这种长寿基因。月球上对‘基因编辑技术’的研究很重视。”

“ApoE?”

“人的寿命是由多种因素决定的，其中基因约占20%~30%，生态环境、生活方式、心理素质、医疗保健等因素，加起来约占70%~80%。在一个人的寿命超过90岁以后，其他因素的作用就减弱了，基因开始发挥主导作用。”

“如果把这种长寿基因编辑到我的身上，我以后不也可以成为百岁老人了吗?”

“可能性极大。”

“哥，我们俩到月球上旅游结婚时，也去编辑ApoE，好吗?”

“当然好哇！我们俩要白头偕老嘛。”

“我真想早一点到月球上去!”

“啊，我带来的那些智能机器人找我有事，我要去一下。”

“好，你去吧。”